中坚代
ZHONG JIAN DAI

新力量原创小说大系

变形魔术师

李浩 ◎ 著
BIANXING MOSHUSHU

时代出版传媒股份有限公司
安徽文艺出版社

图书在版编目(CIP)数据

变形魔术师/李浩著.—合肥:安徽文艺出版社,2015.9
(新力量原创小说大系)
ISBN 978-7-5396-5451-5

Ⅰ.①变… Ⅱ.①李… Ⅲ.①中篇小说-小说集-中国-当代 ②短篇小说-小说集-中国-当代 Ⅳ.①I247.7

中国版本图书馆 CIP 数据核字(2015)第 147045 号

出 版 人:朱寒冬	丛书策划:朱寒冬
责任编辑:姜婧婧	装帧设计:许含章 徐 睿

出版发行:时代出版传媒股份有限公司　www.press-mart.com
　　　　　安徽文艺出版社　www.awpub.com
地　　址:合肥市翡翠路 1118 号　邮政编码:230071
营 销 部:(0551)63533889
印　　制:安徽新华印刷股份有限公司　(0551)65859551

开本:880×1230　1/32　印张:9　字数:220 千字
版次:2015 年 9 月第 1 版　2015 年 9 月第 1 次印刷
定价:33.00 元(精装)

(如发现印装质量问题,影响阅读,请与出版社联系调换)

版权所有,侵权必究

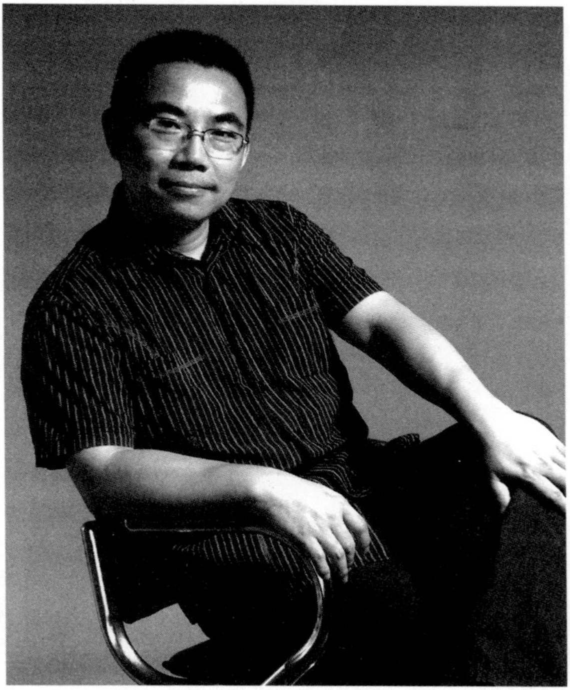

李浩，男，1971年生于河北省海兴县。曾先后发表小说、诗歌、文学评论等文字500余篇。有作品被各类选刊选载，或被译成英、法、德、日、韩文。

著有小说集《谁生来是刺客》《侧面的镜子》《蓝试纸》《将军的部队》《父亲，镜子和树》《变形魔术师》《消失在镜子后面的妻子》，长篇小说《如归旅店》《镜子里的父亲》，评论集《阅读颂，虚构颂》。

曾获第四届鲁迅文学奖，第十一届庄重文文学奖，第三届蒲松龄文学奖，第九届《人民文学》奖，第九届《十月》文学奖，第一届孙犁文学奖，第一届建安文学奖，第七届《滇池》文学奖，第九、第十一、第十二届河北文艺振兴奖等。

目 录

变形魔术师 / 001

驱赶说书人 / 049

被噩梦追赶的人 / 087

村长的自行车 / 123

哥哥的赛跑 / 146

记忆的拓片(三题) / 176

一把好刀 / 194

雨水连绵 / 205

藏匿的药瓶 / 223

在路上 / 262

后记:先锋和我们的传统 / 275

变形魔术师

0

他从哪里来？我不知道。不只是我不知道，孔庄、刘洼、鱼咸堡的所有人都不知道，即便是爱吹牛皮、在南方待过多年的刘铭博也不知道。多年的水手经历并不能帮助他做出判断，他也听不懂那个人的"鸟语"。我们把所有和我们方言不一样的口音都称为鸟语，而那个人的鸟语实在太奇怪了，无论如何联想，如何猜测，如何依据他的手势和表情来推断，都不能让我们明白——相反，我们会更加糊涂起来，因为他每说一句话就会让在场的人争执半天，大家都希望自己的理解是对的，于是总有几个人会坚持自己的判断，他们南辕北辙，害得我们不知道该听信哪一方。在这点上，刘铭博也不是绝对的翻译权威，他的坚持也仅是自己的猜测而已。那么，他是谁？他叫什么名字？不知道，我不知道。不只是我不知道，孔庄、刘洼、鱼咸堡的所有人也都不知道。我们当然问过他啦，而且不止一遍两遍，在他能明白一些我们方言的时候也曾回答过我们，"吴优思""莫有史""无有事"？……他还有一些其他乱七八糟的名字，被我们从鸟语中翻译过来，其实谁都知道这里面没有一个是真的。在我们孔庄、刘洼、鱼咸堡一带,大家都习惯随便使用假名字,这是我们祖上迁来时就留下的习惯。他们多是杀人越货、作奸犯科的人,流放者,贩卖私盐和人口的,土匪或偷盗者,驻扎在徐官屯、刘官屯的官兵也怕我们几分,轻易不来我们这片荒蛮之地,我们和他们井水不犯河水,倒也相安。所以那个人随便报个什么名字我们也不会多问,能来到这里的人要么是走投无路的人,要么是被拐卖和抢掠来的——有个名字,只是方便称呼,在此之前他叫什么、干过什么都没有关系。不过,多年之后,在这个"吴优思"或"无有事"变没之后,我们孔庄、刘洼、鱼咸堡的人都还在猜测这个会变形的魔术师究竟是不是那个人,是不是让大清官府闻风丧胆的人……这事儿,说来话儿就长了。

　　他最后……他最后变没了,真的是没了,我们找了他几天几夜,也不知道他是死是活,我说了他会变形,可那时他已很老了,腿上、肩上都有伤——这绝不是一句话两句话就能解释清的事儿,这样吧,你还是听我从头讲起吧,真的是说来话长。

1

　　同治六年,秋天,苇絮发白,鲈鱼正肥的时候。

　　那年我十四岁,我弟弟六岁。

　　我随父亲、四叔他们出海,刚刚捕鱼回来。我的弟弟,李博,跟在我父亲的屁股后面像一条黏黏的跟屁虫,他根本不顾及我们的忙乱:"来了个变戏法儿的!他会变!""来了个变戏法儿的!他会变!""来了个变戏法儿的!他能变鱼!能变鸟!他还能变成乌龟呢!"……

　　他在后面跟着,反反复复,后来他转到我的屁股后面,一脸红艳艳的光。我说,去去去,谁没见过变戏法的啊,没看我们正忙着么!他只停了一小会儿,又跟上去,扯着自己的嗓子:"他会变!他自己会变!他可厉害啦!不信,你问咱娘去!"

变形魔术师来了。来到了这片大洼。

在我们将捕到的鱼装进筐里的时候,四婶她们一边帮忙一边谈起那个魔术师,她们说得神采飞扬。

在我们将鱼的肚子剖开,掏出它们肠子的时候,邻居秋旺和他的儿子过来串门儿,话题三绕两绕又绕到了魔术师的身上,一向木讷的秋旺,嘴上竟然也仿佛悬了一条河。

在我们将鱼泡在水缸,放上盐和葱段儿,腌制起来的时候,爱讲古的谢之仁过来喝茶,他也谈到了魔术师,谈到了他的变形。谢之仁说,这个魔术师的变形其实是一种很厉害的妖法。有没有比这更厉害的妖法?有,当然有啦!你们知道宋朝的包拯么?他有一次和一个妖僧斗法,差一点没让那个妖僧给吃了!也多亏他是天上星宿下凡,神仙们都护着他。后来包黑子听了一个道士的建议,叫王朝、马汉、展昭弄了三大盆狗血,等那妖僧大摇大摆出现的时候,三人一起朝他的身上泼……那个妖僧没来得及变形,就被抓住啦!包拯说,来人哪,将这个妖僧给我推出去斩首!也是那妖僧命不该绝。法场上,人山人海,为了防止他逃跑,官兵们里三层外三层,每个人都端着一盆狗血,马上就要到午时了,包拯觉得没事了,吩咐下去,给我斩!刽子手提着刀就上——可是,就愣让那个妖僧给跑啦!问题出在哪儿?问题出在刽子手的身上!你猜怎么着?本来,那个妖僧身上尽是狗血,他的法术施展不出来……

我们的耳朵里长出了厚厚的茧子,我们耳朵里,装下的都是关于那个会变形的魔术师的话题,它们就像一条条的虫子。

"怎么样,我没骗你吧?"我弟弟抹掉他长长的鼻涕,他那么得意。
"你带我去看!"

我们赶到的时候已经有许多人围在了那里,空气中满是劣质烟草的味道,孩子们奔跑着就像一队混乱的梭鱼。"我说要早点儿来嘛!"弟弟的声音并没显出任何的不满,他挤过去,将一枚铜钱响亮地丢进了一个铜盆中。那里已经有几枚康熙通宝和嘉庆通宝,还有一个大海螺。我弟弟想了想,将他手上的一只螃蟹也放进了铜盘,这个动作逗起了一阵哄笑。

大家站着,坐着,赤膊的赵石裸露着他的文身,他身上刺了一条难看的鱼,而刘一海和赵平祥则显示了自己的疤痕。几个不安分的男人在婶婶、嫂子的背后动手动脚,惹来一阵笑骂。曹三婶婶提起裤子,将自己的一只鞋朝谁的身上甩去,那只鞋跑远了,一直跑进了苇荡——"挨千刀的!把你老娘的鞋给我送回来!"……我们要等的变形魔术师没有出现。

"他怎么还不出来?"我问。刘一海向前探了探他的头:"嫌盘子里的钱少吧!我们把他给喊出来!"

"我们去看看!"一群孩子自告奋勇,他们梭鱼一样摆动背鳍,飞快地穿过人群游到屋门外。在门外,他们为谁先进去发生了争执,一个孩子被推倒在地上。突然间,他们一哄而散,被推倒的孩子也迅速地爬起来,带着尘土钻入人群。

变戏法儿的,那个变形魔术师终于出来了。

他向我们拱手,亮相,赵石用他辣鱼头一样的嗓音大声喊了一句"好!"坐着,站着,赤膊的,纳鞋的全都笑了起来。那个人也笑了笑,说了一句鸟语,伸手,指向一个角落——

顺着他手指的方向,我看到的是一面斑驳的墙,几簇芦苇,一只蚂蚱嗒嗒嗒嗒地飞向了另外的芦苇。这没什么特别。然而,当我的目光再回到刚才的位置,魔术师已经没了,他消失了,在他刚才的位置上多了一只肥大的芦花公鸡。你看它——

"这就是他变的!"弟弟用力地抓着我的手,"他变成鸡啦,他变成鸡啦!"

那只鸡,在孔庄、刘洼、鱼咸堡人的口中越传越神,多年之后,我随叔叔到沧县卖鱼,得知我们是从刘洼来的,买鱼的人都聚在一起,七嘴八舌:"你们那里有个蛮子,会变戏法,能变成一只金鸡,是不是真的?""它的眼睛真的是夜明珠?在晚上会发红光?""听说,是谁悄悄拔了一根鸡毛,后来他就用这根金鸡毛买了一处田产?"……

我反复跟他们说不,不是,他变成的是一只普通的鸡,一只大公鸡,只是比一般的公鸡更高大些,而且,它还能捉虫子。而我叔叔,则在一旁乐得合不拢嘴:"你就说实话吧!那金鸡又不是咱家的,你怕人家抢了不成?乡亲们,等我把鱼卖完了,我和你们说!这个孩子,唉,像是得了人家好处似的!"

天地良心,那天,我所说的变形魔术师变成的真的就是一只大公鸡,普普通通的大公鸡,和我平时所见的公鸡们没什么大不同,可我叔叔却卖足了关子,似乎那天魔术师变出的真是金鸡,而我在说谎,向别人做什么隐瞒。鱼,倒是很快就卖出去了。

好了,我接着说那一天的魔术。

只见那只公鸡,从桌子上面跳下来,昂首发出一声嘹亮的鸡鸣,我们一起扯起嗓子："好!"有几个婶婶嫂子再次向铜盘里面丢下铜钱,叮叮当当——那只鸡,昂首阔步,来到墙角的草丛,捉出一只绿色的小虫,又是一片的"好"。它扇动两下翅膀,仿佛有一团雾从地面上升起,突然间,那只公鸡不见了,草地上多了一条青色的鱼。这条鱼,张大了口,一张,一合,然后跳了两下。又是一团淡淡的雾,我看见,一只野兔飞快地腾起,跃进了苇丛,而那条翻腾的鱼已不知去向。

苇荡哗哗响着,苇花向两边分开,我们看见,那个变形魔术师从里边向我们走来,他的衣服上挂满了白灰色的飞絮。"好!"我们喊着,将自己的嗓子喊出了洞。我弟弟的下颌因为喊得更为剧烈而脱了位,许多天都不敢大口吃饭,平日爱吃的海蟹也不再吃了,他将自己的那份儿全偷偷送给了魔术师,放进了他的铜盘。

2

就这样,来路不明的变形魔术师就在孔庄、刘洼和鱼咸堡交界的大洼里住了下来,并且生出了根须。他住在两间旧茅草房里,那里原是有人住的,在半年前,旧草房的主人孔二愣子因在姚官屯嫖妓与人斗殴被抓,然后牵出贩卖私盐、偷盗杀人的案子,被砍了头。据说,变形魔术师住进孔二愣子的草房之后孔二愣子还回来过,当然回来的是他的鬼魂。他回来的时候魔术师还没有睡觉,他正在看一本《奇门遁甲》,一阵阴风之后孔二愣子提着他的头就出现在魔术师的对面,他脖腔那里还不停地冒着一个个血泡。变形魔术师不慌不忙,他拿出一块石头将它变成了一把桃木剑,然后又顺手抓了几片苇叶,撕碎,一抖,变成了一把冥钱。提着自己头的孔二愣子不由得倒退几步,别看他成了鬼魂,他也依然知道自己遇到高人了。要是换成别人,拿了冥钱就走也就没事了,可这孔二愣子的愣劲上来了,他偏不,于是他将自己的头放在桌上,腾出两只手朝变形魔术师恶狠狠扑去!魔术师一闪身,挥动桃木剑刺向孔二愣子,要知道这孔二愣子也练过多年,于是他们便斗在一处。孔二愣子的功夫也真是了得,他们你来我往竟然一直打到鸡叫头遍。要知道鬼魂是听不得鸡叫、见不得阳光的,于是孔二愣子就慌了,他变成一只狐狸就想跑,那个魔术师怎么能让他跑得了?要知道他也会变化啊!只见他一晃肩膀,变成了一只猎犬,三下两下就将孔二愣子的身子撕成碎片。孔二愣子的头还放在桌上呢!它一看不好,怎么办?变成狐狸跑不了那就变成蚂蚱吧!它刚刚变成蚂蚱,正要往外面蹦,只见一只青蛙早在那等着了,青蛙一张嘴,便将蚂蚱吞进了肚里。当然,这只青蛙还是魔术师变的,要不然哪有那么巧的事啊!从那天之后,孔二愣子的鬼魂就再没来过。

我不知道这是不是真的,和我们讲这些的是谢之仁,他也看出了我和弟弟不信。"你们不信是不是?我告诉你,孔二愣子被砍头后,是赵四和赵平祥收的尸!他们肯定知道孔二愣子埋在了什么地方!你们不是不信么?你们就去孔二愣子的坟上挖一挖,他的身子肯定是一片一片的肉都被撕烂了,而他的坟里肯定没有头!当时,赵四和赵平祥是将他的头也埋了进去的……"

不管是不是真的,反正,那个讲一口让人听不懂的鸟语的变形魔术师就在那里住了下来。

他是同治六年的秋天来的,那时苇絮发白,鲈鱼正肥,河沟里的螃蟹纷纷上岸,而北方的大雁、野鸭、天鹅落进了苇荡,肥硕的狐狸、草兔、黄鼠狼出出没没,天高云淡……以往,在这个季节,屯守在姚官屯、徐官屯的官兵会来大洼渔猎,他们会带来米面、棉衣、马匹或者灯油,孔庄、刘洼、鱼咸堡的百姓领一些回来,当然也可以用狐狸和兔子的皮毛,腌制的鸟蛋、鱼肉和兽肉去换。这一年,官兵们又来了,可他们带来的米面、棉衣和灯油都少得可怜,根本就分不过来。而且,那个细眉毛、满脸肉球的防守卫还将我们聚在一起,眯着眼,用鼻孔里的声音和我们说话:"听说你们这里来了一个南方人……要知道,他可能是朝廷的要犯,率众谋反!你们最好将他带过来,谁要知情不报,哼,那可是要吃苦的,那可是要杀头的!谁告诉我,那个南方人藏在了什么地方?"

没有人理会。我听见背后的人们窃窃私语,大家商议好谁也不能出卖那个魔术师,不管他犯的是什么罪。"不给我们米面、棉衣,还想从我们嘴里套出东西?姥姥!""这是个什么东西?看他那副样子!妈的,老子可不是吓大的!""干吗跟他说?我就是说给一只狗听也不说给他听!""到我们的地盘上撒野……妈的,不收拾他们一下,他们就不知道锅是铁打的!"……

"怎么,你们不准备说?我告诉你们,我早得到消息了!……"

我们一起斜着眼瞧他,用一种和他同样不屑的神情。要知道,我们多数是土匪、强盗或者流放者的后代,而且在我们这里,一直把官兵当成是满人的狗来看,这里一直涌动着一股驱逐满人的暗流、和官府作对的暗流。

"你们、你们到底说还是不说!"

——我们没见过什么南方人。没见过。

——他早走啦!他朝南走啦!

——我们哪敢藏匿犯人啊!我们这些好人多守法啊,是不是?

——他走啦,变戏法的人哪里不去啊!

我们嗡嗡嗡嗡,七嘴八舌,很快,让那些官兵的头都大了。"别以为我什么都不知道!你们想错啦!给我搜!"

看来,官兵们的确事先得到了线报,他们兵分三路,飞快包围了魔术师住的那两间茅草房,将箭放在了弦上——房间里面静悄悄的,没有一点儿动静。"你还是快出来吧!你是逃不掉的!"

房子里面依然风不吹,草不动。细眉毛的军官叫过来一个士兵,两个人窃窃私语了好一会儿,那个士兵使劲地点着头,军官用力挥挥手:"放箭!"

箭如飞蝗。我想不出更好的词儿,在我十一岁那年大洼里曾闹过一次蝗灾,它们遮天蔽日,纷乱如麻,的确和那天射向茅草屋的箭有些相像。箭射过后,房间里依然没有动静。

风吹过苇草,吹过箭的末梢的羽毛,呜呜呜呜地响着。"给我进去搜!"长官下达了命令。四个紧张的官兵步步为营、相互掩护,费了许多力气才靠近了草屋的门,然后又费了更多的力气才冲进了屋里。

"报告防守卫,屋里没人!"

"再搜!他明明在屋里!"

"报告防守卫,我们每一寸地方都用剑扎过,连油灯和草席也没放过!可是,屋里确实没人!"

不过,士兵们搜出了一张纸,上面歪歪斜斜地画着一队小人儿,胸口上写着"清"字。"谁给叛贼报了信?难道,你们不怕满门抄斩吗?"那个防守卫真的生气啦,他眉头那里长出了一个大大的疙瘩,而鼻子歪在一边,"给我放火烧了!"

"慢!""不行,不能烧!""凭什么烧我们的房子?""这么大风,火要是连了苇荡,不是断我们活路么?"……他要烧那房子,我们当然不干了,孔庄、刘洼、鱼咸堡的人们纷纷聚集过来,将那队官兵围在中间。"难道,你们要造反不成?你们有多少脑袋?"他拔出腰间的剑,人群中一片哄笑。"大人,我们都让你吓死啦!"

几个士兵按住暴跳的防守卫。"你们回去吧!我们不烧房子啦!""不过窝藏疑犯的罪名的确不轻,何况他可能是捻军的叛贼!上面怪罪下来我们谁都不会好过,最好……"

房子没烧,讲鸟语的魔术师未能抓到,给他通风报信的人也没有查出来,但官兵们也没离开大洼。他们驻扎下来,打秋围。

傍晚时分,一队大雁鸣叫着落入了无际的苇荡,在它们对面,埋伏着的官兵将弓拉满,等待防守卫一声令下——突然,那群大雁又迅速地飞了起来,四散而去——"这是怎么回事?""是谁没有藏好,暴露了我们?"

他们在河沟里下网,用竹子、苇秆和树枝在水流中建起"迷魂阵"。我们当地叫它"密封子"。第二天,下河的军士只提着十几条小鱼上岸:"报告防守卫,我们的渔网破了一个大洞,而迷魂阵被人改过了,根本困不住鱼!"

随后,他们去捕捉狐狸、獾、野兔和黄鼠狼,可是,不知道它们怎么预先得到了消息,和官兵们捉起了迷藏。

"这些刁民!我一定饶不了他们!"

"大人,这些刁民可不好惹!别和他们一般见识!"……

是谁给讲鸟语的魔术师送去了信?他又是如何逃走的?这在我们那里是一个谜,即便是多年之后。对于这个问题,讲鸟语的变形魔术师装聋作哑,或者讲一通莫名其妙的鸟语,让我们找不到北摸不到南——既然他提供不了什么线索,那就让我们的想象来补充吧。后来,在刘铭博和谢之仁的讲述中,那天发生的事简直是一段惊险的传奇,一波三折,千钧一发……

在官兵离开我们大洼之前,眼尖的荷包婶婶一眼认出,在身边和魔术师耳语的那个士兵曾来过孔庄,他是和四个变戏法的一起来的!荷包婶婶提醒了我们,是他,是有这么个人,他给我们表演的是上刀山和铁枪刺喉。在我们当地,将一切魔术、杂技都称为"变戏法儿",每年秋天和春节,变戏法的都会来我们大洼表演,换点银钱、咸鱼或一些稀奇古怪的贝壳什么的。那年秋天,他们受到了冷落,无论铁枪刺喉、三仙归洞、大变活人都不如变形魔术师的技法来得新鲜、刺激,他们的戏法儿甚至吸引不到孩子。

"他竟然引官兵来报复!"我们最瞧不起这样的人啦!后来,第二年吧,那些变戏法儿的又来过一次,他们打开场子准备表演,孔庄、刘洼、鱼咸堡的男男女女老老少少,呸呸呸呸呸呸呸呸!我们用唾沫将他们喷走了,从那之后这些变戏法的便再也没来过。

3

同治六年的冬天特别地冷,大雪一场连着一场,在那个冬天,从窗户里爬进爬出成为我们的家常便饭,因为大门被雪给堵住了。刚刚清扫干净,第二天早晨去推门,依然推不开——大雪又下了一夜,风将我们清扫过的雪又送了回来。"檐冰滴鹅管,屋瓦缕鱼鳞",我弟弟学会了两句诗,他在屋里屋外反反复复地念,据说是好讲古的谢之仁教给他的,只教了这么两句。

收割完苇草,除了凿冰捕鱼、打打野兔狐狸,大洼的男人们闲了下来。闲下来的男人干什么？那年我只有十四岁，能知道的不多，只知道他们打牌、串门、喝酒，而有些人似乎在密谋着什么，我和弟弟一出现在他们的视线里，他们就顾左右而言其他，说一些乱七八糟缺少逻辑的话题。那一年，我感觉空气里有一股让人紧张的味道，等你用力吸一下鼻子，这股味道却没了，好像并不存在。那年，我时不时听人抱怨，抱怨大雪，抱怨沧县设立的层层关卡，抱怨层出不穷的苛捐，抱怨身上的棉衣太薄、打酒的钱太少等等等等。那年我十四岁，我的心思没在这里，我的腿，时常会带我到谢之仁家或刘铭博的家里去。他们那里，有永远也道不完的各种故事。而且，那一年冬天，我又有了一个新的去处，那就是讲鸟语的魔术师的房间。

那个新去处，不只是我一个人的。

仝家四个兄弟给魔术师扛来了苇草，他们的苇草满满堆在屋后，足够明年开春前烧柴使用。四个人，粗壮地扭捏了几下，最后老大提出了要求："这位师傅，你能不能，能不能教给我们点石成金的口诀？要不，将、将这块石头变成金子也行。"硕壮的三兄弟从苇草中搬出一块几乎可以称得上巨大的石头。

赵石提来两桶酒，他的要求是，请魔术师将他背后的罗锅变没，上一次他去沧县贩鱼，就因为这个罗锅被官兵抓住审问了三天，他们说，某大户人家失窃，邻居和地保一直追了三四里，窃贼就是一个罗锅。"哼，那一票本来就是他做的！在我们面前还装！"我叔叔一脸不屑，他告诫我和弟弟，无论做什么事都要敢作敢当，别两面三刀阳奉阴违，他最瞧不上那样的人，大洼的老老少少都瞧不上那样的人。我父亲在一旁听着，他的鼻孔轻轻哼了一声，然后低下头，将身边的苇叶一片片捡起。

我叔叔也提了要求,他想当变形魔术师的徒弟专心学习变形。"到那时候,我才不会像现在这么辛苦呢!想吃鱼,变一张网,自己一提鱼就上来啦!想吃雁肉,也好办,就在雁滩那里变一棵芦苇,大雁落下了,睡着了,马上变回来,一把抓住它的脖子!"

刘一海一手提着一袋大米,一手提着一把刀子,走进了魔术师的房间。他的要求比我叔叔的简单,他只要求学一样,就是变一条蛇。"刘一海为什么想变蛇?"刘铭博给出的答案是,为了盗窃方便。要知道,刘一海可是我们大洼乃至沧县、河间一带有名的大盗,据说他曾三次偷得知府的大印。在济南府大牢里,他将两个被抓的兄弟从卫兵的眼皮下面偷出来,三天之后才被发觉,刘一海和他的兄弟早已无影无踪。要是学得了变蛇的戏法儿,刘一海肯定是如虎添翼,谁也奈何不了他。谢之仁当然不会同意刘铭博的推断,他说,现在刘一海的功夫就如此了得,他根本不需变蛇来添什么翼。那他为什么想变蛇?谢之仁给出的理由是:一是刘一海属相是蛇,他一直把蛇看成是自己的保护神,这样一个生性残暴的人却从来没有打过蛇;二是刘一海有个特别的嗜好,就是好听人家新房,愿意听人家新婚夫妻的悄悄话,以至于在大洼几个村堡里新婚夫妻有的在前几夜都不敢脱衣睡觉。学会了变蛇,刘一海就更方便了,只要有条缝他就可以钻到屋里面去,新婚夫妇就更加防不胜防……谢之仁的话最终传到了刘一海的耳朵里。某天晚上,谢之仁被刘一海以喝酒为名叫了出去,回来时将他的妻子吓得摔倒在地上:谢之仁的嘴,厚厚地肿起来,就像戏剧里猪八戒的样子,比猪八戒难看多了。

赵四嫂子是和我婶婶一起去的,她送去的是一件旧棉衣。在一番吞吞吐吐之后,还是我婶婶代她提出了要求:她希望,魔术师能给她变一种蝴蝶,蓝色的蝴蝶,上面有黑、红相间的花纹。我婶婶将躲在一边的赵四嫂子向前推了推:"她也没见过那种蝴蝶,是她娘讲的。她娘是逃难逃到这边来的。唉,也是苦命人啊。老人临死的时候,总跟她提起那蝴蝶怎样,那蝴蝶怎样。先生你是南方人,一定见过那种蝴蝶吧?"我婶婶拍拍赵四嫂子的肩,"先生,你就当行行好,行不?我觉得变一下也不损你什么,可对她来说,也算了一桩心事是不?"……

后来,那些密谋者也来了,他们神神秘秘,一副见不得光见不得风吹草动的样子。后面的话是我父亲说的,是对我叔叔说的,因为入冬之后叔叔时常和他们在一起,他也变得魂不守舍起来。我父亲说完之后便沉下脸,继续编他的筐,去皮的苇秆在他手里生出了刺,他编的筐越来越难看。叔叔也没说什么,他只是用力地使用了一下眼白,他的这个动作被我看在了眼里。

密谋者们来到魔术师那里的时候我正巧在场,我在魔术师的对面坐着,一言不发,默默望着外面的积雪。我和他已经坐了整整一个下午,好像对方并不存在,仿佛只是要打发掉无所事事的那些光阴。我几次想张口和他说点什么,可不知道是什么原因,它们被堵在嗓子里,一个字也没有出来。远远地,我看见两个密谋者来了,接着是第三个,他们跺脚抖掉鞋上的雪:"去,一边玩去。我们要说点事儿。"——其中一个指着我的鼻子:"听话。听话会有好处。"

傍晚,我在魔术师茅草房的外面又看到了那三个密谋者,他们的表情凝重,好像在争执着什么。我想,他们肯定在魔术师那里碰了壁,不然,他们不会是这样的表情。

4

在我们这里,一切事件都有可能变成传奇,只要这一事件经过了三张嘴,三只耳朵。即便它原本平常,毫无波澜和悬念,三张嘴和三只耳朵之后,你再听——它已经一波三折,风生水起,面目全非。在我们这里,有的传奇接近于流言,有的接近于妖言,有的接近于谎言……通常,我们将传奇的外衣剥开,打掉它的枝杈和叶子,就会按住它的核,这个核多数时候还是接近真实的;通常,我们会将这个核重新包装,给它加上更多的枝杈、叶片、花纹,甚至羽毛,甚至翅膀,再向另一双耳朵传递过去……在我们这里,各式各样的传奇层出不穷,那些外地的说书人很少来我们大洼,因为他讲的故事未必比我们的精彩。

在我们大洼,在孔庄、刘洼、鱼咸堡一带,最会讲传奇的当然是刘铭博和谢之仁。当然,他们讲故事各不相同,谢之仁的故事多是本地掌故,它是旧闻和传说,发生在我爷爷的爷爷之前;而刘铭博,则愿意讲南方,讲他当水手的经历。谢之仁的传奇装在他微微隆起的肚子里,而刘铭博的传奇则装在他的秃脑门里——最后这话是我叔叔说的。每次说完,他自己都大笑不止。

"当年,秦始皇修长城,本来都快修好啦,结果叫那个孟姜女一哭哭倒了八百里!秦始皇一听怎么着?她有这么大的胆子敢哭倒我的长城?杀!不,先别杀,先把她抓来见我,我倒要看看,这个女人到底是个什么样的人!孟姜女一上殿,秦始皇就傻啦!真的是垂涎三尺,眼珠子都掉下来啦!那孟姜女长得漂亮!而且,她身上有一股野气,皇帝后宫里那些娘娘、妃子一个个都温顺得像猫儿似的,秦始皇早就厌啦!于是他传旨,这个孟姜女不杀了,纳入后宫,封为娘娘!孟姜女说,要我当娘娘也行,但我必须去和喜良话个别,我得告诉他一声。秦始皇没办法,好,你去吧!孟姜女一边哭一边走,这一天,来到了大洼边上,她趁着看守她的官兵没注意,一头跳下了大海!秦始皇的脾气多大啊!他一听就急了:孟姜女跳进大海淹死了?不行!东海龙王得把人还回来!不然,我就用山把他的东海给填平了!你说秦始皇为啥这么大口气?因为他有一个宝贝。什么宝贝?他有一条赶山鞭,这可是大禹治水的时候用过的。秦始皇挥动鞭子,啪!太行山就裂开了,秦始皇再甩一下,啪!那山轰轰隆隆就朝着东海来了!东海龙王急得像热锅上的蚂蚁一样,站不住坐不住,一天到晚唉声叹气。他派龙王三太子去阴间和阎王商量,带去三百颗夜明珠,可阎王就是不答应,不行,要是人死了还让她复生,不乱套啦?不行不行,谁说也不行!他再派三太子去和始皇帝商量,那秦始皇的火气大着呢!不还给我孟姜女,谁说也不行,给我送多少夜明珠也不行!就在东海龙王无计可施的时候,他的女儿,九公主出来说话了。她说父亲你别急,我听说赶山鞭之所以威力无穷是因为鞭梢厉害。我想办法将鞭梢偷来,我们东海就没事了。龙王说我也听说了,可是秦始皇一直鞭不离手,晚上睡觉都把鞭梢盘在头发里,你怎么去偷?九公主说你不用管了,我有办法。咱再说秦始皇。他把山一路赶着赶到了海边,这一天,一个太监来报,说在海边上发现一绝色美女,她正坐在海边哭呢,看上去比孟姜女还漂亮,问秦始皇要不要见一见。秦始皇一听,见,当然要见!这一见,皇帝又傻了,好,封为娘娘!你猜海边发现的女子是谁?就是东海龙王的九公主呗!她来偷鞭梢来啦!……

"明朝的时候,我们这一带害起了蝗虫。蝗虫那个多啊!它们一飞起来,方圆几百里都见不到太阳,你要是这时候出门,眼睛睁得再大也看不见自己的手指头!当时鱼咸堡那里住着一个大户人家,姓王,他家养的马跑出去踩死了一只蚂蚱,可不得了!这只蚂蚱是蝗虫神的女儿!蝗虫神生气啦,指挥他的大军从王家上面飞过,掀起一阵大风,呜呜呜——这阵风这个大啊!王家房上的瓦都给掀走啦!就连房子的脊檩也被掀走啦!接下来,蝗虫神下令,都给我落下来!铺天盖地的蚂蚱们一起落到了王家,他家的房子就轰的一声倒啦。王家人?王家人和他家的马、狗、鸡,一个也没活,都让蚂蚱给压成了肉饼!这事儿后来让皇帝知道了,这还了得!皇帝一声令下,派大将军刘猛带着三千士兵来到大洼,准备治蝗。大将军刘猛来啦,一天,他走到沧县的一个村子,口干舌燥,喉咙里都冒出了白烟!怎么办?刘猛将军看见村外有一口井,可井太深了,够不着。就在他急得团团乱转的时候,村里出来了一个妇人,拿着绳子,提着水桶。刘将军一看喜出望外,叫人去和那个妇人说借水桶一用,可那妇人说什么也不答应。你猜那个妇人是谁?猜不到吧?她是蝗虫神变的!原来,蝗虫神也得到了消息,于是他就变成妇人截住刘猛,刁难他一下,让刘猛觉得此地百姓刁蛮,心肠太坏,就不会好好治虫了。可他看错人啦!只见大将军刘猛一咬牙一跺脚,跳下马来走到井边,扳住井沿,双手一较劲,嗐!你猜怎么着?那口井,竟被刘猛将军给扳倒啦!井水从被扳倒的井里涌出来,后来,那个村子就改名叫扳倒井……"

这些传奇是谢之仁给我们讲的,他的肚子里装着太多的故事,它们多数是本地的掌故,你可以在现实中找到它的影子。譬如秦始皇赶山那事儿,九公主最终得手,偷走了鞭梢,怒气冲冲的秦始皇用足了力气也只将山赶到了渤海边上——大些的山叫大山,距离我们大洼四十余里,小点的山叫小山,距离我们只有十多里,谢之仁给我们讲这些的时候一抬头就能看见它。还有扳倒井,的确有这个村子,我和叔叔曾到那里卖过鱼,卖过虾酱。谢之仁还给我们讲过另一类传奇,那是他从书上看来的,譬如有一次,他叫我们去变形魔术师那里,问他能不能用土和泥,做成蜡烛。"你们猜,我为什么要这么做?"见我们一脸茫然,他抚摸着自己的肚子,给我们讲了一个故事。

"大宋时,这一天开封城外来了一个女子,她穿着一身的素衣,端着一个旧碗,坐在一个土坡上,向过路的行人说道:各位乡亲,我是一个外地人,和丈夫一起来此想做点小生意,不料我丈夫得了风寒,一病不起,求大家给我点水喝,给点饭吃,给点小钱让我度日。当然我也不白要大家的钱,这样吧,我每天做十支蜡烛卖,一支一文钱,有哪位乡亲肯行行好呢?那些过路的人只见她一身素衣,一只旧碗,哪里有什么蜡烛?这时有一个好事的人过来,说,姑娘,我买一支,你给我拿来。那个女子不慌不忙,她说我的蜡烛得当着你们的面来做,好用得很呢!这样,请你拿我的碗去,给我端一碗水来。那个好事的人一听,当着我的面做蜡烛?行啊!可你没有蜡油没有丝线怎么做?拿什么做?要一碗水,行啊,我马上就给你端去!我非要看看你拿什么来做这蜡烛!他打水去了,周围的人是越聚越多,大家都想看个热闹。不一会儿,水来了。只见那个女子将碗里的水倒在地上,将土和成泥,将泥做成蜡的形状,吹一口气,蜡就干了,她就把用泥土做成的蜡递给了那个好事的人。那个好事的人当然不干,他说,我可不是稀罕那一文钱,钱我可以给你,但你得给我真正的蜡烛不是?这蜡,这支蜡,只是样子上像,它能点着么?那个女子笑了笑,随手借了把火钳,吱的一声,那蜡还真的点着了!周围的人一片惊讶！着了着了！还真着了！好事的人没办法,只好买了一支拿回家去。他想,不知道这支泥做的蜡烛能点多久？于是他天还没黑就将蜡烛点着了,第二天天亮,他过去一看,蜡还着呢,而且只烧掉了一小半儿！……

"你们知道,这个女人是什么人么？告诉你们吧,她是妖！她卖泥蜡烛为什么？她是在等人,后来那个人真的就来啦！在这只妖的蛊惑之下,那个人后来就起兵反宋,和包黑子他们打了起来……"

我明白了,我们明白了。那时候,官兵正在四处搜捕漏网的捻军,冬天时沧县的官兵和差人们还曾又来过两次,变形魔术师被老刘家藏了起来,那些人又无功而返。后来,老刘家又使了些银子,县衙的人传过话来,这个南蛮是逃荒来的,没有问题,官府不再追究。谢之仁之所以叫我们去问他会不会和泥搓成蜡烛,肯定觉得他的变形法术大概和宋朝时的妖人的功夫一样,他可能也是妖,他也可能真的参与了谋反,甚至是捻军的头目！我们去问过了,先是用手比画,然后将画好的图、写好的字递到魔术师的面前。他只看了一眼,就使劲摇了摇头。他不懂和泥变成可以燃烧的蜡烛。这也许说明不了什么。

爱吹牛的刘铭博肚子里也有倒不完的传奇,每次开讲,他总是先要说"当年,我在某地……"。他当过水手,到过我们大洼人难以想象的南方,经历过大洼人可能永远都不会有的经历,所以,多数时候我们知道他是在鼓起腮来吹牛,但还是爱听。

"当年,我在一个叫簳州的地方当水手。有一次,一位神秘的客人要我们的船送两箱货物到一个小镇上去,那两个箱子得八个人抬才能抬到船上！箱子上贴着横横竖竖的封条,那个客人对我们说,谁要是偷看箱子里的东西,就得被推到江里喂鱼！更不用说拿里面的东西啦！

一路上,我们逆流而上,走了七天七夜!你们不知道江里那个险啊!越走我就越纳闷儿,箱子里装的是什么?金银?财宝?青花瓷?我想不行,我一定得看看!可人家看得很紧,八个大汉都是练家子,日夜守着,眼睛一眨都不眨。怎么办?好办!我偷偷抓了八只乌龟,将它们翻过来,肚皮朝上,晒到了甲板上。南方有一种鹰,专门爱吃乌龟,它们一看到我晒到甲板上的龟,眼都红啦!于是一个个俯冲下来,将那八只乌龟全抓走啦!你们知道,乌龟的壳多硬,鹰将它们抓去打不开龟壳也吃不到龟肉不是?那种鹰可有办法呢,它们抓起乌龟飞到高处,然后朝石头上摔,龟壳就裂开啦!你说这和箱子有什么关系?当然有关系啦!看守箱子的那八个大汉都是秃头!从上面看,就像一块块磨圆的青石,鹰飞得那么高也看不太清楚,就把他们的秃脑门当成是石头啦,于是就将抓起的乌龟狠狠朝他们的秃脑门摔去!嘭,嘭嘭嘭嘭!嘭嘭嘭!别看龟壳撞石头撞不过,可撞人的脑袋,哼!这八个大汉哪经得起乌龟壳的砸,立马都晕了过去!我飞快地掏出早就准备好的药水,将封条们都完整地启下来,然后我的帮手——船上的厨师也过来帮忙,他飞快地打开了锁。这个厨子会开锁,在船上只有我一个人知道!我们打开箱子一看,啊,可不得了,一箱是金银,另一箱则全是明晃晃的钢刀!我和厨子一人分了两块金子。等那些大汉醒过来,箱子完好如初,就是当初锁箱子的人也看不出箱子曾被人动过!可是,也巧了,我们以为做得天衣无缝,偏偏叫另一个人给看到了。谁?也是船上的水手,但他也是长江最厉害的强盗齐鲶鱼的探子!他当天夜里穿上特制的夜行衣,潜到水里,给齐鲶鱼报信去了。齐鲶鱼一听,好!这两箱东西我都要啦!他还真不是吹,在长江上,只要是齐鲶鱼看上的货物,他一定能搞到手,从来就没失手过!这一天,我们的船划着划着,不好!只见前面江面上竖着三十几根大铁柱子,船根本就过不去!而且,铁柱子那边有两艘小船,上面站满了举着刀枪的人。过不去了,船老大说,掉头掉头。船正准备掉头往回驶,有人来报,后面发现了不少艘船,看上面的标志应当是齐鲶鱼的。一听是齐鲶鱼的船,船老大一下子就瘫软下去,眼泪、鼻涕全涌了出来。我说,不怕不怕。这样吧,你给我准备两大锅沸油、三大筐黄豆,都给我放到船头!我自有妙计,一定能让我们的船平安闯过去……

"当年,我在洛阳得过一次大病,那次病几乎要了我的命,好在我身上带有一块通灵宝玉,它替我挡了煞。那块玉在我病着的时候它也慢慢变黑,一天我醒来发现它无缘无故地碎成了九片,从那之后,我的病才慢慢见好转。我要说的是我病好之后的事儿。我病好之后,得赶路啊,在我病着的时候船早走了,我就一路打听着一路向下游走。这一天,我路过一片荒地,看见一个白须白眉的老头儿,正在那里蹲着往远处看。我问你干什么?他说他是放牧的。我又问你养的是什么?怎么拿着肉而不是草呢?他告诉我他养的是狼,养了一年多了。我是谁,我一听就明白了,这个老头儿是个异人,他在憋宝!他养的狼绝不是一般的狼!我和他聊会儿天,然后告辞,我不能让他看出我在打他的宝贝的主意不是?晚上,我带上迷香,换上夜行衣,回到老头儿待的地方。我先用迷香把老头儿放倒,然后扛着袋子,朝老头儿的狼圈摸过去。是狼圈,真的,老头儿把他的狼圈在圈里呢!我往前一凑,六道瓦蓝瓦蓝的光一起朝我射来:那些狼可不认识我啊!它们冲我吼叫,露着雪白的牙。说实话当时我也害怕,可我知道,这三只狼可都是宝贝,既然来啦,就豁出去干他一把!我一咬牙,打开狼圈,将口袋飞快地套到一只狼的头上,但另外那两只狼朝我恶狠狠地扑过来……我根本不是它们的对手。我且战且退,后来干脆口袋也不要啦,飞快地向远处跑——可我哪里跑得过狼?那可是我最狼狈的一次,也是由于我大病之后身子太弱。眼看我就要被狼追上了啦,也是天无绝人之路,我突然发现前面有两棵高大的树!我也是真急啦,一个箭步飞起两丈多高,一下跳到了树上!而其中一只狼,也跟着跳到了树上,它一步一步跟随着我。我向后退着,马上要退到树梢了,那只狼却不肯放过我,它准备把我赶下树去,另外的两只狼还在下面等着呢!我一边倒退一边观察,我发现这种树的枝条很有韧性,而且我头上还有一根粗大的树枝——有办法了!我抓住上面的树枝,让自己退到树梢的边上,我的重量将枝条压得很弯,那只狼没有发现我的意图,紧紧跟过来,就在它扑向我身体的时候我纵身一跃,脚下的枝条立刻弹了起来弹到狼的脸上,它完全措手不及,在慌乱中一头摔了下去!我攀着头上的枝条向下一看,刚才在树上的那只狼已经摔死了,原来它是金子做的!另外的两只狼正围着它哭呢!……"

好了,言归正传,接下来我要说的是那个变形魔术师的传奇,它们是由谢之仁和刘铭博共同"创作"的。多年之后,关于魔术师的传奇,他们二人也无法再辨认出它的本来面目,他们也不知道,是他们一起还是其中的一个创造了它。传奇,渐渐变成了最初的传播者也意想不到的样子。

5

讲鸟语的魔术师之所以得到刘家的庇护,将他藏起躲过官兵的搜捕,是因为,刘家人把他当成是恩人,因为他救了刘家刘升祥一命。要知道,刘升祥的父亲刘谦章可是我们方圆几十里响当当的人物。

就是那年冬天,大洼人收割完全部的芦苇,将它们堆积成三十几座壮观的小山。它们在被运到外地之前得有人看守。不瞒你说,我们自己也承认,孔庄、刘洼、鱼咸堡一带的大洼人身上有股贼性,一只鸭子从洼东走到洼西,它身上至少会丢一半儿的羽毛,那时你要是仔细看:那只鸭子已经只剩一条腿了;已经只剩一只翅膀了;咦,它的眼睛也只剩一只啦!冬天一闲,我们更爱偷来偷去的,去谁家串门,一定得想方设法偷点什么走。"贼不走空",是我们的规矩,要是被盯得太紧我们就会偷折一根扫帚的苗儿充充数。所以,堆起的芦苇山是必须要有人看的,往往一两个人来回巡视,否则不知不觉中那山就慢慢变成丘,变成台,就变得无影无踪。这一年,刘升祥被他父亲安排看芦苇,他住进了和变形魔术师茅草房不远的旧房里。

这一住,刘升祥的身体就垮下来了。他先是眼圈变黑,印堂发暗,后来渐渐没了精神,坐着站着都如同一摊烂泥,他身上的骨头仿佛早就变酥了。再后来,二十六岁的刘升祥一病不起,并且他的身体在慢慢缩小,没有了原来那副牛高马大的样子。刘洼的医生、沧县的医生、抛庄的巫医都来看过,他们的看法惊人一致:不行啦,准备后事吧,大约过不了年。就在刘家人心急如焚、悲痛莫名的时候,有人提到了那个讲鸟语的魔术师,另外的一个人跟着恍然:"对对对!也许南蛮子有办法!说不定就是……对了,升祥刚住进洼里,这家伙就对升祥左看右看,一个劲儿摇头。他一定有办法!"

魔术师被请来了。他盯着刘升祥的眼,一眨不眨地看着,以致给他端水过来的刘谦章感觉自己的身体一阵阵发凉。小半个时辰之后,那魔术师拿过纸、笔,写下了一个药方和两道符。他用鸟语指挥着刘谦章,将一道符贴在刘升祥的脊梁上,而将另一道符贴在门口的树上——

事后刘谦章说,当时他听魔术师的鸟语并不费力,即使魔术师不打手势;而刘升祥的病一好,他又一句也听不懂了,想得脑子都大了,大了的脑子挤得眼睛都鼓出来了,可还无济于事。他叫一个侄子:快,马上,照着先生的药方给我把药抓回来!

他的那个侄子,不一会儿就气喘吁吁地跑了回来,手里依旧抓着那个药单。"药房里没人?""不。""药房里没药?""不。""那你怎么没将药抓来?""人家,人家不,不抓给。""为什么不抓给?""人家、人家说,这药,得大夫自己去抓,人家怕、怕、怕吃死人。人家说里面、里面的药,太毒啦!就是,不放在一起,也能、也能药死两头牛!""什么?"刘谦章拿过药方,他的手抖出了声响。

倒是那个魔术师,一点儿都不慌不忙。他用刘谦章当时能听懂的鸟语,对刘谦章说,你没必要生气也没必要紧张,反正你儿子也已经不行了,就让我死马当活马医吧,我保证能将他的病治好。刘谦章沉吟半响,吐出了他自己咬碎的半枚牙齿:"行!我答应你!你就给他治吧!"想了想,刘谦章又说,"可是,你这药拿不出来啊!你又不会我们的方言,解释不清。""没问题,我去抓。我自有办法!"

你还别说,不一会儿,药还真让他给抓回来啦。

深夜。北风呼啸,雪花飘飘。魔术师闩好门,关严窗,开始给刘升祥煎药。刘谦章和他老婆守着火盆儿,伸长脖子,不一会儿刘谦章就闻到一股焦煳的气味。"有什么东西烧着了?"他老婆往火盆儿里看了看,说:"没有啊!""快,是你的手!"就在这时,闩着门的那间屋里传来一声惨叫,接着又是一声——在我们大洼号称一霸的刘谦章一下子瘫在了炕上,他软弱得像个孩子:"升祥,升祥啊……"

那惨叫声一声紧过一声,一声比一声惨,那惨劲儿像针一样像刀子一样插进刘谦章和他老婆的心里。"咱不治啦!咱就是看着孩子死也不能让他,让他……"刘谦章老婆两只都已烧焦的手紧紧抓住刘谦章的右臂,把他的右臂抓出了血印。"不治啦!"刘谦章用力砸门,门不开,他又去敲窗,魔术师早有防备,他把窗户已经给钉死啦!"南蛮子!你给我开门!再不开,我让你不得好死!我把你剁成肉酱喂王八!""南蛮子,我日你八辈祖宗!"……

人越聚越多。更多的人加入到叫骂中。那么多人的骂声,却始终也盖不住刘升祥在屋里的惨叫!"我们把门砸开!妈的,这个南蛮子,他就是变成苍蝇我也剁他八百刀!""对,我们砸门!""那升祥这孩子……""你们不用管他!"刘谦章瞪着他的红眼珠儿,他抽出自己的那把大砍刀,当年,它可是砍过不少的骨头,喝过不少的血。就在大家准备合力撞门的刹那,门突然开了,只见一只老虎恶煞一样冲出来!我们大洼是平原地带,是海滩,我们见过狐狸见过鲸见过鱼鹰,可谁也没见过真老虎!大家一片尖叫,一片混乱,刀也不敢挥了,斧也不敢砍了,只得眼睁睁看着这只有血盆大口的老虎驮着赤身裸体的刘升祥朝雪地里奔去。"我的儿啊!"刘谦章的老婆嘶哑地喊了一声,就硬硬地摔在了地上。大家又一阵忙乱。

启明星亮起,飘忽的白雪变得黯淡,没冻掉舌头的公鸡开始打鸣,刘谦章的血眼珠刚刚有些转动,只听得屋外有人喊:"升祥回来啦!他到鬼门关转了一圈,和牛头马面打了个招呼,就又回来啦!""什么?""什么什么?"

等刘谦章扶着自己的老婆,艰难挪到刘升祥那屋时,刘升祥已躺在炕上。他笑了笑,叫一声"爹",叫一声"娘"——一屋子的人,屋里屋外的人,他们的泪水汹涌,一直流得满屋里都是水流,湿透了他们的鞋子。

刘升祥真的好了起来。当天晚上,他一气吃上三碗面条,他的命,真的捡回来啦。后来,刘谦章将变形魔术师开出的药方进行装裱,高悬在大厅的墙上——据说一位远近闻名的中医看到那个药方,多年未犯的痛风和牙痛病突然一下子都犯了起来,临走,他留给刘谦章一句话:"向死而生,这份狠毒我下辈子也长不出来。"那个药方里,有硫黄,有巴豆,有砷和水银,还有人参。

"你们说,魔术师将刘升祥背出去都干了些什么?他为什么要刘升祥赤身裸体?要知道,那可是在冬天,刚下过雪。"

那天晚上,魔术师变形成一只白眉老虎,驮着赤裸的刘升祥从人群的缝隙里闪出,朝大洼深处的一片池塘奔去。那时候,刘升祥的身体简直就是一块烧红的铁,风卷起雪花朝他身上飞来,在距离他半尺的地方哧的一声便蒸发了,变成一缕白色的烟。只见那魔术师将刘升祥放在地上,变回人形,掏出一把锋利的刀子,刀光飞舞——那刀光并不是冲着刘升祥的身体去的,而是池塘下边的塘泥。他挖出一块湿塘泥,叭,贴在刘升祥的前胸,然后又挖出一块塘泥,叭,贴在刘升祥的后背——刘升祥双目紧闭,他的身边笼罩着一团热气升腾的雾,贴着他前胸后背的塘泥很快变成了墨黑色,干得不见丝毫的水汽。魔术师将原先的这两块塘泥敲碎,叭叭,又贴上两块新挖出的塘泥……如此七次之后,刘升祥的脸色已由墨黑变得红润,这时魔术师一声大喝,用力拍了一掌:刘升祥吐出一块拳头大小、被血丝包裹着的东西,那东西很柔软,就像一团烂掉的肉,散发着恶臭。随后,刘升祥开始大便,一直拉得有一大截肠子都翻在外面——这时,魔术师重新变成老虎,驮起他,顶着风雪朝村子奔去——

刘升祥吐过、拉过的那个地方,多年之后还散发着一股特别的臭味儿,周围的芦苇和各种野草都变得枯黑,第二年春天也没开始生长。而且,那个池塘从此之后再也没抓到过一条鱼。要知道在我们大洼,马蹄大的水洼里也至少有三条鱼,而那个池塘有二亩多地。那里却没有蚊虫,害蝗灾的年份儿,它们也不在那里落脚,你说奇怪不?

……

6

不知为什么,我感觉同治六年的那个冬天特别地冷、特别地长,它甚至漫过了同治七年的好大一截,以至于草一直不发芽、河水一直不化冻,无所事事的日子也一直过不完。同治六年,我当时十四岁,我感觉冬天特别冷特别长也许是因为我身子单薄,骨头一冻就被冻透的缘故。不过,我的骨头里还有一股隐隐的热量,它时不时地冲撞起来,让我有些不安。

就在那一年,我生出了一个新舌头,它受幻想、梦、谎言和无中生有的谣言控制,模仿着谢之仁和刘铭博的样子讲述着传奇。开始,我讲给我弟弟听,讲给比我小的孩子们听,后来,新生的舌头有了不满足。木讷的父亲可不喜欢我这样,虽然谢之仁到我们家来时总显得兴奋异常、脸上有光,但他却不希望自己的儿子变成那样的人。"吹牛能当饭吃?吹牛能吹出米来,能吹出钱来,能吹出媳妇来?"有一次,我正给我弟弟和三两个孩子讲那年夏天捻军和清兵之间的故事,变形魔术师被我说成是捻军将领,他化身知了刺探军情,在被包围之后又变成一只鱼鹰飞离了重围——我讲得兴高采烈,挥动着手臂,翘起屁股,就在我一回头的时候发现阴沉的父亲站在背后。他恶狠狠地骂了一句,吹牛能吹出米来？光知道胡编乱造！我说，我没有胡编，这是……当着那群孩子的面，当着弟弟的面，他突然挥动拳头，打在我的脸上。那一天，我被父亲打掉了一颗牙。但他没有打掉我新生的舌头，离开我父亲的眼，它就会发痒，就会将梦、幻想、事件和无中生有搅在一起，变成传奇。

不过，我那天所讲的故事，讲鸟语的魔术师化身知了、化身鱼鹰的确不是我的编造，它出自刘铭博的口。那年冬天，刘铭博离开我们前往济南、保定，据他自己说是贩鱼买米，回来之后他带回的却是捻军和官兵的战争故事。他还带回了一个女人，那个女人有好看的眉眼，却长了一颗突出的龅牙——她的这颗牙，在两个月后被刘铭博给打掉了，据说同时被打掉的还有她肚子里的孩子。当天晚上，这个女人就离开了孔庄，再也没有消息。我母亲说，她就像丝瓜秧上的谎花儿，跟过刘铭博这样的人，她的一辈子就算毁了。

"西捻梁王张忠禹率三十万大军浩浩荡荡杀过济南，杀向京城，一路上过关斩将，杀得天昏地暗血流成河……同治皇帝这个急啊，他急得满嘴都是血泡：'众、众、众位大臣，你、你、你们有什么办、办法退兵啊？我给、给你们升官！'这时，大殿上站起一人。谁？左宗棠。他说皇上你不用着急，我自有妙计。西捻梁王张忠禹之所以如此这般战无不胜，全靠他手下有一异士，此人名叫吴优思。他会三十六种变化，能够撮草为马，撒豆成兵，只有破掉这个人的妖法，我们才可能取胜。'怎么破掉他的妖法？'左宗棠说也好破。你让我们的弓箭手脸上涂上狗血，箭头上涂上狗血，城墙上贴上符，然后将叛军周围的草全部烧掉，将粮仓和老百姓家的绿豆黄豆红豆都收集起来运走，吴优思的妖法就算破了。他的妖法一破，捻军也就算完啦！'好！准奏！就按你讲的去准备！'

"官兵的准备早让吴优思知道啦。他怎么知道的？因为他会三十六种变化,深入敌方大营易如反掌。他变成一只知了落在官兵统帅营帐外面的槐树上,看了个满眼,听了个满耳。回去后,他马上来到张忠禹的大帐里:'不好了,官兵那边有高人指点,我的法术被人家识破了。我们先撤兵,以后再做打算吧!'张忠禹张阎王一听急了:'什么,撤兵?姥姥的,门儿都没有! 我还有不到百里就杀到京城了,马上就要活捉同治狗皇帝啦,现在撤兵? 不行!'吴优思也着急啊:'梁王,这次非同小可,在我们三十万大军中,有十五万豆兵啊! 只要一交手,它们很快就会变回豆子,就一点儿用都没有了!'张忠禹一听,怎么着,你威胁我?我梁王是什么人啊,没你那十五万,剩下的十五万兵我也能赢! 再说,再说我张阎王把你砍了!

"果然不出吴优思所料,第二天,两军一对阵,官兵那边一阵狗血的乱箭,吴优思撒豆变成的兵一粒粒都变成豆子啦! 捻军里面一片慌乱:'不好啦,清兵的箭用了妖法,射到身上就变成豆子啦! 再也变不回人形啦! 我们快跑吧'! 兵败,可真的是如山倒啊! 这一仗,直打得捻军丢盔弃甲,尸横遍野。他们流出的血,形成了四条弯弯曲曲的河,我去济南的时候,有一条血河还在,一头牛去河里饮水,结果不小心掉了下去淹死啦。吴优思保护着梁王张忠禹且战且退,退到了茌平南镇一个叫玉埧坡的地方。张忠禹实在走不动啦,他背靠一块白色的大石头休息,忽然觉得背后一阵阵发冷。要知道那是三伏天啊! 梁王感觉不好,叫来一个当地人,这叫什么地方? 叫玉埧坡。噢。那我靠的这块石头呢? 它怎么这么特别? 那个人说了,这块石头是自己从天上掉下来的,有四十多年了吧,我们叫它斩王石,至于为什么这么叫我也不清楚,反正大家都这么叫。张忠禹一听大叹三声,天亡我也! 我张忠禹要在这里陨落,要在这里被杀啊! 随后,他对吴优思说:'吴将军你懂得法术,我们被困这里走不掉了,但你是可以走的。这样吧,你带上我的宝刀走吧,要是你有机会逃脱找到我的孩子就将这把刀给他,让他给我报仇。'吴优思哪里肯听,他说:'梁王不必多虑,我吴优思现在别的法术已经没用了,但救你出重围还是能办到的!'说着,吴优思就要施法,但张忠禹一把抓住了他:'天要亡我,我怎么能违背天意一个人偷生?我意已决,我要学那楚霸王,江东我是不过的!'这时,喊杀阵阵,官兵们里三层外三层,像一张大网围过来。张忠禹率领残部边打边退,打到徒陡河边的时候就只剩下八九个人啦!官兵多少人?七十万人!那七八个人苦苦哀求:梁王你跟着吴将军跑吧,不然就来不及啦!那张忠禹是什么人?血性男儿,顶天立地的大英雄!他长啸一声,将宝刀递到吴优思将军的手里,然后一纵身,跳下了徒陡河!扑通扑通扑通扑通!那些捻兵也跟着一起跳下了徒陡河。本来徒陡河的河水并不很急,可是这几天的生死大战,战死将士的血也汇流到这条河里,使得这条徒陡河变得汹涌、湍急,水流的声响三十里地以外都能听得见,他们一跳下去,立刻就没了踪影。吴优思对着河水磕了三个头,然后一咬牙,一转身,变成一只鱼鹰……"

刘铭博带回的故事一时间在我们孔庄、刘洼、鱼咸堡一带家喻户晓、沸沸扬扬。闲暇的漫长冬天有利于传播——"他是捻军的将军?那他一定杀过不少人吧!""那还用说!听说在南方,一提张忠禹,孩子都不敢哭,就是山里的老虎也会吓得掉头就跑!""捻军一定积攒了不少的金银财宝吧?既然吴优思是最后逃出来的人,那他身上也许会有捻军的藏宝图!""你怎么知道这个吴优思就是我们这里的无有事?天下重名重姓的人多得是!我们鱼咸堡光赵祥就有五个,一个个穷得光着屁股,也不见谁祥了起来。""屁话!天下会变形的人,又叫吴优思的人有几个?你的脑袋让驴踢过?""你才让驴踢过呢!刘铭博的话,哼,你也全信?他捕风捉影呢?"

又有人说:"捻军他们也真是傻。要跑到我们这片洼,别说五十万清兵,就是五百万也一定让他有来无回!""张忠禹是黑虎化身,不是龙,所以他就根本不该去打京城!虎和龙斗,不是找死么?""要是他们打到这来,老子一定参加捻军,妈的,这种日子老子早过够了!""就是就是,杀了那狗皇帝,我们也弄个元帅、丞相当当!""我们先杀到沧县,把姚官屯的那些官兵绑起来,一刀一个,咔咔咔,把他们的脑袋挖空后当尿壶!""听说京城里那些格格、小姐的身子白得就像雪,一掐就出水!她们在炕上,那滋味,啧,你想都想不出来!""我们反到京城,顶不济也打下直隶府,一个搂个格格,一个搂个小姐的搞一搞!""捻军不来老子也想反啦!"……我的耳朵里灌满了这样的话语,它们真的形成了厚厚的茧,我用苇秆儿的一截将它们掏出来,丢在一条小沟里,引起了两条黑鱼的争夺,它们用头撞开厚厚的冰,将茧子们吞下去。孔庄、刘洼、鱼咸堡一带地处偏僻,条件恶劣,我们祖上遗传的匪气、暴气就藏在我们的血脉里,它们每隔一段时间就会发作,不必太当真。在我们这一带,骂骂皇帝老子,说些所谓大逆不道的话是一件经常的事儿,你要连这些都不敢说,就不会有人瞧得起你,觉得你是个胆小的废物。至少,我们谁也不愿意在嘴上就成了废物。

"我们跟着这个魔术师造反吧!凭什么他们吃香喝辣,老子只能这样!"

对刘铭博的故事,谢之仁像惯常一样嗤之以鼻,他认定,刘铭博的说法完全是捕风捉影,毫无根据:"纯属胡扯!你们都常去他那里,你们谁看见他那里藏着一把宝刀？要是有，不早让谁偷出来啦？""他要是会三十六变变成鹰，那他为什么不直接飞回家去，却待在我们这里受罪？"

想想也是，谢之仁的说法还真有些道理。魔术师那里要真是有什么宝刀，以我们孔庄、刘洼、鱼咸堡这些人的贼性，有十把也早给他偷走啦。就是他将那把宝刀变成碗筷，变成凳子，变成镰刀或者其他的什么，也早就被谁偷回家里了——其实他的碗筷、凳子或其他的什么还真的丢过不止一次。某个人将它们偷回家去，用水泡、用火烧，再浇上狗血、兔血、狐狸血，希望它们"变回原形"，变成金子银子，然而结果却让人失望。过不几天，魔术师的东西就会失而复得一次，接下来，它们又将丢失一次，另外的人又将它们偷走，水泡、火烧地重新折腾一次。魔术师屋里的东西就这样失失得得，到春天来的时候他已经习惯啦。

7

"唉，我的银子怎么不见啦！"

"怎么会？咱家又没谁来！你一定是自己放忘了！"

"胡说！我明明放在这里了，我藏得很严！是不是你拿去喝酒了？再不就是，讨好哪个狐狸精去了？"

"我没拿！你别瞎说！"

"你没拿？前天我往里面放钱，只有你看见了！难道它自己会飞？你说，昨天我去赵三婶家织布，你、你一定偷拿了钱出去了！"

"我昨天一天都没出这个门！"

"那好，你没出门，那钱怎么丢了？你不说清楚我就到房上去喊，看是丢谁的脸!"女人不依不饶。

"我……我昨天……在屋里编筐,对了,那些筐在编房里呢,不信你去看!"

"放屁!你从秋天就开始编,那么多扭扭歪歪的粪筐谁知道哪个是你新编的,到底是不是新编的!我告诉你,今天你就是编也得编圆了,编得我信了!你开始编吧!你说,钱上哪去了?!"

"我昨天在屋里编筐……编着编着,看见……看见了一只芦花鸡,是,像是咱家那只,又不太像。我当时想,咦,鸡怎么进屋里来了?看来它也怕冷啊!我赶了它一下,它没出去,我想算了吧,只要不在屋里拉屎就行。等我编完筐,再找那只芦花鸡,没了!"

"这和咱的银子有什么关系?难道鸡能偷钱?"

"我也是刚想明白!我太大意了,你想,咱们这一带,谁会变成鸡?真正的鸡不会偷钱,可人变的,会。"

"你说是那个变戏法的南蛮子?不可能吧?"

"怎么不可能!你说,除了他还能有谁?"

"你们给我过来!说,锅里炖好的那只鸡呢?"

"不知道,我们不知道。"

"不知道?你们给老子偷了去还说不知道?想找死啊,想挨鞋底子是不是?"

"我们没偷!我们真没偷!"

"妈的,跟老子嘴硬,你看看你嘴角上那油,你一张口,我就闻得到鸡肉的味儿!跟老子撒谎,反了你了!"

"我、我……我们真没偷,不信你问姐姐。我们,我们就喝了点鸡汤。"

"你再撒谎老子打死你!你说,那鸡肉上哪去了?"

"让猫叼走了!"

"猫?谁家的猫?"

"我们也不知道……是一只黑猫,全身黑得发亮——对了,就像是魔术师变得那样!"

"你们说是……"

"对,就是他!"

"你说,你一个姑娘家,你……你让我们怎么外出见人?说,孩子是谁的?!"

"孩子,就听你爹的话吧,你这样……也不是办法啊。"

"妈的,老子的脸都让你丢尽了!说,那个男人是谁?!"

"孩子,你就……都三天了,你准备这样跟我们耗下去?快说吧,你爹……他也不能害你不是?"

"告诉我,那个男人是谁?!我不扒了他的皮!"

"孩子啊,你要你娘死不是?你可是说啊,那个男人到底是谁,娘也好给你出出主意想想办法……"

"爹,娘,你们就让我死吧,我不……"

"你就是死,也得把那个男人给我供出来再死!我饶不了他,我一定让他不得好死!"

"孩子,你说,你想害死你娘不是,你想气死你爹不是?这种事……我们知道是谁,也好给你……"

"娘啊,我不……我也不知道是谁!"

"胡说!"

"别吓她啦!你说,你怎么会不知道呢,你怎么会不知道是谁呢?"

"我、我真的不知道是谁。那天晚上,我闩门睡觉,一转身,看见……炕上蹲着一只猫。我吓了一跳——"

"你怎么不喊?娘不是在那屋么?"

"我没来得及喊。我吓坏了,伸出脚,将它一脚踢下了炕。"

"后来呢?"

"后来……那只猫叫也没叫,一溜烟,没有了,门闩着,我也不知道它是怎么跑出去的。我半宿没敢睡。"

"唉,我的傻孩子。"

"后半夜实在太困啦,那只猫也没再出现,我迷迷糊糊就睡着了。再后来……"

"怎么了,怎么了?"

"我感觉……感觉疼,那里……我睁开眼,看见……"

"你看见了什么?快,快说!"

"我看见了一条蛇!它趴在我身上,蛇头钻进了我的身体!"

……

我说过,在我们这里,一切事件都可能变成传奇,即便它原本平常,毫无波澜和悬念。讲鸟语的魔术师刚来大洼的前几年,有关他的传闻实在是太多了,他几乎无处不在,我们不知道他真真假假地有多少个影子。那个魔术师好像对此一无所知,他改变着自己,越来越像一个出生在孔庄、刘洼、鱼咸堡一带的洼民,越来越像。只有他的那口鸟语不像,只有他懂得大洼人所不懂的变化,这点儿也不像,不过,他在众人面前的变化已经越来越少,似乎他怕自己的变化会阻挡他在大家中的融入。

我和我弟弟,还有一些十五岁、十六岁的年轻人相信着魔术师的清白,而我母亲、二婶、谢之仁、刘长锋等人则忧心忡忡。他们觉得魔术师的到来使大洼原本脆弱的道德律令遭到了巨大破坏,人心不古。他们把打架斗殴、吸毒嫖娼都看成是受了这个南蛮子的教唆、蛊惑,虽然这些在变形魔术师来之前早就有;他们把偷盗、姑娘们未婚先孕的私情、流言的传播等等责任都算在了他的头上,"他不来之前,我们这里哪有这么多的事儿……"

我母亲她们的忧心在悄悄地蔓延,就连刘谦章、刘升祥他们也难以阻止。"我们让他搬到刘洼来住吧,和我住一趟房!"刘升祥和自己的父亲商量。"那也得看他愿不愿意过来。再说,再说,"一向爽快的刘谦章突然有些吞吞吐吐,"再说那些事儿也未必都是无中生有……你们刚结婚,就是,就是……别人也肯定瞎说,人嘴太臭啊!""那,我们出面,给他娶一房媳妇吧!""也好。可是在哪找合适的人,怎么去找?"

"这事包在我的身上!"刘铭博用力拍着自己的胸口,同时悄悄地收起刘家送来的酒和碎银。"咱走过南,闯过北,这点儿小事,易如反掌!绝对让你们满意,让那个南蛮子吴优思满意!"

这件包在刘铭博身上的小事儿,直到我们三村的"叛乱"被镇压下去,直到讲鸟语的魔术师悄无声息地消失,他也没能完成。

请刘铭博办事,多数都会没了下文。

8

现在,该轮到那些密谋者上场啦!

说实话,在我们这片荒蛮之地缺少那种真正意义上的密谋者,他们是些因为皇帝大赦天下而被释放的罪犯,一肚子委屈、怨天尤人的农民,屡试不中的书生,无所事事却一腔热情的少年,怀有侠客梦的铁匠。后来,我的叔叔也加入到他们的行列,这似乎给他的驼背带来了些许的荣耀。在我们这片荒蛮而偏僻的洼地,有利于不满和怨愤的滋生和生长。

不过,事情的起因似乎和那些密谋者并无很大关系,他们是后加入进来的,推波助澜,直到酿成大事件。事情的起因是,事情的起因是我们大洼来了两个年轻的官差,他们来收民丁税。他们太咄咄逼人啦!

"怎么歉收了还长了五钱?不想让人活啊!"

如果是以往县衙里的老官差,他们会端着笑脸和我们解释,至少会摊摊手表示自己无能为力,在收钱的时候让上几个钱,事情也就过去了,可那年来的是两个没长胡须的新手,他们比我大不了几岁。"不行!说什么也不行!谁说也不行!马上把钱交上来吧!"

"差爷,你抬一下手,少收一钱行不行?我们今年的收成,唉。"

"废什么话!我们只执行上面的命令!"

"那好,我们就不废话了!"

结果是,我们将这两个差人用绳子绑好,嘴里塞上布条,半夜时分将他们丢在县衙门口。"这是我们的民丁税!"

第二天上午,驻守在徐官屯、姚官屯的官兵来到了大洼,他们叫孔庄、刘洼、鱼咸堡的人都集中在打麦场上。那时,麦子刚刚收割不久,打麦场上热浪翻滚,晒出了麦秆的气味和汗水的气味儿,"你们竟敢殴打官差!不想活了!难道你们敢造反不成!"防守卫脸上的肉球在颤动着,他用手上的剑对着我们的脑袋指指点点。

"老子就是反啦！怎么样！"密谋者们开始答话。

一阵混乱之后，防守卫带来的十几个官兵被我们打跑了，当然，我们的混乱、官兵们的抵抗和逃跑都带有一定的游戏成分，他们多年来大洼围猎和我们都熟啦，也了解我们的脾气。他们跑了，把他们的防守卫丢给了我们。被绑起的防守卫依然十分嘴硬。

"官爷，我们出面将你送回去，那些不听话的兔崽子我们好好管教，所有的税这几天一定交齐，这事儿……你看行吗？"孔庄、刘洼、鱼咸堡三村的老人们出面了，他们可是些德高望重的人。

"狗屁！你们快把我放了，把那些主使的人抓起来送到官府！这事儿没完！"

"官爷，你看这样行不……"

"不行！……"

当天下午，密谋者开始串联：

"官府也太欺人了！他们就不想给我们留一点儿活路！"

"他们都干了些什么？你们家二冬不就贩几斤私盐么，有什么大不了的，不是想活命谁肯走险？到现在还没放回来吧？好，他们不放，我们就将人抢回来！"

"根本是官逼民反啊！现在，我们打了官差、扣了军官，不反也不成了，不反也是死罪！"

"……我、我没有参与打官差，也没参与……"

"哼，你以为你会说得清楚？谁会给你证明？要是别人都抓起来，只有你一家什么事都没有，你，你还能在这里待？……"

"拼了吧！拼了也许能有活命，说不定还真能封王封相，我们的子孙就不用在这破地方受苦啦！人家的刀都架在你脖子上啦！"

这时,传来一个消息:被关在牛棚内的那个防守卫自杀了。他在自杀前就已经气炸了肺,谁也想不到他有这么大的火气!

"现在怎么办?"

"还能怎么办?反吧!"

听到这个消息,我和弟弟都兴奋异常,特别是我弟弟,他来回乱窜,自己摔了好几个跟头,弄得满身是泥。我父亲从衣橱底下掏出一把生锈的刀,而我母亲则坐在一个阴影里,泪水流个不止。

傍晚时分下过一场小雨,落在苇荡里像一簇簇射下的箭,风的声里包含着厮杀、哀鸣和刀光。雨下过之后,大洼里的那支队伍打出了自己的大旗,那是一条藏蓝色的床单做成的,上面写了一个黄色的"义"字。这支队伍集中在打麦场上,由那些密谋者引领,举行了一个简单的起兵仪式。我说过我们这里地处偏僻,没有人能提供起兵仪式的规范样式,参与密谋的秀才不能,见多识广的刘铭博和谢之仁支支吾吾,也派不上用场,那些密谋者们只好用他们的想象来部署。所以,我们这里的起兵仪式极为简单。就是这样,在这个简单的起兵仪式上还出了点小插曲。一个被封为"汉武大将军"的密谋者宣布,我们的这支队伍是捻军的一支,由吴优思将军指挥,我们将和捻军的旧部一同起事,杀进京城,把满族皇帝的头砍下来当球踢——"现在,请吴优思将军入座,宣布我们起兵!"

椅子是空着的。等了好大一会儿,讲鸟语的、会变形的魔术师也没有来,下边扛着刀枪、镰刀、锄头的脑袋们开始窃窃私语。"大家静一静!吴优思将军马上就来!你们不要急!"这时,一个主要的密谋者出现在"汉武大将军"的身侧,和他一阵耳语。"大家静一静!吴优思将军为了刺探官兵的动静,已化身为鹰飞到沧县去了!临行前他吩咐,大家要听我的指挥,违命者,斩!""汉武大将军"在说到"违命者斩"的时候不自觉地带出了京剧的念白,下边的刀枪、镰刀、锄头们歪歪斜斜地笑起来。

那个凑到"汉武大将军"身侧和他耳语的密谋者就是我的叔叔,那是他一生中最为荣耀的时刻,以致他最后的步子迈得飘飘然,而脸涨得通红。多年之后,叔叔跟我说,什么吴优思将军化身为鹰、前去沧县刺探军情的那些全是谎话,屁话,无稽之谈。真实的情况是,他们偷偷杀死那个军官之后马上来到魔术师的房子里,拿来纸笔,和他商量如何起事造反,要拥他为王。然而那个魔术师直摇头:"不,我不懂带兵打仗,也不想造反,只想过几年清闲日子。"那些密谋者用早想好的策略威逼利诱,然而这个魔术师除了叽叽呱呱讲几句鸟语之外根本无动于衷。怎么办?我叔叔他们偷偷使了个眼色,几个人扑上去,用浸过狗血的绳索将那个魔术师绑成粽子——"这回由不得你啦!我们就是绑,也要将你绑去,你想不参与造反,门儿都没有!"

就在他们抬着被绑起的魔术师出门,路过苇荡和被收割完的麦田时,下起了那场该死的小雨。雨的确下得不大,没有影响到他们赶路,然而却给魔术师的逃脱创造了机会。他们走着,忽然感觉肩上的分量一下子轻了,扁担上只剩下那条被狗血浸泡过的绳索。"快点!快,那只蚂蚱是他变的!""不,不对,我觉得,是刚才那只鹌鹑!""刚有条蛇从我脚下爬过去!那也许是他!"……

9

大洼三村的造反根本是一场闹剧,充满了盲目和滑稽,然而代价却是惨重的,它重得让多年之后的大洼人都抬不起头,更不用说那个惨字啦。每次写到这个字,墨汁都会慢慢变成红色,弥漫着一股浓重的血腥气——

在密谋者们的率领下,我们赶到小山,不费吹灰之力就打败了那里的守军,咔咔咔咔砍掉了他们的头。可不等我们下山,就有人来报:官兵们追来啦,他们已将小山团团包围!"他们有多少人?""不知道!山脚下全是!""他们是谁的队伍?从哪里来的?""不知道,我没看清楚。"

显然,这些官兵不是驻守沧县徐官屯、姚官屯的那支,也不是驻守小山的那支,他们厉害得多,凶狠得多,和他们比我们这支队伍完全是乌合之众,平日的夸夸其谈在这时起不到一点作用,那根本不能算是一场战争而只能算是屠杀,咔咔咔咔,咔咔咔咔——

参加到造反队伍中的男人们十有八九都丢下了自己的脑袋,他们的血汇聚起几条弯弯曲曲的小河,一路向北经过高粱地、芦苇荡、溪流和碱滩流回了大洼。我母亲打开门,她看见有一股血液的河流聚在门口,马上哭起来:"你们的父亲死啦!你们的父亲他回来啦!"她拿出一个旧碗,将门口的血流收进碗里。后来,这只盛血的碗和我父亲的一身旧衣服被埋在村西的新坟里,那一年村西的新坟多得数不胜数,让人触目惊心。

秋天的时候,死去男人们的鬼魂也回到了这里,每天晚上,他们在坟前的芦苇荡里点起蓝灰色的小灯盏,一个个坐在苇叶上,开始他们活着的时候还没进行完的争吵,没完没了。

"老秦家做的鱼汤特别好喝,她放了葱,却没有葱味儿,放了蒜,却没有蒜味儿。那天,我的头被砍掉了,在我身子歪下去的时候,刚喝过的血汤也从脖腔里涌出来,我说别啊,别啊,我这辈子再吃不到了,给我剩一点吧！"

"是老秦家的鱼汤好还是老秦家的好？别以为我不知道！你们干的那事儿，除了老秦这个傻蛋你问问谁不清楚！"

"对了，那天玩牌，你偷牌了是不是？我一气输了八吊钱！"

"操，我什么时候耍过诈？是你笨，是你手气太差，要不咱们再来四圈儿！"

"……我一看不好，我拿的是一把镰刀，怎么能和人家的钢刀去碰？于是我一闪身，让过他的刀锋，用镰刀的刀头顺着他的胳膊一拉，他的一条胳膊就只剩下骨头啦！我不慌不忙，拾起他的钢刀，嘿，还真是把好刀！那个官兵也傻啦，他举着自己的胳膊，我把刀给他递过去，你还打不打了？你不打，我就要你这把刀了！这时，又一个官兵扑了过来，他使的是枪，看得出是练家子，一抖枪上的红缨，扑，枪尖刺向我的喉咙！我刚闪过他的枪尖，左边，一把大刀嗖的一声朝着我的胸前砍来！我心想你们来吧，看老子怎么陪你们玩儿！……"

"那你是怎么被砍死的？"

"……我蹿向半空，躲过刀锋，可那杆枪又到了！在半空中我借不上力，怎么办？我猛吸口气，朝着拿枪的官兵吐出一口浓痰！那口痰，我可是运了气的！使枪的官兵啊了一声向后倒去，他的枪就刺得没有力气了，我再运口气，用胸口挺住他的枪头，借着他的力气向后一倒，又刚刚躲开猛砍下来的钢刀！说时迟那时快，那把刀猛劈在枪杆上……"

"别吹啦！你说，你是怎么被砍死的？"

"我是怎么……唉，也是我倒霉，主要是我心软。那些官兵们见我本事了得，就三五个人一起朝我招呼，你一刀我一枪，把我包围在里面。咱什么阵势没见过？打呗！可就这时，一颗人头滚到我的脚下，我用眼一瞥,是赵傻子的!你们知道我平日和赵傻子不错,我怎么忍心落脚踩他的头啊?我只好后退两步,绕开了他的头——这下,可给官兵们抓到啦!你不是怕踩坏自己人的头么?好,我们把砍下的头都丢给你,看你怎么躲!于是,那些官兵有几个人继续围着我打,另外的几个人则四处拎头,往我的脚下扔,我跳我跳,再也没有落脚的地儿啦!没办法,我虚晃一招,向后一跃——有个官兵特别地阴,他提着两个人头就等着我跳起下落,然后将人头丢在我脚下……我向下一落感觉不好,脚下有一颗人头!就在我准备再次跃起的时候,没注意背后偷袭而来的刀……"

"你他妈的死了还瞎吹!你还说不踩,老子的鼻子都让你踩没了,你还我鼻子!"

"本来我的日子过得还好,饭吃得还有滋味,是谁让我落得这般田地的?"

"是那些密谋者!我们受了他们的蛊惑,我们是他们害死的,害得我们成了鬼魂!"

死去的密谋者们见势不妙,"要不是那些凶残的官兵,我们会死得这么惨么?对了,都是那个会变形的魔术师!他要是参与了指挥,我们怎么会变成这样?说不定,他是官兵的奸细,满人的走狗,说不定是他通风报信,走漏了风声,使得官兵有了防备!"

"可是,我们打了官差,杀了军人……这还用他去报信?"

"怎么不用?他在我们这里生活这么长时间了,对我们的想法了如指掌,所以我们才……我们应当找这个南蛮子报仇!外地人就是不可信。"

"是啊,都是他害得咱们!"

那些鬼魂因为被砍过头,没有多少脑子可动,所以很容易相信。虽然有些鬼魂也并不信任密谋者们的话,可大家都相信了也不好再说什么,都乡里乡亲的,叔叔大伯地叫着,算了吧!"我们去找南蛮子报仇!"

一时间,魔术师所住的茅草房外围满了鬼火,那是死去的冤魂们手里的灯笼。它们在屋子外面叫嚷,吵得魔术师根本无法睡觉。魔术师写了几道符,贴在门口和窗台上,但因为他的符写在了一种劣质的灰纸上,而南方的符画和我们这边的也有较大不同,影响了效果,鬼魂们并没能被驱散。它们围着屋子叫嚷,朝屋子的方向扔鬼火:那些鬼火落在墙上便像水滴一样散碎了,直到浸入到土坯里去。鬼魂们还在月黑之夜朝着魔术师的房子里吹气,它们认定这会加重他屋子里的阴气,让他尽快地衰老。

10

"我的铜钱呢?它怎么不见了?它明明放在这儿的!"

"我也不知道,是不是……昨天晚上有一只猫蹿进屋子里来了!"

"又是他?他偷我的这些钱干吗啊!我这日子……"

"说,卖虾酱的钱呢?你脸上的伤又是怎么弄的?"

"唉,别提啦!昨天晚上走夜路来到鱼咸堡的时候,遇到了一个蒙面的贼。"

"编,你就编吧!我听赵成三说,昨天晚上你和他赌了一夜的钱!他说,你输了钱想赖账,让赵石头哥俩打的!"

"他妈的这个成三,真是满嘴里……我们可以当面对质,看谁在说谎!昨晚,我碰见那个蒙面的贼,他一言不发,就来抢我的钱袋子,我想我们一家人还指着这钱过日子呢,就是要了我的命也不能给他啊!我挥动铁勺,他根本就靠不上前!突然,我眼前一花,人没了!我想不好,马上回头,钱袋子还在。我将它装进自己的怀里,然后转身,还是没有!就在我准备推起车子赶路的时候,头上挨了一闷棍!"

"哼,那你的伤,怎么在脸上?"

"……你听我解释啊!棍子打在我头上,把我打得,眼前金星直冒,我忍住疼痛一回头,那个蒙面人就在我的后面!他的拳头又挥过来,就打在了我的脸上!"

"你说,那个男人是谁?你、你肚子里的孩子是谁的?"

"我……我不知道!"

"你怎么会不知道?你自己干的好事,干的丢脸的事能不知道?"

"我真的是不知道!我晚上睡觉,闩上门,脱了衣服,忽然发现窗台上有一只猫……"

"怎么又是猫?"

"怎么又是猫?它本来就是只猫!我叫它花花花,它就来了,躺在我身边,不一会儿就打起了呼噜。我想就让它在这里睡吧!谁知道,谁知道,半夜里……"

"他妈的!我要杀了他!我……"

自打孔庄、刘洼、鱼咸堡三村的造反失败之后,变形魔术师的日子就越来越不好过了。我们,以及比我们小的孩子都受到了大人们的告诫,不允许去他那里玩,不允许再缠着他变形,变成鸡、鸭、蛇或者鱼。这时候,关于他的流言、传言也较以前更为迅猛,虽然三个村子少了不少的男人,虽然那些流言和传言的制造者也未必相信它们都是真的。

不止这些,讲鸟语的魔术师还得和夜里出现的鬼魂们纠缠,他不得不提高警惕。

鬼魂们吹出的阴风也起到了效果,魔术师真的变得衰老,甚至还得了一场大病。要不是刘升祥和他妻子细心照料,他也许会病死在那三间旧草屋里,尸体也慢慢腐烂。刘升祥,是那次屠杀中少数活着回来的男人之一,不过他的左腿被敲碎了,成了一个瘸子。我母亲只要一看到他一瘸一拐的背影肯定会泪流不止。她恨透了我的叔叔,后来我叔叔的儿子得了一种怪病,婶婶来求她想借三两银子,我母亲明明有却说自己只有三吊钱了,以致他的病被耽搁下来,死在了炕上。我这个弟弟死后,母亲叫我买了三两银子的纸,我们在他的坟前烧了整整一夜。这是题外的话了。

同治八年,秋后,南去的鸟群在歇脚之后离开了大洼,苇絮飘飘,一片悲凉,那个讲鸟语的魔术师在我们那里进行了最后一次变形表演。它不是一个好结局。

和往常一样,魔术师变成了鸡,然后一阵烟雾,他变成了一条蹦跳的鱼,接着是一只乌龟。乌龟在爬坡的时候摔了一跤,它不见了,草丛里多出一条墨绿的蛇——

就在这时,刘桂花的爷爷、外号"犟死牛"的刘树林笑嘻嘻地跑过去,突然,他的手里多出一把雪亮的斧头,寒光一闪,斧头剁在蛇的腰部,血立刻喷溅出来——"我叫你祸祸我家孙女,我叫你祸祸我家孙女!"

等众人拉开泪流满面的刘树林,魔术师已恢复了原形,他脸色惨白,血从手指间不断地涌出来。"你仔细去问问你家孙女,你问问她,到底是和哪个男人睡的!她要再不说实话,我告诉你!"一瘸一拐的刘升祥上场了,他俯下身子,查看着魔术师腰间的伤口,"我也告诉你,要是我的恩人有个三长两短,我们,我们跟你没完!"

"你、你敢跟你叔这样说话?"刘树林外强中干,他的声音很快就小了下去。

11

到这里,有关变形魔术师的故事也该结束了。我在十四五岁时生出的舌头帮助我将他的故事添枝加叶变成了传奇。现在,我靠这条多生的舌头吃饭,这是我父亲当年所想不到的,即使想得到他也未必喜欢。他喜欢两类人,一类是英雄、霸主,另一类则是扎扎实实做活儿的农人、渔夫、木匠。很可惜,我两类都不是。在讲述变形魔术师的开始,我计划将他塑造成一个落难的英雄、霸王,可随着我记起的回忆越来越多,它们使得这则传奇偏离了原来的计划,成为现在的样子。下一次我重新再讲一遍,它可能更加面目全非,也可能会丢掉枝叶,老老实实——那是下一次的事。

他从哪里来?我不知道。我真的不知道,在前面的传奇中我已经说得很清楚了。他是谁?我也不知道。我只知道,他在大洼生活的那段日子里,一定没使用过他的真名字。那么,他,到哪里去了?

那一日,他在最后的表演中受伤,伤得很重。刘升祥卖掉一处旧房子,那是他父亲刘谦章生前住的,他死在了小山。卖房子干吗?给那个魔术师治伤,三乡八店的大夫、郎中、巫医都请来了,他们各自施展着自己的绝活儿,可魔术师的病情还是一日重过一日。"犟死牛"刘树林也多次来看过,他一进屋就流起鼻涕,害得刘升祥的妻子从不给这个叔一点儿的好脸色——后来他也不来了。那一天傍晚,魔术师的神色似乎有些好转,他甚至喝下了三碗鱼汤。喝过鱼汤后,他叫刘升祥和他妻子都回去,他想一个人静一静。再二再三,刘升祥夫妇就回到自己家里。

第二天早上,刘升祥送饭,推门进去,讲鸟语的魔术师已经不见了,桌上留了一张纸条和一角破碎的玉。纸条上写着:不用找我。我已回去。

仔细找过,屋里没有。刘升祥跑到屋外,冲着飘起的苇絮大喊,可是除了自己的回声和风声,别的再没听见。就这样,会变形成鸡、鱼、蛇的魔术师,讲鸟语的魔术师离开了我们的生活,从此不知去向。后来,刘升祥请来一个道士,让他和打蓝灯笼的鬼魂们说话,然而那些鬼魂们也不知道他是死是活,到底去了哪里。

我知道的,就是这些。

驱赶说书人

现在,该说书人上场了。且慢——我们先压住呼吸、声音,站好或者坐好,中断刚才还纷乱的喧杂,安静下来。

且慢。我们几个孩子伸长了脖子,村委会外的那个小土台上,除了一张旧桌子,一个旧茶壶,一把椅子,并没有人坐下来。"人呢?说书人呢?"我们的脖子再伸出半寸,"他怎么还不上来?"

说书人其实就在下面,就在前排,当我们按照村长刘权的手势收住了喧哗,停止了打闹,就该他上场了。他站起来,站得有些摇晃,右手的木棍伸向前方,一点,一点……

"是个瞎子!"

我身侧的豆子突然叫起来,在那么大片的安静当中,他的叫声被放大了,显得更为响亮。随后,是突然暴发的哄笑,那突起的哄笑几乎就像翻滚的洪水,把我和豆子、王海、屁虫都淹没在里面……刘权只好再次站起来:"不要笑,笑什么!有什么好笑的!"不过,他自己也……他只得停住说话,冲我们摆手,冲着后面黑压压的人头摆手。

终于再次安静下来。不过,我的身侧已经没有了豆子,他不知道去哪儿了,这小子,一直是一条不安分的泥鳅。不管他,我的脖子还努力地伸着,前面的那个尖尖的后脑勺总是挡着我的小半视线,还不停晃动——这时,说书人终于坐到了台上。他摸索着,摸到桌面上的茶壶,抓着壶把,将水倒进自己的喉咙——他是倒进去的,我能看清那条水线,饮水的说书人没有吞咽的动作(后来,我和弟弟李博曾模仿说书人的这个动作,把水直接倒进喉咙,而结果是,我被呛得不停地咳,而我弟弟却因此摔碎了茶壶。为此我们挨了父亲一顿臭揍,不只是为了茶壶,更主要的,是他觉得这个动作太难看了,太没规矩了。后来,我弟弟得知说书人的身世后,愤愤不平:人家是大户人家出来的,人家……我当然知道他的潜台词)。

"你们都看出来了,说书人是个瞎子。没错,说书人,就是个瞎子……"这,是他的开场白。

就像是书里的内容,他没有任何表情。

他说的,是《三国》。

说书人说着的时候豆子又回来了,他挤着挤着又挤到了我的前面,他的脖子也跟着前面的那个尖脑壳一起来回晃动,王海伸出手,狠狠地弹了一下。"谁?"豆子怒目,然后缩到王海的背后去,"一个瞎子,有什么好看的。"

过了一会儿,他又说,收音机里的评书说得比说书人好多了。这是什么啊,没意思(他没用方言"戏匣子"而用的是"收音机",而且略带些普通话的味道)。"去去去!"听得入迷的王海有些愤怒,他踢了豆子一脚,"不愿听滚一边去!"豆子没能躲开。他笑着,拍拍身上的尘土,然后挤回到我的身侧。他的身上有一股难闻的汗味儿。

那个瞎子,说书人,说的是《三国》。当时我还小,我们的历史课还没讲到那里。他讲桃园里的结义,三个汉子,在桃园里备下黑牛、白马,充当给上天的祭礼,点燃了香,一起跪倒在地上:"我,刘备、关羽、张飞,虽然姓氏不同,不是同父同母所生,但此时结为了兄弟,就一定同心同力,亲如兄弟,有难同当,有福同享。希望能够上报国家,下安黎民……不求同年同月同日生,但愿同年同月同日死。皇天后土,实鉴此心。如果有谁背信弃义,天人共诛!"(之所以我能记住这段词,是因为两年后王海从他叔叔那里得到了它,并让我们一起背下来。只是,我们将刘备、关羽换成了自己的名字。我们:我、豆子、王海、屁虫,在五队的果树园里,掏出从家里偷出的酒、红布和香,堆起土堆,结拜成兄弟。那时,我们是小学四年级,不过随后的一年王海就留级了,也就是说他的四年级上了两年。在"红房子"上初中的时候,屁虫受气了,还在小学五年级的王海率领我们几个一起冲进教室,将两个欺侮屁虫的同学狠狠打了一顿。就在那时,王海向他们宣布,我们是拜把子兄弟,有难同当,有福同享,对我们其中一个的欺侮就是对全体的欺侮,我们绝对不答应——为此,屁虫落得了一个留校察看的处分,而我,因为父亲是教师的缘故处罚轻些,只在全校的大会上做了检查。但王海却逃过了,因为我们始终守口如瓶,没有把他供出来。我们的友谊一直持续到我参加工作后七八年,动摇友谊的原因是:豆子、王海、屁虫三人在镇鱼粉市场外合伙开了一家饭店,不到一年的光景便……为此,三个人再走不到一起,虽然他们都还与我保持着联系。)

　　……那个瞎子,他的口里真的有一条悬挂的河,在说书的时候,他的眼睛向上,翻着空洞的白眼——那时,他完全是另一个人,完全不是那个在下边小凳上坐着的那个瘦小枯干的小老头儿(其实那时他只有四十几岁,但已经很像一个老头儿了)。多年之后,我还感觉,他在讲述那些过去旧事的时候,仿佛"灵魂附体",仿佛空洞的白眼里面也有某种丝丝缕缕的神采,仿佛他就是那些英雄、枭雄、奸雄,或者无德无能的灵帝、刘禅……

"曹操跟着皇甫嵩征讨张宝,刘备刘玄德充当驾前先锋,刘一日来到曲阳城。那时,刘备帐下不过区区三千兵马,而黄巾军张宝手下则有八九万之多。一布阵,张宝坐在马上止不住狂笑,嘿嘿嘿嘿,你们谁见过蚂蚁能挡得住车轮,苍蝇能挡得住洪水?我们只要冲过去,他们马上就会变成一摊肉泥!张宝左右的将军士兵一听这话,也都跟着笑了起来,哈哈哈哈,我们冲过去,把他们变成一摊肉泥!八九万人啊,那笑声在空谷中嗡嗡作响,就像是在打雷,刘备的战马听到这雷声也禁不住倒退几步,发出一阵嘶鸣——这可惹恼了刘备旁边一员大将,只见他气得脸色发青,把牙咬得咯咯直响,哇呀呀呀呀……此人是谁?刘备的三弟,猛将张飞。张飞冲着刘备大喊,哥,我去!我去杀了那个狗贼,把他的头砍下来给你当酒壶使!还没等刘备答话,张飞骑着他的乌骓马便杀向了阵前。三弟慢点……猛张飞那性子,如何慢得了?说时迟那时快,刘备的话音还没落地张飞已经来到了两军阵前。张宝还在那一个劲地笑呢,嘿嘿嘿——嗯?张飞已经到达阵前啦!他急问左右:哪位将军愿意迎战此人?当时张飞刚刚出道,还没什么名气,所以张宝根本不认识他。他的将领也不认识张飞——这个黑大个是谁?兄弟,你见过?没、没见过。看上去可能有点本事。这时,张宝身后闪出一名将军,此人膀大,腰圆,虎目,白髯,手持一对浑金流星锤。各位将军,别长一个无名鼠辈的锐气,让俺去会会他。张宝一看,是自己帐下副将,名叫高升。高升可是一员虎将,有万夫不当之勇,跟着张宝一路杀到冀州立下了汗马功劳。好,那就高将军出战,不可大意!——得令啊!这高升一拉缰绳,战马就冲向了张飞,哗哗哗哗哗哗哗……高将军出战有他的小算盘,前些日子,张宝向他高升许诺,拿下冀州,一定要给他加官晋爵,让他步步高升。这几天高将军的心里正美着呢。两军对垒,他一看,咦?来的这个黑大汉不认识,没听说过,肯定是个无名小辈,厉害也厉害不到哪里去,哈,我立功的机会到了,只要我杀了这个黑大汉,张宝将军一定会给我大大的封赏,赐我美酒、田地、美人……他想得可是美啊,那个美啊——谁料想,二人一交手,这位高将军立刻明白自己绝不是对手。不好!二马一错蹬,刚才还美得不得了的高将军一想,算了吧,官也不要了,爵也免了,我还是跑吧——他拨马想跑,然而已经来不及了,张飞的丈八蛇矛带着风声,已经刺到了身前,叫你高升,这里让你的魂升到天上去吧……"

"且说曹操一路逃出城外,他逃得那个狼狈啊,'却便似脱鞴苍鹰,离笼狡兔,拆网腾蛟——'跑着跑着,他突然想起,帽子掉了,什么时候掉的不知道;跑着跑着,他感觉右脚有些凉,往脚上一看:咦,鞋怎么跑丢了一只?跑着跑着,他抬头看看天,这么晴朗的天,怎么下了这么大的雨,把我的衣服都淋湿了?他一边看天一边还在不停地跑,一颠一颠,口里只有出的气儿没有进的气儿了……坐在树荫下曹操还在想呢,刚才没下雨啊,天一直晴得好好的啊——噢,是我出的汗!这位说了,说书的瞎子,别瞎说啦,你当我没听明白是不是?昨天你说曹操行刺董卓,没刺成,就把刀献给了董卓,董卓带着曹操去看马,曹操说,丞相能不能借给我骑一骑?董卓说,行,你骑吧——那马呢?那马跑哪去了?你说到这儿,曹操可没马,你怎么不提他的马了——问得好!刚出城的时候,曹操是骑着马的,可一出城,他就把马放了,让马自己在大路上跑,而他自己,则悄悄钻进了树林,顺着小路一路小跑:要不怎么说曹操是一代奸雄,生性多疑呢!你想啊,他骑的是谁的马?董卓的。董卓的马,天下谁不认识?董卓的手下肯定要到处去问,你们见没见过一匹这样这样的马,马上的人是如此这般这般……骑着马,他根本就跑不了!曹操是什么人?他早就想到啦!所以一出城,他就故意把马放走,然后自己顺着小路哧哧哧哧一路狂奔。白天不敢走大路,夜里只得住宿荒野破庙,渴了喝两口浑浊的河水,饿了找一些野果、树叶充饥……那个狼狈啊!别提啦!这一日,他终于来到了中牟县。虽然已经过了好几天了,可他还是不敢去县城啊!走到护城河边,他实在是渴急了,饿急了,找了个没人的时机,顺着一个斜坡走下去——他想喝口水啊!要说世事,常常如此,屋漏总逢连阴雨,在困难的时候,真的是喝口凉水也塞牙!这不,曹操刚在水边伏下身子,就听身后有人喊,站住!那个叫花子,你在干什么?曹操心里那个气啊,谁是叫花子?你才是叫花子呢!可那个时候,他也不敢造次,只得战战兢兢回过头来——他不回头还不要紧,而这一回头,呀!直吓得这曹操曹阿瞒是七魂走了五魂,八魄离了七魄,身子木木地,差一点就一头栽进护城河……"

豆子打听到,这个瞎子,说书人,是村长刘权出面请来的,要不然,他也不会在村委会院外的空地上说书。那时候,村上没有什么娱乐,露天电影翻来覆去总是那几部满是划痕的旧片子,而电视,还得两年后才出现在我们那里(粮站有了我们村上的第一台黑白电视。每天晚上,村上的人都搬着自己的小凳去粮站,许多人都只是在门外听电视里的声音,根本无法挤到里面去,但绝不影响粮站的晚上像集市一样熙熙攘攘。几乎可以说是,风雨无阻。真的,有一次,刚下过雨,我和豆子、屁虫弄得一身泥泞才赶到粮站,然而在门外已经挤了许多的人,他们多数没带任何的雨具)。

"他原来是个坏分子!"

豆子说得愤愤然。我们知道,豆子最恨"地富反坏右",去年他曾用弹弓打掉了一个老富农的牙。(那时,"文革"已经结束,村长刘权在喇叭里也喊过多次,现在这个阶段,已经都是人民内部矛盾,不再划成分扣帽子,但多少年了,我们的习惯还真改不过来。)为此,他可挨了父亲一场好揍。但这,只增加了他更多的愤恨。

"不是,他是地主!地主崽子!是山东来的!"屁虫知道得更多一些。他为此翘了翘自己的尾巴,不止一次,我说过,我们都看不惯他的这个样子:"什么不一样!反正不是好东西!"

"你们知道个屁!"这时,王海说话了。他从树墩上跳下来,将那只半死的、捆着后腿的青蛙踢向了远处,那只青蛙没来得及叫,或许王海重重的脚已经踢坏了它的喉咙。"我觉得,他不是一个坏人。"

屁虫看了看豆子,然后看了看我。我们都不再说话,既然王海已经说了。这时,只见王海脱下他的上衣,在手里挥动,念念有词:太上老君急急如律令尔等听真我是玉皇大帝殿前之天罡元帅现令尔等……我知道,他是在学那个盲艺人,他说的是《三国》:张飞杀了高升,这可急坏了、气坏了、恼坏了张宝,只见那张宝披发仗剑,将一道符穿在剑上,念动咒语急急如律令,只见风雷大作,一股巨大的黑气从天而降,翻滚着朝刘备的人马扑过来,里面夹带着雨点、闪电和冰雹,同时还似有无数的人马从中杀了过来……饶是刘关张三兄弟有勇有谋,也没见过如此阵势,刘玄德在马上高喊:哎呀不好,这个老道懂得妖法,我们不是对手!三弟速回,后队变前队马上给我鸣金收兵——你听得这个乱啊……"你们知道不知道,有一本书,叫《奇门遁甲》?"王海问我们,他显得相当神秘,少有的神秘。

我摇头。豆子看看我,也跟着摇头。而屁虫则点了点头。"你知道里面写的是什么吗?"

屁虫点点头,他盯着王海的脸,然后又努力地摇头,不,不知道。

"里面记录的是仙人的法术!是阴阳八卦,是召唤各路神仙、各种鬼怪的咒语!"王海依然用着神秘的语调。我感觉,他在说这话的时候天突然暗了一下,变得发黄,而一股风则从地面上悄悄旋过——我承认,从小我的胆子就小。

"我要是能得到那本书……"王海的语气里有无限向往,"想要包子,念个咒语:狐仙狐仙给我送包子来!马上就有热包子摆在桌子上,吃也吃不完……"王海将一块石子朝树叶间丢去,"我要是在那时候,我就当张角,呼风唤雨、撒豆成兵,多威风!"

"我不当张角,"豆子说,"我要当就当关公,过五关斩六将,谁不听话老子斩了他!"

"我当刘备!"屁虫抢到一个角色,但这个角色我们宁可不要也不想给他:"刘备?就你?不过,哭鼻子的时候倒挺像的!"

我说王海其实更像张飞,但他坚决不认这个角色:张飞虽然勇猛,但还得听刘备、诸葛亮的,没意思。"我当张飞,你们谁当刘备?就屁虫?我还得听他的?"

不能,当然不能,屁虫也认为不能。"你要不是赵云吧!"这里有明显马屁的成分,然而王海依然不肯认领:"他更得听刘备的,不行。我就当张角!天公将军,要什么有什么……最后失败怕什么!反正想要的都有啦……"

"对了,你说……"豆子向我们说出他的疑虑,"他,不管是坏分子也好,是地主分子也好,反正……他是不是在传播迷信?"

"谁这么说?"

"有人。"

"不能让他再这么胡说八道下去了。"管银叔坐下来,坐在炕沿上,接过父亲递过的烟,"秀荣,这事你得出头……群众意见可大啦。"管银叔是村上的民兵连长,原先家里墙上挂着一支用旧的步枪,听我奶奶说,那支枪曾用来枪毙过两个地主。也许是因为步枪的缘故,我对管银叔一直有种莫名的恐惧,他每次来都会带来不少的冷风,从我的衣领处钻进去。

母亲还在吃饭,她似乎没有听到管银叔的话,而是继续喝着碗里的粥。那时,我母亲已在供销社上班,但依然兼着村上的妇女主任。

"《三国》,批了那么多年……他还传播迷信。撒豆成兵,谁见过?我把村上的豆子都给他,撒给我看看!要是在前几年,我、我不……"管银叔挥了挥手臂,那动作,就像——我看过一次批斗,由他来指挥,我看见一个瘦小的地主被押到台上,他的脸上、身上满是种种的污痕(母亲说,如果不是村上想留一个地主到批斗的时候用,他早就不在了,早就被打死了,管银整人可有一套)。台上,风光无限的管银叔带领民兵们喊着口号,历数地主们的罪行,然后,他就是这么挥了一下手,两个戴红袖章的民兵就把地主架了起来,仿佛他们抓着的是一只无路可逃的鸡,那只鸡虽然面露恐惧,可它不动也不叫……它任人宰割,毫无还手之力。对管银叔的恐惧大约就是从那时开始的,我觉得他身上有某种让人恐惧的魔力,他一到来,就把恐惧带来了,把一些毒带来了,把一些阴影带来了,把……我和豆子这样谈过,他说,他也怕。王海虽然一直嘴硬,但我们都看得出来,他也怕,村里几乎所有的孩子都怕。现在,他又做了那个动作。我的手竟然抖了一下,在抖动中,碗里的粥洒出一些。

"说你干什么行!"母亲对着我,"小心点小心点,还得天天说你?你什么时候能长点记性?"那天,她有那么大的火,甚至也烧向了我的父亲,只是对管银叔用着好脾气,"他叔,你坐。你再吃点吧,不知你来,也没做什么好吃的。"

"不吃不吃,刚吃过。"管银叔摇头,他的心思还在那个说书人上面,"怎么能让他那么说呢?得管一管他!你没听,他净是……毒害群众!你和公社也反映反映!"

"快点吃,吃完了出去玩!"母亲的筷子点着我,"大人有事!"

之后的两天显得过于平静,平静得有些虚假,不真实。我以为要发生的并没有发生。每天晚上,那个盲目的说书人还会按时出现在村委会外面的高台上,他用手里的竹竿向前试探,小心翼翼——然而一到开始讲述,进入《三国》,那个瞎子马上会变成另一个人,一个高大、有着非凡神采的人:"上回书说到,白袍将赵云赵子龙怀里揣着幼主杀入曹军阵中,只杀得天昏地暗血流成河。也是上天的安排,该着赵子龙命不该绝。曹操站在山顶上,远远望见赵云前冲后突,威不可挡,他看着不由得倒吸口凉气:真是一员虎将啊!他要是跟了我,那……曹操的如意算盘算救了赵云赵子龙一命!怎么说曹操救了赵云呢?因为曹操这个人虽奸,虽滑,虽然肚子里面弯弯肠子多,但有一样弱点——爱才。不论是什么才,不论是大才小才,自己的才还是人家的才,他都喜欢,都想笼到自己的帐下。前面我们说过关公过五关斩六将的故事,关羽之所以能够逃脱,最后辅佐刘备打下三分天下的局面,也是曹操爱才爱出来的祸。可这曹操,好了伤疤就忘了痛……话说赵子龙拼尽全身力气终于杀出了重围,正准备在一棵树下歇歇脚,突然,对面又冲过来一队人马,只听得冲在前面的红脸将军大声喊道:'赵子龙你休走!赶快下马受死!'来人是谁?原来是曹操手下的大将夏侯渊(后来我看《三国演义》,发现这里与书上说的小有出入。《三国演义》中说,追上来的人是钟缙、钟绅),手提一把青龙大刀。这可把赵子龙吓得……哎呀呀,倒吸口凉气。他心想,要在平日,我也不怕这夏侯渊,然而今天怀里还抱着阿斗,刚才又经历了一场恶战,实在没有一点儿气力了。唉,真是天要丧我啊!天丧我倒不要紧,只是我赵云没有救出糜夫人,又让少主蒙难,实在是没用啊!想是这么想,可没到完全山穷水尽的时候赵云也不甘束手就擒。怎么办?打吧,打不过也得打啊!于是赵子龙又翻身上马,准备迎战夏侯渊……""只听得张飞大喝一声:'我乃燕人张翼德也!谁敢与我决一死战?'那声音就如同是天上的巨雷,轰隆隆在众人的头上炸开,直震得曹军耳朵都针扎一样,发木发麻!曹操可谓一世枭雄,听到张飞的那声喊叫,也吓得在马上一歪,差点儿从马上掉下去!再看他周围的众将官,都傻啦!小腿肚子都朝前啦!你说张飞的大喊有这么大的威力?还真有这么大的威力,书上是这么写的啊!诸位,书上这么写,我就这么说,至于你信不信,完全在自己……这时,张飞见对面没人应战,便怒睁圆眼,再次冲着曹操大喊:'燕人张翼德在此,谁敢前来与我决一死战?'战,战什么战?众将都吓呆了,吓傻啦!张飞站在桥上,再看那河水,本来是由东向西流的,经张飞这么一喊一喝,你猜怎么着?只见那河里的水啊,都由西向东流啦!……"

那个盲艺人讲到此处已经渐入佳境,我承认,他是我此生遇到的最好的说书人,后来我在收音机里反复听单田芳、刘兰芳等人的评书,好是好,但总感觉缺些什么,也许完全是先入为主的缘故。盲目的说书人,他的双眼空洞无物,不,他的眼只是深陷了进去,里面应当还有干枯的眼球儿——但他口里的河水却越来越宽阔、汹涌。

只不过,那两天,我心事重重,并没有好好地听书。如果不是王海的讲解,如果不是后来听收音机里的《三国》,我很可能记不起这两天的故事,至少记不得那么清楚。我在人群中搜寻着管银叔,我总感觉他会在台下悄悄伸出他的手。他的手,在暗影中蔓延,伸到台上去:他会不由分说,把那个说书的瞎子像抓小鸡那样抓起来,然后扔到台下,直把他摔得满面尘土……然而那两天里,真的是风平浪静,平静得有些虚假,不够真实。饭桌上,我用一种很有策略的方式问我母亲,她的回答是将筷子重重摔在桌子上:"吃你的饭!怎么这么堵不住你的嘴!管这么多干什么?!"

管银叔为什么不行动?要知道,我们班第一次使用"雷厉风行"造句,几乎一半儿学生都用的是这样的句子:"民兵连长一向雷厉风行……"在我们村,民兵连长只有一个,那就是管银叔。我们觉得他管的事真多,而管起来也一定雷厉风行,甚至比大队长刘权更雷厉一些、风行一些。可是,可是那两天,他竟然没有任何的行动。这实在太奇怪了。

我把心里的奇怪告诉了豆子、屁虫,后来他们中的谁告诉了王海。我们也觉得奇怪,这不像是管银叔的风格,很不像。"这么好听的书……要是不讲了,我们晚上干吗去?"王海说。这,还真是个问题。

"我们不能让管银搞破坏!"王海的辈分在村上很大,管银应当叫他"叔",因此他背后一直直呼其名,当然在管银面前他是另一个样子。

他说得斩钉截铁,但,我们这些不足十岁的孩子,又能怎样?

"我挺喜欢听书的。"屁虫说。我也是。

之后的第三个晚上,行动来了,不过,行动的大约不是管银而是别人。我分明看到,管银坐在了前面,而丢向台上的臭鸡蛋是从后面扔过来的。那枚鸡蛋投掷得并不准确,它最终撞在了桌子上,但声响和突然而至的臭味还是让说书人下意识地做出了躲避的动作,他的动作那么笨拙可笑,台下的人头都颤颤地笑起来。

说书人愣在那里,台下的人开始催促,你讲啊,你讲吧,没事儿,是孩子和你闹着玩儿……台下的人开始催促,你别不讲啦,我们都还听着呢,下面怎么样了……嗡嗡嗡嗡地乱着,看上去,说书人自己也乱了。他的手伸向前抚摸着桌子,仔细地摸着,摸着那枚臭鸡蛋溅开的痕迹和黏黏的液体……"你快点讲吧!你说你的,是孩子,在这个村里,没人敢拿你怎么样!"说话的是刘权的母亲。据说在秋收之后请人说书就是她的主意,年轻的时候她就是个戏迷,破"四旧""文革",已经很多年没有听戏了,很多年没有人说书了……就是就是,有人附和,你就听老太君的吧。

我,我刚才……说书人弯下腰去寻找,他的心也许掉在了什么地方,他的魂也许掉在了什么地方,他寻找的样子又引起一片哄笑。我刚才讲到哪儿了?

我在台下呼喊,更多的人在台下呼喊,我们的声音清晰而又混浊,相互淹没。

好不容易说书的盲人才找回他的"刚才",但,一股气息被打断了,一条绳索被打断了,他坠下来,重重地摔在地上。很长的一段时间,说书人虽然说的还是那本《三国》,说的还是那些内容,但,真的被打断了——多年之后,某个教授谈起自己一次失败的讲座,他说自己前半部分就像"死掉的河豚"——我觉得这个比喻用在说书人身上也合适,在经历了臭鸡蛋的风波之后,他很长一段时间都找不到原来的感觉和节奏,软塌塌的,毫无生气。好在在诸葛亮舌战群儒的时候,盲目的说书人终于重新找到了感觉,他讲得风生水起、环佩叮当、峰回路转——那时,他再次获得了灵魂,将已经遥远的臭鸡蛋抛在了脑后。

这只是开始。第四天,也就是臭鸡蛋事件之后的第二天,说书人刚刚坐定,手里的圆木还没有来得及敲下,铁锁叔和石头二哥一先一后,蹿上台去。"瞎子,你慢着!"

石头二哥面朝台下,问话却是冲着瞎子的:"我问你,真有人能够截草为马、撒豆成兵么?"说着,石头二哥低头,从自己的裤兜里掏出一把黑豆:"瞎子,你来撒,我看它们怎么变成兵!"他的话当然引起一片笑声,这笑声更让石头二哥感觉得意:"要是黑豆不行,我还有黄豆,我也带来了,在小推车上放着呢,半麻袋豆子,不,半麻袋天兵天将!"众人笑得更厉害了,有人冲着石头大喊,好,好!

豆子当然只能是豆子,它并不能变成兵,即使把它交到说书人的手上。那个瞎子,低眉顺目,一副矮下去的姿态:"我、我、我不能。小哥饶了我吧,我只是胡说八道混口饭吃,我说的这些都是书上说的,以后……以后我改,我改。"

"你这是传播封建迷信,你知道么?"轮到铁锁叔说话了,他先清了清喉咙,但,也许是第一次登台在这么多乡亲面前说话的缘故,他似乎有些紧张,声音竟有些颤,有些沙:"你、你还说曹操爱才,还说……"这个平日高大的铁锁叔,那日竟然越来越干萎,结结巴巴,前言不搭后语:

"你、你不能再、再说了,你知道吗?你、你、你这是毒害群、群众知道吗?……"本来,他的脸也是冲着台下的,可因为紧张的缘故,他慢慢转过脸去,把后背留给了我们。他的"表演"实在是太可笑了,实在是太滑稽了,以至于和他站在一起的石头二哥也笑得弯下腰去,一只手还点着他——几乎所有的人都笑得前仰后合,只有两个人没笑:一个是结结巴巴说着话的铁锁叔,一个,则是那个瞎子。他呆得像块木头,可他的脸上,他的脸上——

"你们闹够了没有?"刘权脸上的笑容并没有完全抹去,"听书呢还是看你们俩二百五?帽子是随便扣的?看你们那德行!"这时,刘权的话音提高了八度,"管银,把你的人领下去!管银!"

没人应声。

刘权再次叫了一声:"管银!"在他周围一片窃窃私语,那些男男女女也跟着搜索着民兵连长管银。

角落里的管银只得站了出来。"你们俩闹什么!下来!都给我下来!"

刘权看都没看他一眼,只是鼻子里重重地哼了一声。他坐了下去,坐下去的刘权便不再是大队长刘权,而是听众刘权:你接着讲!按你的讲!

台上的两个人相互看了几眼,然后怯怯地从台子后面走下去。已经完全没有了刚才的得意。他们灰溜溜的,如同不幸落到水中才爬上岸来的……这样说我的铁锁叔有些不敬,可当时的确是如此,真的如此,这么多年,他那副灰溜溜的样子我仍有记忆。走到台下,他突然想起什么,"这、这、这事……和管银没、没、没关系……"

如果不在现场,你根本想象不到这句话的效果。你根本想象不到,那些已经喧哗惯了的头和口,竟然还有那么大的能量,他们笑得、笑得几乎能抬起屋顶——好在我们并不是在房子里听书的,不然,肯定能震掉许多瓦,会让我们的头上落满灰尘。

那天晚上,尽管光线昏暗,但我看到,管银的脸色异常难看。

那些日子,那个说书人,那个讲《三国》的瞎子进入到我们的生活。每天放学,我们几个走在一起,反复着的就是魏蜀吴,是曹操、刘备、孙权,是张飞张翼德、赵云赵子龙,是胸有成竹、胸有城府、摇着鹅毛扇隆中定三国的诸葛亮,是气量太小、处处与诸葛作对的周瑜周公瑾,是……在我们中间,最入迷的当然是王海,此时他已经不再愿意是张角,也没把张飞的角色揽在自己身上:他按照说书人每天的故事变幻着自己的角色,并不固定在一个人的身上。对于这点,我们几个都有小小的怨言,可是,可是我们没办法,说服不了他。他是一个脾气有些暴躁并且自以为是的人,后来做生意的时候也是如此,后来……豆子不服,我和屁虫也悄悄助长了豆子的不服,但争执的结果是,豆子被王海按倒在地,屁股坐在他的脸上:"你服不服?"如此三番两次,豆子只得服了,但他看我和屁虫的眼神有了特别的冷。

下午放学,天还高着,太阳还高着,我们几个就来到五队的打麦场里,把书包放在麦秸垛上,从麦秸垛下找出各自隐藏的木棒与竹竿,然后分好角色——一出《三国》的戏剧就开始上演了。这个故事是昨天晚上说书人刚刚讲过的,我们从头至尾,甚至模仿说书人的语气,甚至模仿说书人的动作和表情——多年之后,许多年之后,我读到卡尔维诺,读他在《分成两半的子爵》中的叙述:"我就要跨进青春的门槛了,却还躲在森林里的大树脚下,给自己编故事。一根松针我可以想象成一个骑士、一个贵妇人或者是一个小丑。我把它拿在眼前晃来晃去,心醉神迷地编出无穷无尽的故事。后来我为这些幻想感到羞臊,就起身从那里跑开。"……当时我也是如此,说书人的三国给了我诸多的幻想和梦,虽然在我们的戏剧中,时常扮演不到我所想要的角色,我怯懦、木讷,对这个世界有着莫名的恐惧。在我们的戏剧中,我时常扮演一些可有可无或者是大家都不愿意扮演的角色,我还得演得像,演得认真。

记得,在长坂坡那段,我扮演曹操手下的将领,也就是被张飞的大喝吓破了胆的那位。扮演赵子龙的王海怀抱一个树墩从豆子的面前跑过,此时的豆子并不是豆子而是张飞,于是他扯开嗓子,冲着我和屁虫的方向喊:"我是燕人张飞是也(王海给他纠正,是'我乃燕人张翼德也',他怀里的木墩已经丢在了地上)!谁敢与我决一死战?"我和屁虫立刻显现出惊慌失措的样子,我相信,我比他表演得更像。接下来,豆子按照要求继续大喊:"我乃燕人张翼德也(王海又来纠正,应当是燕人张翼德在此,又错了,记住,他三次说的都是一个意思,但说的话不一样)!谁敢与我决一死战?"听豆子喊完这句话,我和屁虫得向后倒退两步,仿佛是骑在马上,那种惊惧也要表现得比上次更强烈些。屁虫过于夸张了,简直是个小丑而不是曹操。绝不是我想象中曹操的样子。

豆子重重地吸上口气,然后用他的木棒的头指向我们,这是他的丈八蛇矛:"战又不战,退又不退,到底做啥(前半部分豆子做得还像,而最后,他竟然用了一个'啥',这是我们当地的方言,在他背后的王海忍不住笑出声来)?"

我们不能笑。特别是,我。我得更加惊恐,还得颤,颤得厉害些,捂住自己的心口:"哎呀呀!"我得痛苦,然后痛苦万分,再然后,身子一仰,直直地朝后摔去。在做足前面的恐惧和痛苦之后,我向后摔,有意把身体挺得很直,像个被吓破了肝胆已经死掉的样子。地很硬,我想到了,可没想到它竟然那么硬,我一动不动,但眼泪被摔出来了,旋转的星星被摔出来了。(我卖力的表演得到了王海的表扬,这让我心里的一股小泉涌出了丝丝的甜。但我为此遭到了屁虫的妒忌,两三天,他都话里有话,指桑骂槐,泛着明显的醋意。去年我在上海,一个偶然的机会重新遇到已经是亿万富翁的屁虫,他竟然还记得我当时的那个表演:"你太像啦!你向后倒下去的时候吓了我一跳!你简直是个表演天才,没吃这碗饭实在太可惜啦!"……在我的努力才下终于岔开了话题。我决定,以后再也不要见到这个屁虫,留给他的,也是我一个过去的电话号码,早就废弃了。大约他的想法也是如此。)

屁虫说,说书人就住在"鬼缠屋",白天,村上时常会有人去他那里和他聊天,也和他谈了"鬼缠屋"里过去发生的怪事。"他不害怕?"

屁虫说他不怕。一点儿也不怕。"瞎说!"豆子斩钉截铁,"他不可能不怕。"

他还真是不怕。屁虫说,烂鼻子五叔问过他住得怎么样,听没听到什么声音,见没见到什么东西,怕不怕。说书人回答,声音是有,还有不少,但没什么可怕的。他没房没地没老婆,还是个瞎子,这样一条贱命……

我们当然知道,烂鼻子五叔时常去屁虫家串门,他一直对屁虫的母亲有着某种幻想;我们当然知道,烂鼻子五叔本质上还是个老实人,不爱说谎,但对于瞎子住在"鬼缠屋"里一点都不害怕,我们是不信的,我们无法相信。

所谓"鬼缠屋",原来本是大地主杨虎臣家的一处旧宅院,当年是账房,土改的时候杨虎臣带着自己的儿子、孙子跑了,但他的小妾和两个女儿、三个侄子都留在了当地。土改的时候,杨家的大宅成了村支部,而账房,则成了那些地主和地主婆丧命的刑场。我爷爷当时在农会,对于当年的事儿,他一直都避而不谈,他不谈,不等于别人不知道,当然更不等于什么也没有发生——在处死地主和地主婆之后,账房被分给了两个贫农,他们都是年过四十的光棍儿。其中一个在里面住了不到半年就死了,得了一种奇怪的病;而另一个,成叔,则是个瘸子,为四队看果园。偌大个院子归了他一个人,特别是这么一个有些好吃懒做的人,自然疏于打理,何况很快,三年自然灾害就来了。在那个饥饿的年代,成叔成了大队的红人,因为他的任务极为艰巨:他必须保护好果园里的瓜果,因为不只是我们村,邻近一些村落的人或者外地逃过来的人都对果园里的瓜果虎视眈眈。一到瓜果成熟的季节,成叔也就住在果园里,他的旧宅自然也就成了荒宅——怪事就是那时出现的,如果成叔在某个黄昏或者什么时候回家拿点什么东西,就会听见院子里面有人哭,有人笑,有人争吵,简直是一出混乱的戏剧。(我姥姥给我讲述这些的时候我母亲也在旁边,她很严肃地对我姥姥说,你不能给孩子传播迷信!怎么会有这事!都是别人瞎编的,吓唬小孩子的!而我姥姥也不示弱:我怎么瞎说?你当时不是当妇女主任么?你不也去蹲过点么?母亲哼哼几声,不再说话。)更多的声音出自于偏房,那里放着大队宣传队的鼓和锣,还有旧食堂里多出来的碗筷,只听见里面时常叮叮咣咣,一靠近,里面的声音马上就会止住,但你一离开或者待在门口不出声,那些声音就又会慢慢响起来,仿佛里面有很多人,在进行一场有声有色的演出……(说到这,姥姥问我母亲,你当时不也听到声音了么?你不是回家来和我说了么?母亲支吾,也许我听错了。那管银呢?刘权呢？黄四呢？母亲有些色厉内荏:跟小孩子说这些干什么！没有解开的谜多着呢,说不定哪天就解开了,根本不是你以为的那样!)

那几间房被称作"鬼缠屋"是在瘸巴成叔死去之后,成叔的死使得关于它的传闻愈演愈烈,尽管有刘权在大喇叭里的辟谣也无济于事。最后,公社里的公安也来了——成叔的死本身也有些传奇,他,是被自己下在果园里的线枪打死的。之所以下线枪,一是防止大人孩子去果园里偷瓜果,二是那年狐狸也出奇地多,它们时常会在果园里兴风作浪,毁掉社员们种下的瓜果。姥姥说,那个成叔是个恶人,下线枪,是想要人命,不然他就会像五队的刘三坏,里面只装药而不装铁砂,即使枪响了打中人也不会伤到筋骨。自然灾害的第二年,成叔的线枪曾打伤过一个孩子,据说没几天就死了,狠心的瘸巴成叔还想问人家去要火药的钱,要不是刘权挡着,他还真去了。按理说,自己下的线枪是绝不会打到自己的,因为只有他知道准确的位置,然而,这个恶人就把自己给打到了。为什么会打到自己？我姥姥给出的解释是:也是报应,有两只成精的狐狸想害他。它们变成人形,出现在果园里,嬉笑着,爬到树上去摘刚刚熟透的桃——这当然不能容忍,尤其是瘸巴成叔。他拿着一根木棒追过去,而等他跑到树下,人已经不在那里了,不远处的一棵树上又出现了她们两个,粉红的袄,淡蓝的裤。一条腿瘸的成叔怒吼着又追过去,等他赶到,那两个女人则又跑到另一棵树下,她们篮子里的桃已经快摘满了。成叔更加愤怒。他不顾一切,追上一个跑得慢些的女人,挥动木棒朝她的头上打去,那个女人尖叫着缩在一棵树下,向他求饶,但怒火燃烧的成叔没有理会,而是扑过去,想抓住那个女人——这时枪响了。里面的铁砂和锡弹都打进了他的肚子,而女人们,则已经无影无踪了。倒下去的时候,瘸巴成叔看见两只红毛的狐狸从树丛中蹿出去,消失在草中。(对此,母亲质疑:谁看见啦?没见到就别瞎说!他一个人守果园,出现了什么事别人怎么知道?姥姥当然还不示弱,全村的人都这么说!这还是刘权他娘告诉我的呢!而我母亲则更为怒不可遏:就是那个老太婆,净胡说八道,影响多坏!他们家就没一个好东西!)

成叔是被运回"鬼缠屋"后咽的气,他的肚子被打烂了,肠子、血和屎一直在涌出来,管银叔曾试图再给他塞回去,但里面太满了,根本装不下那么多混乱的东西。就是在那天,负责守灵的人们听到偏房里的叮叮咣咣,之前成叔曾和别人说过但没有人信——后来,他们只得一夜不睡,依靠不停地咳、不停地说笑、不停地敲打其他的物品才压住了里面的响动。也有大胆的,跑到偏房里到处查找,并在里面点燃了一支蜡烛——但他一出来,里面就又开始了响动,并且相当热烈,似乎还有呼吸声,患有肺痨……于是就有了刘权、管银和我母亲他们的蹲守,就有了公社公安的进入。

公安来了之后,先是打扫了偏房,把里面存放的物品都清理一遍:除了锅碗瓢盆,鼓和锣,七支红缨枪,一些破旧的杂物和小动物的骨骼,鸡毛之外并没有什么特别的发现。晚上,几个公安就住在成叔的屋里,他们静静等待,声音却迟迟都没有出现……就在他们以为所有一切都是谣言的时候,偏房里的声音出现了。先是那些碗,然后是盆和鼓。

那几个公安也折腾了一夜,甚至,他们还朝天放了一枪。响动并没有完全就被制止住,它还是时不时出现,虽然相对弱了些,时间短了些。他们干脆把桌子、椅子都搬到了偏房——他们在的时候,响动自然被克制了,没有任何异常,尽管他们装作睡熟,并发出轻微的鼾声。而在黎明时,他们一出门,声响再次出现——声响出现的原因不明,而那时,公社的公安主要侦破的任务在敌我矛盾和一些人民内部矛盾上,这事后来便不了了之。后来,那几间房被我们村上的人传成了"鬼缠屋"。

那个说书人住在"鬼缠屋",这个消息并不令人惊讶,但多少让我和王海他们都有些愤愤,为什么非要让人家住那里?你把人家请来,非要让人家住在那种地方……而他竟然不怕。他为什么不怕?他是不是有什么法术,会什么咒语,能镇住那些敲盆打碗的鬼怪?

王海的结论是,这个说书人,懂得《奇门遁甲》。他一定是一个有法术的人。

"可他,是个瞎子。"屁虫说。

"你懂个屁!"王海非常不屑,他说正因为说书人懂法术,上天才会对他有所惩罚,让他再也看不到东西。"那他怎么看《奇门遁甲》?"这简单,王海的解释是:他先看了《奇门遁甲》,因为这是一本能召唤天兵天将和各路神灵的书,它多少会影响天地的秩序,所以上天会对得到这本书、研修这本书的人进行惩罚,所以在说书人懂得了法术之后,眼睛就瞎了。

"根本……"屁虫本来还想继续,可他看到了王海的表情,后面的话便硬硬地吞了回去。他向河里丢着石子。

"你说,刘权为什么非要安排他住那里?"

"那,让他住你家去?"

"要是没有书听了,多没意思啊。"王海如此感慨,要知道,他从来不是那种多愁善感的人,一直不是。他只信任强硬,他希望自己能够战无不胜,即使在我们扮演的《三国》故事中。可他那天,竟然如此感慨,感慨得有些沉重。

"管银……叔,他一直都想把说书人赶走。"我直了直身子向他们宣布。

"你怎么知道？"

我当然知道。因为他不止一次来找我母亲。他认定，必须要把这个说书人赶走，不然，他就等于败了。不，是我们败了。

"这有什么？这还算个事？"我母亲敲敲打打，她很有些不以为然，"我说过你别做，你别做，可你偏不听，让人抓住把柄了不是？也不看看那两块货！是成事的主么？"

管银叔喃喃："我不是，我不是……主要是群众的意见。"在我母亲面前，这个一直强硬的、具有魔力的人竟然有些——怎么说呢，他似乎对我母亲小有惧怕，他故意塌着身子，使自己显得矮小一些。

"公社里也听说了。"我母亲拿出两支烟，递给管银叔一支，公社里的意思是，"虽然是有些小问题，可是，主体还是好的、健康的。"

"是谁的意思？"管银叔有些急躁，"那些事可大可小，怎么……"这时母亲看见了我："你到那屋写作业去！别听大人说话！"

……不止一次，管银来找我母亲，他们总是把我打发到另一间屋或者外面去。我听见他们窃窃私语，但说的是什么却无法知道，只能猜测：他们是想驱赶那个说书人，想把他赶走。当然，我也隐约觉得，把说书人赶走并不是全部的目的，不是。不然，管银叔早就自己做了，他可不是那种瞻前顾后的人。

其间，大队队长刘权也来过一次，他来，也是找我的母亲。

父亲对他的到来颇有些意外，那份意外竟然也写到了脸上。不过，刘权并没在意，他和我母亲说着旧日的家常。"从小的时候我就看着你有出息。别看金龙，大学生，是个书呆子，能吃公家饭就不错了，你不一样。当时他们考察女干部，有你和杨桂兰，我说你行。不不不，我没起多大作用,不过我要是不搭话,肯定到供销社工作的不是你。我也是觉得你能干,我也因此得罪了杨桂兰不是? 不过话说回来,我当时就看着你行,得罪她就得罪吧。她父亲两年没登我家门,见了我也不理。小浩也上学了,当时,他还没出生,我记得有一次掉到河里淹着的是他吧? 真是命大。听说还中过煤气,差一点儿没让奶奶丢了? 找不到绳子? 真新鲜,谁家里会没绳子? 就是该着有他这个人啊。"

我母亲和刘权,两个人东拉西扯,毫无边际,特别之处在于我母亲那天说了太多的"公社里"……说着说着,话题转到了管银叔的身上。"当几年兵,翅膀硬了,也会讲大道理了,"刘权咯咯咯地笑了两声,"我本来是想培养他的,你看现在——"

母亲没有接这个话题,她转向别处,询问刘权的母亲身体还好吧,那个姐姐,腰能动了吗? 刘权收起了笑,他看了看我父亲和我,"秀荣,你知道我来找你是干什么的。"

"干什么?"母亲依然糊涂。

"我是来和你说管银的事的。"刘权制止住我父亲,"没事儿,你们听着吧。不怕人。"

"管银……有什么事?"父亲问,他问得相当笨拙。

"有什么事? 哼,不听话呗,想把我这个大队长架空,他来干。当面一套背后一套,总在后面给我使绊儿,以为我不知道! 我只是想看他如何表演罢了!"

"我看他平时……挺听话的……"我母亲也跟着傻下去,她显得比我父亲还要单纯笨拙,"他怎么敢跟你闹,他进支部也是你点头的……不会吧,是不是你多心了?"

"我当然希望是我多心了。哼,他总觉得自己聪明,那点儿小伎俩,我用的时候他还尿炕呢。"刘权看着我母亲,"秀荣,我平时待你和你们家可不薄。我希望你能站到我这一边。我刘权心里有数,肯定不会亏待自己人。当然,要是有人非要……"

"刘队长,你说的什么话!我当然会跟你站在一边的,这还用说嘛!"母亲递过一支烟,父亲划着了火柴,"一起搭班子,我就是觉得别弄太僵了,公社里一直强调团结团结……"

"他不仁,就得允许我不义!看他胳膊能拧过大腿不!真是一条喂不熟的狗!"

……

把他们的钩心斗角暂时放下,我要继续说那个说书人:每个晚上,吃过晚饭,大喇叭里的时事要闻播过之后,我们就都搬着板凳赶往村委会的方向,那里有个说书人在讲《三国》,他是个瞎子。多年之后,我还在思考:那么长的书,那么长的故事,他是如何背过的?他不能像我父亲,可以把明天要讲的内容好好准备一下,可以利用晚上的时间好好看两眼书……他不能,因为他是个瞎子。那时没有录音机,且收音机也极为稀少、极为珍贵,这个瞎子肯定无法得到。在他说书的那个年月,各种旧书刚刚开禁,不再作为"封建残余"加以禁止,而在此之前,它们在农村被连根拔除了,一个地主家的孩子,或者是什么坏分子家的孩子,是无法得到那些旧书的,即使家里曾经有过……那,他的故事是从哪里来的?他,又是如何记下的?

"且说周瑜周公瑾怒火中烧,在马上大叫一声。这一叫可不要紧,它要人命啊!周瑜当然不是张飞,大叫一声能要对方将领的命,周瑜要的是自己的命。怎么说?大家不要忘了,上回我们说到,周瑜的身上有箭伤,还没好呢!他这一叫,伤口复裂,真疼得周都督哎呀一声是坠落马下。'周都督周都督啊!''都督醒来!'周瑜身边的将士急忙把周瑜救回到船上,这时周瑜才七魂回了六魂,长长地出了口气:'各位将军,这是何处?我怎么到船上来啦?'将军们心里那个酸啊!周都督啊,刚才,是如此这般这般你就昏迷过去啦,我们把你救回来的。现在,大耳贼刘备和诸葛孔明正在山上饮酒呢!周瑜那个气啊!他本来气量就小,何况这个诸葛孔明不是摆明了要气他么?不然的话,你饮什么酒啊,还让我的军士们看到!我受罪了,你们就如此高兴,哎呀呀实在是可恼!真气得周瑜是咬碎钢牙啊!

"把周瑜气得这样了诸葛亮应当满意了吧,应当收手了吧?没,怎么会呢?哪到哪啊!这个诸葛亮一肚子计谋才用了一小点儿呢!三气,三气是连环气,大气套着小气,小气连着大气,不然也不会最终把周瑜给气死。周瑜不是到船上了么?这时有人来报,水路走不了了,让人家蜀军给堵住啦,根本冲不过去!没办法,只得走陆路,陆路更不好走!那个险啊,那个曲折啊,那个山重水复啊,这样一路颠簸下来,周瑜的气力渐渐不支。好不容易,他们终于绕出了重围,又有人来报,说诸葛亮有书信一封,要交给都督看。

"信是怎么写的呢?汉军师中郎将诸葛亮致书东吴大都督周公瑾……信上说,我们自从东吴一别,到现在一直念念不忘,总是想起都督来。都督的才华、都督的能力、都督的心胸都让我诸葛亮深感佩服,我每次做什么事都要想一想,如果是周都督会如何如何,看,我诸葛亮都拿你当榜样啦!——你说这话不是骂人么?他诸葛亮明明知道周瑜的气量小,还一个劲地夸他气量好,从不和他生气,这让周瑜怎么接受?而且,这次取荆州他周瑜是败了的,可诸葛亮却还夸他,说拿他做榜样,你想周瑜能不气么？这不明显是挖苦人么！更让周瑜生气的还在后面呢！诸葛亮说，我听说你要来取荆州，这事你就不对了，万万不可。你想，荆州是你们借的，用武力来取多伤感情啊，这不应当是你做事的风格。再说，你们兴师远征，跑这么远的路，一路劳累不说，怕是后勤补给也跟不上吧！你能让将士们饿着肚子打仗？我们在荆州布有重兵，本是防曹操的，但都督来取荆州他们还是用得上的，我觉得你胜算不大，还别说你了，就是像孙膑啊、孙武啊、吴起啊，包括姜太公姜子牙，怕也完不成，你觉得你会……都督是一个识大体的人，我觉得你还是算了吧，回去吧。要是都督觉得如此气势汹汹来一次，见我书信就回不划算，也好，我就备薄酒、粗饭招待一下都督的大军，然后你们再回去。看到这里，周瑜的肝都要气炸了，他的肝里充满了大大小小的气泡把它的肝撑得就像是一个气球似的。这些话让谁看了谁都会生气，何况是气量极小的周瑜！这个诸葛亮，早就算好了，他故意苦口婆心，还显得什么事都在替你考虑……接下来，诸葛孔明还说啦，都督啊，你把大军都带过来为的不过是一个小小的荆州，这样一来整个江南可就空虚啦，如果曹操现在发兵攻打江南，让你首尾不能相顾，那么江南就会丢在都督的手上，那时，你可就是东吴的罪人！你是聪明人，我想你应当能看得出这步棋，可是你为什么还要如此出招我实在想不明白。可你既然下了这步棋，念在我们之间老交情的分上我又不忍心不提醒一声，所以都督啊，你还是早点回去吧，夜长梦多，荆州天凉啊！

"看过了信，周瑜周公瑾是长叹一声，长啸一声，那声音就像长江三峡悬崖上的猿啼——怎么说呢？悲啊，愤啊，怒啊，伤心啊，都在这一声长叹里面啦。这一声长叹更撕开了他的箭伤，血，染红了他的衣衫。众位将领看着，都背过脸去，不忍心啊……"

说到这里,台上的说书人脸色黯淡,一脸悲戚,看上去,他就像那个时日不多的人,那个悲着愤着怒着伤心着的人,而不是他自己,那个瘦小的瞎子。台下也鸦雀无声,我感觉自己也跟着沉入到那种悲苦和伤心里了,它是一个巨大的涡流,我根本挣不出来,爬不到岸上去。(多年之后,我还感觉自己是那个周瑜,有个奇怪的感觉,感觉三十六岁是自己的一个大限,为这个感觉我曾暗自自怜了许多年。现在,我已经四十,早已跨过了那个坎儿,但,但……再说就有些矫情,不说也罢!)

有谁喊了一声好,接下来是众人,一片的掌声。

可就在这时,几片白菜的叶,被甩到了台上。

管银悄悄走进来,他抖了抖身上的雨,坐在长凳上:"书记怎么说?"

母亲看了我一眼,看了我父亲一眼。"他没说。"

"他就没有表个态?"

我父亲插进去:"兄弟,我看这事,你真还做得不对。再下去,对你自己没好处。"

母亲白了他一眼,管银端出半张苦脸:"你以为我想啊,是他欺人太甚,这么多年,他都把我当个三孙子,呼来唤去,什么脏活累活讨人厌的活都是我的,可还见不得我好……你问问大姐,她不也是这样?什么事上他都给你使绊儿,我们、我们是受够了!"

父亲还想继续,母亲早早地打断了他:"你带小浩出去,我们商量个事儿。别说了,说了你也不懂。"

"我怎么不懂?"父亲哼了一声,"就你懂!不就是个售货员么,不就是……"(我的父亲母亲,在我记忆里,他们争吵是一个常态,几乎是时时刻刻。管银叔见过的也不是一次两次,所以他尽可能保持沉默,等他们的争吵告一段落。而我则不同,我必须尽快逃离,否则,父亲的气、母亲的气,会毫无准备地撒到我的身上。)

我在他们的争吵中悄悄跑了出去,外面的雨还在下,虽然很细很小,稀疏得很。

地面很是泥泞。我跑脏了自己的鞋子。

我知道它的后果,我知道自己将要受到的责罚。

因为那场秋雨,晚上的说书停了三天。这三天的夜晚自然显得过分漫长。这三天的夜晚,它们那么空,那么混浊,那么黏稠得撕扯不开,又那么百无聊赖。做完作业,拿着铅笔,我就冲着眼前跳动的火苗发呆,脑子里浮现的是说书人,是说书人的三国,我的三国。

在幻想的故事里,我是英雄,拥有千军万马,拥有河山、疆土和美人,慷慨、有信、有义,为一句诺言出生入死;我是战无不胜的英雄,我是落难的英雄,面对黑夜和灯火发出感叹:"既生瑜,何生亮!";我是……在幻想的未来中,我想象自己也是一个说书人,甚至就像他那样,双目失明,到处去讲我肚子里积攒的故事,它们那么多,怎么讲也讲不完……

那三天,深深入迷的王海也同样百无聊赖,而打麦场也是湿的,根本排练不了我们的戏剧,再说也没有新的内容。即使我们待在一起,还是觉得有些空落,"真没意思。"王海说:"要不,我们去找那个瞎子,让他给我们说书?"屁虫说:"对对对,烂鼻子五叔他们常去。烂鼻子说,这个瞎子可有意思啦!他除了能讲《三国》,还能讲《三侠五义》《封神榜》!反正,他会的挺多的。"

"他怎么会这么多?"豆子很是不解,"他是个瞎子,而且那些书都是,都是……毒草。"

"——你才是毒草呢!"王海踢了他一脚,不过,他也想不透,一个瞎子怎么懂得那么多,而且是在"文革"时候都禁了的。

"我知道。"屁虫的尾巴又翘起来了,这次,我们没有给他压下去,然而,他却不说了。而是拿一个小石块投向草叶。他投得相当专心。

"有屁快放!"

"就是,有屁快放!"

屁虫还是笑嘻嘻地:"我没有屁啊。"王海抬起胳膊:"那我把你的屁打出来。"

屁虫说:"他原是地主的孩子不是? 家里原有些书,而这个瞎子当时没瞎,特别爱看书,还上过几年学。后来土改,他是小妾生的,而且那个地主在当地还挺有人缘儿,所以也没太拿他咋地。反右的时候,这个瞎子和几个右派分子在一起劳动改造,那时他还没瞎,一来二去,他就和那几个右派混到一起了,其中一个就是说书的(豆子哼哼,臭味儿相投)。他就偷偷听人家说书,也记了些,但不长,就有人告密,因为村上保护,公社里也没拿他怎么样,但那个右派就惨了,听说没几天就自杀了。他成为瞎子,是在'文革'的第三年,被借到邻村去批斗的时候有人使坏,把他吊在一间空屋子里,里面放上些湿柴,点着了熏他,屋子里全是烟啊,吊他的人也不让开窗子,结果就把他的眼给熏瞎了。当然也有人说是给打瞎的。据说他们村有几个老太太不干了,到邻村去闹,可他是一个地主崽子,也没闹出什么结果来……"

"那他怎么说书的呢?"

"听我讲啊。他不是瞎了么,也干不了什么活了,他们大队队长说就让他看仓库吧(瞎说!一个瞎子怎么看仓库!豆子不信)。当时仓库里也没什么东西,是一个旧仓库,也没什么好看的,其实就是让他闲着了,大队还给他口饭吃。你想,一个瞎子也没事做,他怎么办?就给自己说书,把原来看的记的都说出来。看仓库的就他一人,他就说啊说啊,有人听见了,报告了大队,大队说,也好,让他说,等到农闲的时候,我们就听他说书。"

"怎么能让他……"豆子有些愤愤不平,"这种人,就应当……"

"人家怎么了?"王海跳下来,跳到豆子面前,"操,看你那傻样,以为你是总理?"

"我当然不是总理,"豆子挺了挺脖子,"我是说,这种事谁都要管,我们应当有这样的觉悟。"

"那你为什么也天天去听书?你要是不爱听,你可以不听,干吗管别人听?"

"我又没好好听!"豆子说不过王海,何况王海有硬硬的拳头。

管银叔被免职了。这很出乎我母亲的意料,一向从容的她也显出了些许的慌乱,要知道,那段时间里,她和管银叔来往较多,没有不透风的墙。

在管银叔被免职的那天,大队的喇叭响了,里面出现的是刘权的声音:社员们注意啦,社员们注意啦,下面我宣布一个事情,都听好啦。走亲戚的、外出的,回来社员们告诉他们一声,都转告一下,别落下。

之后是一阵停顿。喇叭里突然传出一阵刺耳的声响,然后又是一阵停顿。

母亲停了手里的活儿。她的脸色有些难看。她对我父亲说,对自己说,管银被免了。

然而喇叭里说的并不是这件事,而是另一件,秋种的事,公粮的事。说完这些,喇叭并没有关,刘权换了另一个语调。"最近以来发生了一些事情。事情总是要有的,大到一个国家,小到一个大队、小队、一个家庭,哪天不得出点这事那事?倒不一定是坏事。好事也出么! 出了好事大家不都高兴么!"刺耳的声响又出现了一次,里面的刘权在声响停止之后喂喂地吹了两下,"大家都知道,坏事可以变成好事,好事也可能变成坏事。坏事怎么变成好事? 得研究,得思考,得引蛇出洞,得……对症下药。你急不得,急了不行。可也不能怕,你一怕,他就跳得更欢,坏事只能更坏,前怕狼后怕虎怎么能行? 哎,所以不能怕,肯定能想出对策来。大到一个国家,小到一个大队、小队、一个家庭,道理是一样的。"

我母亲说,屁话。而父亲在母亲的屁话之后,用鼻子哼了一声。

"有人总想着斗,斗吧,与人斗其乐无穷啊。我倒要看看你怎么翻得了天,我倒要看看,孙猴子如何跳得出如来佛的手掌心。"又是一阵停顿,而我母亲站起来,又坐下,她显得如坐针毡。"你不是说你有经验么,都在你的掌握之中么?"父亲冷冷地吐着每一个字,"现在好了,我们一家人都得跟着……"

"你说什么屁话! 他能怎么着!"母亲怒不可遏,"这些年,大风大浪都过来了,这点小浪能算啥? 树叶掉下来砸不死人!"

"就说我们为了丰富大家的文化生活,请人来讲书,那几部电影翻来覆去大家都看烦了,可有人就是想方设法与大队作对,小报告都打到了县里! 县里已经表态了,肯定了我们大队的工作,认为我们的做法很有创意! 什么毒草、传播封建迷信,现在是什么年代啦! 上面说不许再乱扣帽子,不许无原则地上纲上线,可有些人,就是抱着老思想……要我说也不是什么老思想,是对人来的,恨不得把人置于死地,再踏上一只脚!我告诉你,这只能是搬起石头来砸自己的脚!就你们那些小伎俩,以为我会不知道?我会不明白?只是愿意说不愿意说,愿意管不愿意管罢了!你们丢鸡蛋、丢菜叶子,丢这些干什么?丢人!给我们大队丢人!还上台去闹,你闹什么闹?会有你好果子吃?哼,说人家传播迷信,那你干吗也装神弄鬼,想把人家吓走?别以为我不知道,人民的眼睛是雪亮的!什么'鬼缠屋',胡说八道,是有人在装鬼,是有人想借鬼来吓别人,以达到他不可告人的目的!"

  关于装神弄鬼,我姥姥说确有此事,当然她是听人说的,但应当准确:为了吓走那个说书人,有人悄悄潜入到"鬼缠屋",模仿一些死去的人说一些旧事,并且故意说得极为恐怖。好在,说书人并不畏惧,他在屋里与那些人一唱一和,也说得极为恐怖,那些模仿的人倒害怕了,他们只好逃出了院子。姥姥说,偏房里的响动一直在,她认为,那是些冤死的魂在作怪。真是作孽啊。八十年代,那几间"鬼缠屋"终于拆了,村上(已经不是大队了,公社也已不复存在,它变成了镇)在原地建起了一个地毯厂。在拆屋子的时候,人们发现一个墙洞,在里面发现了四十余只刺猬,不知道"鬼缠屋"的响动是不是由它们造成的。不过,在地毯厂建起之后,那种让人恐怖的响动再也没有出现。

  母亲支着耳朵,她的面色越来越冷。我忘了是一件怎么样的事儿,我的父亲母亲又开始了争吵,最后,父亲打了我母亲,然后又狠狠踢了我两脚。母亲一边骂着一边回我姥姥家,他们的冷战将维持很长的一段时间。不说也罢。

管银叔找到我姥姥家来了。"人得争一口气,我、我都冤死啦!我宁可鱼死网破,也不能让他那么痛快,作威作福!"

"都是你,太急了,本来我们的把握很大,这下,好受了吧!"母亲自然没给他好脸色。

"他贪污,用公家木材做自己家梁的事,公社就没个说法?我不服!我一定要把这个官司打下去,一直打到中央!"

"看你能的!"母亲将手里的筷子摔在桌子上,"领导找我谈话了!谈团结,团结谁?哼,你要不是太急,我们肯定能把他拉下来!可你,偏偏在这个瞎子身上做文章,让他有了警惕,什么用公家木材?人家有证明,是花钱买的!钱也的确是交了!你要不瞎胡闹,会是这个结果?我们肯定能打他个措手不及!"

"那他利用自己的职权,玩弄女人……"

"你能找到证据么?人家女人不告,男人不追,你有什么办法证明?亏你还是民兵连长,要是能抓个现行,就什么都好办啦。"

"我不是,我不是……我还不是为我们想,我是太急于出这口气了!"管银叔拍着自己的腿,"你要是早提醒我……"

"我没提醒你?我没提醒你?!打蛇打七寸,现在倒好,打草惊蛇了!"

"什么打草惊蛇啊?"说这话的是刘权。他,极为突然地出现在门口。

"刘、刘队长……"

尽管有着种种的波折,书还是说到了尾声。那时,我母亲已经向刘权"投诚",而管银,如秋后的蚂蚱,也如冬天的蛇,他的牙被拔掉了,他的毒素只得咽回自己的肚子里。当然,这只是一个表面,真的,只是一个表面。

那是一个变化多端的年代,有着暗暗的风起云涌。邓小平主政,大喇叭里反复宣传的是三中全会,它甚至影响到我们的作文,如果不提十一届三中全会后的变化,肯定得不到高分。改革,开放。说书已经不再有什么禁忌,其实不再有禁忌已经很长时间了,可我们乡下总是晚一些,一切一切,都晚那么半拍、一拍,甚至更多。

"上回说到,诸葛孔明在帐内作法,忽听帐外大乱,有人在呐喊:'不好啦,曹兵杀过来啦!'孔明正要派人出去打探,这时一阵风吹过,帐门被一个大汉推开:'不好丞相,魏兵到了!'来人是谁?大将魏延。他这一进不要紧,对蜀国来说,几乎是天塌地陷!怎么了?老人们都知道,魏延一进门,走得匆忙,一脚把诸葛亮摆在帐内的主灯给踢灭了!有人问,不就是一盏灯么,灭就灭呗,有什么大不了的?还真是有大不了的。古人迷信,书上是这么说我就这么讲,如果我不按书上说的讲你会说我胡说八道,而我按书上讲你又说我传播迷信……难啊,难啊。好在人民的眼睛是雪亮的,不像我这个瞎子,大家都能明辨。说书,就是逗着玩儿,我说的事儿你可别当真。闲话少说,这盏主灯一灭,诸葛亮的气也就泄啦。只见诸葛亮神色黯淡,把剑一扔,'唉,命当如此啊。我是过不了今晚啦'!前文书说到,姜维可是一直在帐内守着,魏延这一脚可把他气坏了,眼睛里全是血丝啊!拔出手里的剑挥剑就砍,这时诸葛亮拦下了姜维:'是我命该如此,并不是魏延的过错啊。就是他不进来别人也会进来,人,抗不过天命啊!'要不说古人迷信呢!他们就相信天命,天命不可违。有没有天命?没有,当然没有!可那时,人就信这个!说完这些话,只见诸葛孔明猛然吐了三五口鲜血,昏倒在帐内。魏延也非常恼火,跪在帐前:'丞相醒来,丞相醒来啊……'"

说书人,那个瞎子,也是一脸悲切的表情。

那一刻,我早不再是周瑜,而是诸葛孔明。有股酸由心里一直酸到了手上。虽有雄心,但无力回天。王海、豆子和屁虫也与我想的一样,那个时候,豆子也渐渐入迷,不再想是不是地主崽子、什么封建迷信的事。听喇叭里的,听报纸上的,这是豆子一直的习惯,直到现在。所以他一直正确,所有的判断都来自于当时报纸、电台、电视里的说法,按过去的话说,他绝对"跟得上形势"。诸葛亮的死比刘备的死更让我们伤心,王海说,"都有点儿万念俱灰"。他是这样说的,他用出的是那个成语——万念俱灰。这是我们课本上没有的一个词,不知道他为什么记了下来。也许,说书人用过,我忘记了。

我说过,管银叔就如秋后的蚂蚱、冬天的蛇,他的牙被拔掉了,他的毒素只得咽回自己的肚子里。当然,这只是一个表面,就像我母亲的"投诚"也多多少少是个表面。

终于让他们找到了机会,抓住了把柄。在我一篇旧文章中曾提到过此事:刘权,他权力的丧失是因为女人,如果他只和村里的女人做一些怎样的事也许没有关系,没有影响,但,他的手伸得有点……那个女孩儿是公社里的秘书兼报道员,本来她是按书记的指示采访刘权写一个先进事迹的,当然这个报道最终在公社里播出了,还上了地区的报纸——可刘权,抓住机会,竟然真的迷住了那个女孩。公社里有我母亲和管银的眼线,这张网,我想我母亲应当织了很久——于是,有人报告给了公社书记。他并不信。然而,当他在一个休息的时间返回公社,敲响那个女孩的房门——等了很久房门才开。而刘权,就在里面。

可以理解书记的震怒。这个女孩是他看中调入公社的,他看中,还希望这个女孩能成为自己的儿媳——查!好好查!

刘权的大队长很快被免了,而接替他的,就是管银叔。"总算出了口恶气!"我母亲说,"你的爷爷奶奶,你的姥姥姥爷,原来可没少受他的气!看他还猖狂不!"(后来,我母亲也和管银叔闹翻了,那时,我母亲已调到了县里。她本也有一个惩治管银叔的计划,但,在我父亲的坚决制止下最终不了了之。这,是后话。)

刘权被免,说书人在我们村上的生活也就到头了。管银叔当然要继续他的驱赶,但,这次,他做得相当"温和",只是断了说书人的口粮,也不再承认刘权之前的所有承诺。他在喇叭里宣称,拿大队的钱做事,都必须要问一问群众答应不答应,而不能仅凭领导个人的好恶和私心。这不行,当然不行,永远不行。人民群众要行使监督的权利,要保证每一分钱都花在刀刃上,大家都知道,过日子绝不能大手大脚,一个大队就像一个家,要精打细算才能过好。

他在喇叭里没提断说书人口粮的事儿,但他提到了说书人。他说,我原来是跟不上形式,总觉得这些旧书……是毒药,是毒草,要不然当年怎么会那么批呢?肯定是有问题的!现在,通过学习,我也明白了,我们完全可以取其精华,去其糟粕,没什么大不了的。如果说书人愿意为群众服务,继续说书,也没什么不可以的,就说吧!我们大队也支持他!

就在管银叔成为大队长的第三天,说书人离开了我们村,他大约没有带走一粒米,而之前,刘权曾经有一个相当大方的承诺。刘权感慨,人一走,茶就凉啊。说这话的时候他正蹲在太阳底下,和一群老头儿晒着太阳,某个人,原来跟他异常亲密,就像一条跟屁虫一样的人从他面前走过竟然装作没有看见。刘权的话,是说给那个人听的,他故意用着大声。有个老人笑了,他的牙齿早就掉光了,因此,看上去,他的笑容有些空洞,缺少些什么。

说书人走得悄无声息,我们不知道他去了哪里,是不是回了山东。他的走,使村委会前面的空地显得更空,晚上,三三两两的人还会聚集过去,在一起说上会儿话然后散去。熟悉这段旧事的人说,《三国》没有讲完,到最后,三个国家变成了一个国家,它既不姓刘也不姓曹,更不姓孙,而是,三国归晋,最终让司马家得了天下。说书人只说到了诸葛亮的死,那个魏延在他死后造反火烧了栈道……后面的事,村里的人都说不出太详细的内容,但三国归晋则是肯定的。他们还说到刘备不争气的儿子——刘禅,在他的手上丢了国家,而他,竟然没有一点儿的羞耻。

说书人走了,他被赶走了,挤走了,在王海和豆子那里都成了一种仇恨。是的,这是仇恨。王海是这么说的。他们两个,先是在深夜偷偷集合,向管银家丢砖头、石块、菜叶或牛粪,后来还用自制的小刀扎破管银叔的自行车……但这些,并不能使说书人再回到村子里。他走了,永远没有再在我们村里出现(我原来也想打听一下关于他的行踪,可是,它被放下了,几十年过去之后似乎再无提及的必要)。

据说,那个说书人,在刘权家里待了两天,他把后面的故事全部讲完才离开的,但这个"据说"没有得到证实。刘权的儿子低我们一年级,我们向他打探,他直摇头:"那个瞎子,从来没进过我们家。我父亲嫌他味儿,嫌他脏。他什么也看不见,总是到处乱摸。"

王海,用他的鼻孔重重地发出一声"哼"。他把一口浓浓的痰,吐向学校那个破旧的球篮……

被噩梦追赶的人

警察来过的第三天,早晨,肖德宇再次被自己的噩梦所惊醒。坐起来,阳光已经照在第三根窗棂上,它们泛起一片片细细的波纹,他的那个梦,也缓缓沿着波纹的方向褪去,被收拢到一个很小的点上——但噩梦中那种心悸的感觉还在,它压在心脏的上方,使心脏出现下坠,肖德宇费了很大的力气才将自己的心脏提到正常的位置上。

"又做噩梦了?"肖德宇的妻子凑过来。她的脸色里带着明显的紧张。

肖德宇没有说话。他的眼睛盯着窗棂,空气里有几条丝状的尘灰在那里悬浮、飘动。"又梦见他了?……"

肖德宇微微点了点头,他的动作幅度很小,几乎无法察觉。他妻子叹了口气:"真不知我们怎么欠他的。"这时肖德宇有了反应,"嘘",他直了直身子,然后重新躺回到床上。

"你看他那张脸!命中带着呢!"肖德宇的妻子将一件什么物品收走,到外屋去了。肖德宇还在盯着窗棂,他仍然有些恍惚,那个噩梦似乎仍在他大脑的某处潜伏,随时准备浮现出来。

那个纠缠他已经很久的梦,它既没有淡下去也没有变得斑驳,相反,它越来越清晰,甚至带上了颜色。在梦里肖德宇发出了巨大的呼喊,但这起不到任何的作用,他吓不掉梦里突然渗出的颜色,也吓不去那张步步逼近的脸。那张脸,那张带着同样的惊恐,满是血迹的脸。

那张脸,是他弟弟肖德宙的。在瓦村,许多人都说他们哥俩长得很像,肖德宙是肖德宇的翻版,是年轻几岁时的肖德宇。这些日子,肖德宇只要一躺到床上,肖德宙那张沾满血污的脸就会缓缓浮现出来,即使肖德宇还没有真正地睡着。那张脸堵在他的面前,贴近了他,让他的呼吸变得急促而困难。整个梦都是黑白的,可最近,从肖德宙脸上垂下的血却变成了暗红色,仿佛爬行着的蚯蚓,仿佛还冒着气泡儿。肖德宇冲着那张脸大喊:"我是你哥!我是你哥啊!别逼我!"……

尽管窗棂上的阳光很厚并且慵懒,但屋子里的风还是很凉,肖德宇感觉它们吹进他的衣服内部,冲着他的汗毛一遍遍地吹着。梦在缓缓褪去,收缩到一个小点儿之中,然而那些肖德宇一直熟悉的家具,包括座钟都变得陌生起来,他感觉自己置身于另外一个世界。

他用力甩了一下自己的头。

他感觉大脑里有个坚硬的东西被甩出去,掉在地上。

从厕所里出来,肖德宇已摆脱了那种恍惚的感觉,他看见妻子已回到家里,从他的方向首先看到的是妻子硕大的屁股,它举着,而妻子的头低下去,频频点着,口里还念念有词。"你在干什么?"肖德宇问。其实这完全是一句废话,对他来说。

"烧纸。"

肖德宇站在妻子背后,看着几张纸变成火焰,变成灰烬,它们飘得很高还带着星星点点的火。肖德宇看着妻子的屁股,说实话当时他并没有将它和"屁股"联系在一起,也没将它和自己的妻子联系在一起,它像刚才家具里的座钟一样陌生。

妻子站起身来,肖德宇却俯下身子,抓起那些还没有烧的纸。"你要干什么?"

走出门去,肖德宇停了停:"我到他坟前烧一烧纸。"

那个梦实在坚硬、顽强、固执,穷追不舍。

肖德宇摆脱不掉它。它是肖德宇的一条影子,是当年紧紧跟在他背后的那条狗,是他骨头里的虫子……它是肖德宙带着血污的脸。自从肖德宇将弟弟的尸体从矿上背回来之后,噩梦就跟紧了他,缠住了他。

肖德宇,这个一米八二的大个子,他的睡眠被纠缠他的噩梦完全毁掉了,一躺到床上马上鼾声如雷即使使用针扎用扩音器喊也叫不醒的肖德宇再也找不到了,他的睡眠已被取走。每日,即使哈欠连连,即使昏昏欲睡,一进入到睡眠很快便会被自己的噩梦惊醒,只得重新开始。

噩梦让他心情烦躁,让他牙痛和便秘,让他精神恍惚,仿佛大病初愈的样子。警察来过之后,他的表现更为强烈了。

"你是肖德宇?"

"是。"

"死者,肖德宙的哥哥?"

"是。亲哥哥。"

"他死前一直和你在一起,是不是?"

"是……我是看着他死去的。要不是我想把他背出矿井也许他能多活一会儿,可我当时很着急。"

"你说一下当时的详细情况。"

"嗯,好的。当时……"

这话肖德宇已经说了上百次了，他的老婆，他的儿子肖勇，以及肖德宙的妻子赵宁也听过上百次了。赵宁倚在门框上，微微跷着一条腿，在那里面色沉郁地嗑着瓜子。也许是因为警察在场的缘故，她并没有表现出悲伤和激动，只是用余光时不时瞄一眼肖德宇，瞄一眼警察，仿佛他们谈及的事已遥远，是多年前发生的。她不停地嗑着瓜子。地面上，已满是瓜子的皮，它们还带有瓜子的香气。

"谁是肖德宙的妻子？"年纪大些的警察合上他的笔记本。他看着肖德宇。肖德宇有些慌乱地抬起手指，在空中停顿了一下，然后指向倚在门边的赵宁。警察的问话她肯定听见了，然而她依然有些木然，当肖德宇的手指指向她的时候她的神经才开始复活。"哎，我，我是。"赵宁将手里的瓜子全部丢在地上，她踩着那些面前的碎皮向前一步，"我是。"就在那瞬间，赵宁的眼眶突然地红了。

警察们开始询问。这时，肖德宇背过身去，他猛烈地抽搐起来："我的亲弟弟啊，哥哥，哥哥愿意代你去死啊。"他用力捶打着自己的脑袋，是的，当时他用的就是这一俗套的动作，警察看了他两眼继续自己的问话，而他的妻子则手足无措地站在那里，不知道该如何安慰他。

"他、他自从德宙出事之后，经常做噩梦。"她凑过去，将自己的话插在警察和赵宁之间，"他们兄弟的关系一直很好，真的。德宙这一出事……"肖德宇的妻子发现警察和赵宁的目光都转向了她，这个没经历多少世面的女人略略有点紧张："我们家德宇……我们对德宙，他们的婚事都是我们俩张罗的，他父亲死得早，没挣下什么……是不是啊？"她看了看肖德宇又看了看赵宁。

"听说肖德宙在矿上总参与赌博，是不是？"还是那个年纪大些的警察，他用手上的笔指了指肖德宇。

如果不是有人询问，如果不是要必须回答，肖德宇很不愿意回忆自己在矿上的生活，很不愿意。一个字也不想提。他甚至不愿别人提到"矿上"，"矿上"对他来说是一块发烫的山芋，是一只滚动的刺猬。偏偏灵敏，可他的耳朵偏偏能从远处、从别人的嘴里甚至心里提出这个词来，让他感觉到那个词所携带的强大电流。他听不得这个词。

可那个肖长河偏偏要提。在肖德宇面前，肖长河露出他那口灰斑牙，张开他的臭嘴，滔滔不绝。矿上又出事啦，一个矿工在下班后失踪了，当然有人说他下班时就没从矿井里出来。他是流河镇的，家里报了案，到矿上查了也没有结果。有个工头被人剁掉了两截手指，别人问他是咋回事他也不说，在矿上待不下去，后来辞了工作去流河镇开了一家门市，生意冷冷清清。肖佩钢和二鬼子他们打了一架，头上缝了两针，现在还在医院里住着。"要是德宙还活着，他们可不敢！"

滔滔不绝的肖长河根本没有注意到肖德宇的脸色。他大概喝了酒。矿上……矿上……

在几次有意的岔开和故意的沉默之后，肖长河仍在继续，忍无可忍的肖德宇终于站了起来："肖长河！我不准你再提矿上、矿上！你给我闭嘴！"

肖长河大张着嘴巴，他的滔滔不绝被突然地闷住，塞回到自己的嘴里。"急什么急，你。"肖长河的脸色也变得难堪，"人家还不是以为你想知道矿上的事儿，怕你闷……"

"以后你再来坐，"肖德宇挥了挥手，"不要和我说矿上的事儿，心烦。"

肖德宇的妻子凑过来，将一支香烟递到肖长河的手上："他这几天情绪不对头,你别往心里去。你们从小玩到大,你知道他这猪脾气。"她对着肖长河的脸:"这些天他总做噩梦,见到德宙。吃不好也睡不好。你知道有什么法子送送不? 总这样下去也不行啊。"

肖长河看着肖德宇的脸。"唉,你不信也不行,横死的人就是凶。"肖长河咳了两声,他又回过来看着肖德宇的脸,"这话你们也别不爱听,德宙活着的时候在矿上也是一霸,很少有人敢惹他。二老板都让他三分。也是命啊,"肖长河又咳了几声,"平时德宙很少下矿,他总是,总是……咳咳。"

"长河,你经历的事多,你说德宇这……怎么办好呢?"

肖德宇的眼睛朝向了别处。但他的耳朵在,他也没有制止的意思。肖长河挪了挪自己的屁股。

"看来,他是不愿意走。多给他烧些纸钱,送送他。"

"烧过了。烧了不少呢,不管用。"

"是啊。你要不买两条烟烧烧,德宙爱吸烟。"

"红塔山呢,早烧过了。还买了一瓶酒,倒在纸上烧,回来德宇还是做梦。"

"要不,请和尚来念念经? 也许管用。"

"我早请过了,这事德宇还不知道,花了三百多呢。我见没有作用,也不敢跟他说。"

"……你请几道符吧。"

"你没注意吗? 墙上有,炕上、窗户上都有,他的枕头下面也有。唉,谁家能摊上这邪事儿。"

"他做的是什么梦啊?"肖长河盯着肖德宇的眼,"你说出来,也许他在梦里想给你提个醒什么的,是冷是热是缺钱缺烟了什么的。"

肖德宇的妻子刚要张嘴,被肖德宇拦下了:"没什么,我就是老梦见他。毕竟是亲兄弟,毕竟是我将他背出来的。"

虽然意犹未尽,肖长河还是收住了这个话题:"慢慢忘吧,过些日子就好了。"

将肖长河一送走,肖德宇马上沉下脸来:"你不说话会拿你当哑巴卖了?哪来那么多屁话!"

"我说得有错么?"她丝毫不甘示弱,"我不是为你着急么!你看看你现在的样子!我是在你的事里添了油了还是添了醋了?你说!"

"你知道肖长河的嘴有多快!没影儿的事也说得和真的一样!以后不用你说话的时候少插嘴!"

"哼,都是我的不是!上次警察来你就说我多说少道,我不说,我不插话,让你在那呜呜哭!守着赵宁,你不觉得丢人我还觉得丢人呢!"

在和妻子陷入冷战的那些日子里,肖德宇的噩梦仍在继续,他被肖德宙导演的噩梦追赶着。在梦中,肖德宇左冲右突,却始终摆脱不了肖德宙的那张带着血污的脸。血变得越来越红,越来越密集,有一天肖德宇被自己的噩梦惊醒,在醒来的一瞬间,他感觉梦虽然已经褪去可是一滴血却落在了他的脖子上。它鲜艳,冰凉,贴着他的脖颈滑了下去。

肖德宇感觉,自己全身的汗毛都直立起来,它们被恐惧大大地撑开了,凉风从撑开的毛孔里簌簌灌进去,很快灌满了他全身的皮肤。他努力让自己静下来,静下来。那滴滑落的血还在,只是在他手上,变成了一颗红色的玻璃珠。这是怎么回事?即使只是玻璃珠,它又怎么会出现在自己的炕上,出现在自己的被窝里面?

尽管肖德宇一直不信鬼神,尽管事后他妻子反复向他解释,那枚玻璃珠是她项链上的,起床的时候线断了珠子由此散了,她找到了其他的以为已经找全可是偏偏丢下了这颗——那枚红色玻璃珠的出现让肖德宇变得疑神疑鬼起来。他妻子的项链最终被他埋在村外的一棵树下。两个月后,他偶然发现,自己弟弟的遗孀,赵宁的脖子上挂出了一串红色的玻璃项链,和自己妻子的那串几乎是一模一样,也红得像血,红得那么冷。

"你说实话,"某一个晚上,妻子用了十二分的小心试探,"我不会和任何人说的。你是不是,"她冲着他的眼,"做了,做了对不起德宙的事?……"

"你说什么!"肖德宇直起身子,"你放什么屁!"

"没有就好。"妻子简直是在自言自语,"你这弟弟,唉。"

"你知道你在胡说什么!"肖德宇的眼神里闪过一片凶恶的光来,"你要是再胡说,我杀了你!"

妻子突然紧紧地搂住他:"不管怎么样,这个家不能没有你,你可不能垮了。"

肖德宇的身体松下来,他的嘴唇在微微颤抖。他也用力地抱紧了妻子,抱紧她身上的汗味儿和赘肉。

"杨二婶今天来说,赵宁想着再走一步。他们刚结婚,和老二也没有孩子。"妻子说,"我猜是赵宁的意思。"

肖德宇没有说话。他的手上用了些力气。

儿子肖勇和人打架了,他的脸上、身上沾满了泥和土,额头上还有一块青色的伤痕。"你这是怎么啦,怎么啦?"肖德宇的妻子伸手去掸肖勇身上的泥土,"是和人打架了,是不是?"

"他们骂我爸爸!"儿子横了横脖子,他脖子上的筋跟着跳了几跳。

"骂你爸爸就跟人打架?和你二叔一个脾气,火一点就着!他们骂你爸爸什么?"

肖德宇坐在炕边上,他感觉妻子和儿子的声音距离遥远,它们仿佛与他隔着一层玻璃。他感觉自己的神经麻木迟钝,自己正在变成一只缓缓的蜗牛。

"他们说、说我爸爸害死我二叔!他们说我爸爸是胆小鬼,遇到塌方自己先跑了!……"

"你说什么?"隔在儿子和他之间的玻璃突然碎了,儿子的声音一下子变得清晰、尖锐,插入了他的耳朵,甚至使他的耳朵被狠狠地撑大了,有些疼,"你、你说什么?!"

"他们——"

儿子肖勇只说出了"他们"。肖德宇的右手狠狠地挥过去,耳光是那么响亮,肖德宇的手也跟着一阵阵发麻。

"你干什么!你这是干什么!"是妻子的声音,她的声音又褪到了玻璃的另一边,遥远起来,其间似乎还夹杂着石头划过玻璃的声响,拖拉机发动的声响,蚊子飞来的声响或者流水的声响。它们交杂在一处,和妻子的声音一样遥远甚至还要更远一些,肖德宇有些恍惚,他麻木起来的神经捕捉不到它们。

肖德宇盯着肖勇的脸。血,两股血一前一后从肖勇的鼻孔里流下来。它们是一种暗红,远不如在肖德宇梦中出现的鲜艳。肖勇没有哭,他只是狠狠地咬着牙,看着别处,脸上带出一副恶狠狠的,同时又是不屑一顾的表情。这表情肖德宇太熟悉了,简直和肖德宙一模一样,肖德宙的性格和血在肖勇的身上获得了复活。看着他的脸,肖德宇怔了一下,他的胸中涌起一股股巨大的怒气。他按不住它。他的右手再次高高扬起,风声呼啸——

妻子挡住了他的手。"有本事跟孩子撒什么气啊?没做亏心事,能怕鬼叫门?!"

肖德宇抬起右腿,朝自己的妻子的小腿踢去。他咬牙切齿,虽然用的力气并不重。

可妻子,还是摔倒在地上。"妈!"儿子肖勇扑在他母亲身上,将她从地上的泥土中拉起来,没有看肖德宇一眼。肖德宇的脚又抬起来,它显得僵硬,只得硬硬地落在地上。肖德宇用力跺了跺脚,走出了房间。

某个早晨,天色灰蒙蒙的,细细的阳光刚刚透出点白,像被稀释过的牛奶,赵宁将院门打开,回头时看到了蹲在墙角的肖德宇。"我想给德宙做一场法事,给他超度一下。毕竟,毕竟是这么死的。"肖德宇说着,他的脸隐在大片的阴影里。

赵宁愣了一下。"大哥,他都死了这么长时间了。"

"没关系,没关系。"肖德宇向前探了探身子,"做法事的钱,我和你大嫂商量过了,我们出,不用你花、花一分钱。"

看着肖德宇布满血丝的眼,赵宁感到有些酸酸的味道从心里泛起,很快弥散开来。"你们商量好了就做吧,我没意见。"顿了顿,赵宁将一只探头的鸡赶回到院子里,"大哥,我听嫂子说,已经请过和尚了。"

"那不算!那怎么能算!"肖德宇显得有些着急,"法事,可是得像样子的!至少要做三十六天!念念经,怎么能行?"

赵宁不再说话。她面前的肖德宇比平日里低矮很多,散发着一股特殊的气味儿。一只鸡,还是那只不安分的鸡,它又探出头来,向外面张望。

"你的，"赵宁的嗓子有些干，"你的，睡眠最近好吗？"

肖德宇抬起手来，将那只鸡再次赶回到院子里。"还是那样，总是梦见他。"

"大哥，其实你没必要那么对他。平日里我不好说你什么，今天我得说你几句。你说，他算个人么？他能算个人么？他害你、害我，害得我们还少么？"赵宁用的是一种急速的调，说完这些她略略放慢了语速，"你再给他烧纸，再给他超度，也没有用。我不相信他死了之后会长出人心来。"

"可、可不能这么说。"肖德宇变得更矮了，"我这个兄弟，唉，这个兄弟……"

"大哥，他和你是亲兄弟，我说这话你也许不高兴，但我想你能理解。他现在死了算是死对了，这个世界上终于少了一个祸害，我们家终于少了一个祸害。"说这些的时候赵宁的身子微微有些发颤，她的脸涨得通红——也许是由于天气有些寒冷的缘故。

肖德宇张了张嘴，"你是说，我们、我们……"他的眼眶变红了，里面旋转着泪水，"我对不起他。他长成那个样子，我、我对不起他……"

天色渐渐发白，地面上落下一片片阳光的碎屑，一个人影在墙角处闪了闪，不见了。赵宁望了望远处，她打断了肖德宇："他死了，对大家都是好事，镇上不知道有多少人高兴呢，这话你不会不爱听吧？"

肖德宇没有回答。

"你也许听见村子里的风言风语了。"赵宁回过身，将那只鸡再次赶回到院子里，"谁都知道你们兄弟不一样，不是一类人。谁都知道，你们兄弟不和，他在矿上也打过你。大哥，你要是再给他做什么法事，你觉得村上人会怎么、怎么说你?"

"你、你不是怀疑,真是我害死他的吧?"

"不怀疑,我当然不怀疑。"赵宁冲着肖德宇笑了笑,"要说他想害死你,我倒会信。你没胆量。他,他没人性。"

……

儿子肖勇又和人打架了,他被赵振虎打破了头,而赵振虎的两颗门牙,则被他用拳头打掉了。肖德宇和妻子去人家看望时,高过肖勇一头的赵振虎正在屋子里大声小声地哭着,往一个脸盆里吐着口中的血。

肖勇一晚上都没有回家。第二日凌晨,天色最暗的时刻,肖德宇突然感到一股巨大的疲倦像被子一样蒙上了他,它厚重、黏滞,肖德宇如同被蛛网困住的虫子,挣扎了一下、两下,便再也没有力气。他飞速地下坠、下坠,直直地落入到那个等待已久的噩梦之中。

梦中,肖德宙换上了另一副表情,他的眼眶里渗出了血也渗出了冷冷的刀子。"我不会放过你的。"那声音低沉、浑浊,带着反反复复的回声,仿佛四周有许多的肖德宙,他们时隐时现地喊叫着:我不会放过你的我不会放过你的不会放过你的你的你的你的……

在梦中,肖德宇气喘吁吁地奔逃,他的梦是一口缺少光亮的矿井——那水的声音、那泥土和煤块溅落的声音,以及他被四周墙壁放大的气喘吁吁,那从阴暗处透过的微微光线,完全是他所熟悉的那口矿井,然而他不熟悉出路。在梦中,肖德宇的奔逃根本没有作用,无论他如何绕来绕去却总是回到同一个地点,提醒他回到同一地点的是溅在矿井壁上的血。那血是肖德宙的。在梦中,肖德宇也禁不住打个冷战,这时,肖德宙的声音从矿井壁的深处突然响起,"我不会放过你的不会

放过你的不会不会……"

奇怪的是,在这个幽暗恐惧的梦中,他的儿子肖勇也出现在里面,他在一个角落里坐着,书包丢在一边。肖德宇压低嗓音急切地叫他:"快、快跑!"肖勇只用余光看他一眼,然后继续盯着别处:"不用你管。"不用支起耳朵,肖德宇也能听见后面的脚步已经近了,它几乎是踩在肖德宇的心脏上,一步一步。"快!快走!你叔叔会杀死我们的!"肖德宇感觉,恐惧和怨恨像两堵不断压近的墙在挤压着他,他听见自己骨头和心脏被缓缓挤碎的声音,然而那个没心没肺或者狼心狗肺的肖勇却依然漠然,甚至吹起了口哨……

在梦中,肖德宇肯定喊叫了,被推醒的瞬间他还听见自己喊叫的尾音,那声音里布满了惊恐和混乱,和他平日的声音很不一样。坐起来他看着同样面带惊恐的妻子,"我又做梦了。"肖德宇用手擦拭着额头上的汗水,"我还梦见了儿子。他还没回来吧?"

"没有。不知道这一晚上他怎么过,外面这么冷。"

肖德宇抬头,窗外还是一片黑暗,它显得浓重、巨大,藏匿着太多影影绰绰的阴影。"这个孩子。看我怎么收拾他。"

肖德宇的妻子给了他一个冷冷的后背:"你还是先收拾我吧,你还是先收拾这个家吧。有本事,有本事把你儿子打死,那多清静!省得一家人跟着心烦!"

"你说什么!这是什么话!"肖德宇的烦躁和怒火又被勾起来了,"孩子都让你惯坏了!到处惹是生非,我、我倒不能管了?!"肖德宇用力挥动着手,炕沿上一个什么物件被重重地挥出去,摔碎了。

肖德宇的妻子看也没看,伸出手来拉灭了屋里的灯。"摔吧、摔吧。哼哼,摔吧。你看咱多有本事。"

"你、你他妈的说什么！你再说一遍！"

"你看咱——"

家里的空气变得越来越稀薄，即使张大了嘴，也呼吸不到多少氧气，肖德宇想自己妻子大概也这么认为。自己的儿子也是，虽然他坐在桌子前面大口大口地吃着碗里的饭，虽然他端出的是一副木木的表情。至今，他也没说那一夜他究竟待在了哪里，那一夜是怎么过的。他的话越来越少了，可也越来越生硬、恶狠，让人生气。肖德宇盯着他的右手，它还在肿着，关节处有伤痕有瘀血。就是这只手，将赵振虎的上唇打破了，并打掉了他的两颗牙——肖德宇忽然感觉一阵心痛，那种痛是绞动的，一坠一坠：肖德宙在肖勇这个年龄，也曾用手打掉西河镇刘羽的两颗门牙。当时，刘羽是学校里的一霸。

从肖勇的身上，隐隐地凸现着肖德宙的影子。它似乎在变得越来越显明、突出。肖德宇又记起了那个有肖勇参与的梦，奇怪的是，自从肖勇回家之后，肖德宇虽然仍旧噩梦连连，总是深陷在那个无路可逃的矿井之中，但肖勇的身影再没有在梦里出现过。但这不能减少肖德宇的担心，恰恰相反，他的担心正在越来越重。

肖勇离开了饭桌，很快便没了踪影。肖德宇隐约听见，自己的妻子在院子里似乎对肖勇说了些什么，肖勇的声音很不耐烦：不用你管。肖德宇感觉自己迅速地追上去，抓住肖勇的衣领——事实上，他并没动。面前的饭已有些凉。

"他走的时候说什么？"妻子回屋来时肖德宇问。

她愣了愣。"说什么，没说什么啊。"

"我听见了。"肖德宇推开面前的碗，"他说不用你管，是不是？"

她再次愣了下。"没有啊,他什么也没说。"

肖德宇张了张嘴,他将要说的话用力咽回去,外面阳光薄得像一层黄色的纸,院子里的桃花已准备开了,那些花苞变了颜色。妻子走到院子里,将一条空面袋用力地抖着,她的面前出现了一团白色的雾。

"矿上不去了,家里的地能来几个钱?真要坐吃山空了。"她的手上用了更多的力气,白雾包围住她。

肖德宇没有说话。他又开始了那种恍惚自己飘在空气里,像一片尘土或者什么的投影,没有重量,手上也抓不住什么。

"听四婶说,赵宁在张罗着改嫁,听说有合适的主儿了,是个教师。人挺本分。"肖德宇的妻子转过身子,"矿上赔的钱是不是快给了?她要是改嫁,那些钱是不是也要带走?"

见肖德宇没有表示,肖德宇的妻子有些愤愤:"他肖德宙死了把你弄成这个样,矿上就没什么表示?凭什么她能拿钱我们不能拿?你还、还是那死鬼的亲哥哥呢。"她夹起手里的面袋,凑到肖德宇的面前,"我跟四婶也说了,说也是你的意思,她赵宁不能嫁!要想嫁,先把钱留下,这钱是德宙用命换来的,她凭什么!"

肖德宇摆摆手,他的目光依旧盯着院子里的桃树。"够了。"他抬起头,冲着自己妻子的脸:"我想,请尊菩萨。"

"请吧,只要能治好你这病。"肖德宇的妻子眼圈有些发红,"矿上的钱让她带走也行,她这几年,跟那浑小子也没过好日子。我们不要,只要你好好生生的,就行。"

"我——"肖德宇的舌尖上一时五味俱全。

"跟我说,"肖德宇的妻子前前后后巡视一遍,压低了声音,"德宙的死……真的只有你自己看见?当时……"

很长一段时间了,肖德宇天天担心黑夜的来临,从黄昏开始他就坐立不安,炕上、椅子上悄悄生长出许多带着尖刺的疙瘩,让他心情烦躁,心绪不宁。然而在黄昏之后黑夜还是要慢慢降临,天天如此。而且夜晚足够漫长,它几乎是骑在一只蜗牛的背上前行,每一分钟对肖德宇来说都是煎熬。

菩萨请了,门神请了。他妻子甚至听从东升嫂子的话,将一段桃枝锯下来,用红布缠绕,挂在了窗台上。它们都没有作用,噩梦还是会天天到来,只是出现的时间略有不同。肖德宇的妻子不知道从哪儿讨得了秘方,她扎了一个小人儿,叫赵宁在小人的身上写下肖德宙的名字——天黑下来,肖德宇的妻子掏出那个小人儿,拿一枚大针不停朝它身上扎。"你这个害人精,干吗总阴魂不散?你看看你还有良心么,嗯?你哥哥将你从矿井里背出来,你不感激,你、你倒害上他了,你还有人心么?还有人味么?扎死你!你要不走,我就天天扎你!这些年,这些年你给这个家造了多少孽?不是赌就是喝不是喝就是嫖,再不就是打架砍人……你再不走我就天天扎,扎烂你扎烂你扎碎你!……你缠着我们干什么,啊?你看你哥现在这样子……偷我的鸡,偷我的钱,偷我的自行车去卖,你哥找你论理你还叫人打他,点火烧我的门……活着不干人事你现在死了,死了,你积点阴德好不好?扎死你扎烂你!"

那一夜真没有噩梦,肖德宇睡得香甜,打起了微微的鼾。第二日,肖德宇一天都心情不坏,即使儿子肖勇拿回一张三科不及格的成绩单。桃花开了,日子转暖,肖德宇仔细打磨自己那把旧镰刀,他甚至主动和妻子谈起"矿上"的事儿,一切都在恢复,一切一切——然而晚上,噩梦再一次出现,肖德宇梦中的矿井更加阴暗、恐怖,肖德宙的狞笑也更为响亮。肖德宇醒来时刚刚凌晨两点,他再次听见了自己在梦中的尖叫。即使他已经醒来,他的尖叫仍在盘绕着,在房梁那里一颤一颤。当然,他的妻子同时醒了,她马上拿出布做的小人儿和尖尖的针,一针一针扎下去——

不知道问题究竟出在哪儿,反正,针已经再无效力。两天后,肖德宇的妻子将针换了改锤,那个小人儿已经不辨模样,可噩梦还是悄悄来了。它应当早早地躲在他们背后,对他们所做的了如指掌。它也许还带了一副嘲笑的表情,就像儿子肖勇所做的那样,冷冷地看着她和他的动作,用鼻孔哼出一声。

凶狠既然已不奏效,肖德宇的妻子又开始怀柔:"兄弟啊,这么多年你说你哥和嫂子对你怎么样?我们没有做对不起你的事,是不?去矿上,你哥没拉你去,再说他也不知道会出事,是不是?院墙那事儿,卖老房子那事儿,就算怨你哥你嫂,你东西也拿了钱也拿了我们的门也烧了……这气你总算出来了吧?你放过你哥,我们年年给你多烧纸,好好供着你,天天供着你!……"

妻子的话他当然全都听得见。一字一字,它们都从他的耳朵里钻进去,朝着心脏和大脑的方向爬行,如同一群小小的蚂蚁。当妻子将那个千疮百孔的小人儿放在供桌上回到里屋时,肖德宇忽然紧紧地抓住了她的手,摇了摇:"我对不起你。我对不起你们。"

一时间,肖德宇的妻子手足无措起来,身子摇晃起来——满眶的眼泪也骤然涌下来。

"一家人,都还靠你呢。"

然而那该死的梦,该诅咒一千次一万次一百万次的噩梦,它还是会频频出现,硬硬地插在肖德宇的睡眠之中,将他的睡眠撬开缝隙。在梦中,有时肖德宇的手上会多出一把铁锹,然而它并不能给肖德宇带来什么,它划过肖德宙的身体就如同抽刀断水,并不能阻止他一步步地逼近……

肖德宇的妻子在三十里地之外的梅村请来一个神汉,他要走了二百元钱、一瓶白酒和三十张黄纸。作法之后,他用手捂了捂肖德宇的额头:"放心吧,他被我赶走了,再也不敢来了。回头我再送他一送,你就等着睡好觉吧!"

神汉前脚刚走,他最多走了一里,噩梦就悄悄出现在肖德宇属于假寐的时刻,那时才下午三点多钟,阳光烂漫。神汉的作法反而使噩梦出现的时间提前了。

妻子的长吁短叹引起了儿子肖勇的不屑,这不屑已越来越强烈、越来越明显,他似乎故意将不屑显露给肖德宇看。"不就背个死人么,在战场上——你当自己背的是煤,是石头,有什么呀。"肖德宇的脸色变了几变,他感觉一股怒气在胸口处猛烈地撞击着,像重重的拳头,由里到外。他看了两眼自己的妻子,还是一口一口地将怒气咽了回去,如同咽下一块一块干透的馒头。

毕竟他背回来的是人,是自己的亲弟弟,而不是煤或者石头。

"你怎么能这样说你父亲?"

儿子的鼻孔又喷出一声"哼"。他低下头,专心于自己面前的饭,一副狼吞虎咽的样子。肖德宇左边的一颗牙,一颗蛀牙,开始有了坚韧的痛。

上午十点,村长带着那两名警察再次出现在肖德宇的院子里,村长甚至还牵来了他家的狗。因为上次已经见过,肖德宇凑过去和两位警察打了个招呼,他们点点头,年轻的警察还蹲下来看了会桃花。他问肖德宇的妻子,这棵树的树龄有几年了,他岳母家也有一棵桃树,长得比它高大得多,可就是不开花。

村长拍拍他家的狗,那只狗摇着尾巴趴在了地上。"两位同志过来和你了解点事。你知道什么就说什么,知道多少就说多少。"

肖德宇笑了笑,他的笑略略有些僵硬:"村长,你这么说,这么说我还有些紧张呢。咱们,要不咱们屋里坐,屋里坐。"

门口、院墙上,不停有人探头探脑,主要是些孩子。

"你们、你们屋里坐,"肖德宇的妻子也显出了相当的紧张,"屋里坐吧。要不这样,你们喝着水慢慢说。"在院子里转了转,她终于找到了自己要做的事:"我去给你们烧水。"

村长独留在院子里,和他的狗。陈麻子、陈二婶和赵宁走进了院子,他们和村长说说笑笑,时不时地朝屋里张望。水开了,肖德宇的妻子给两位警察倒上水,她甚至还放上了茶叶——年老些的警察点点头,用手碰碰杯子,但没有想喝的表示。

无非是矿上的情况,德宙的死,他脖子上那道痕迹,事发现场的状况,等等。这些话,肖德宇在将德宙的尸体背回之后和不同的人说过上百次,他们上次来也问过,肖德宇再次一一回答。因为有段时间没有人问了,所以肖德宇的回答远不如上次顺畅,如果上次还算顺畅的话。肖德宇的额上有了微微的汗,年纪大些的警察应当看在眼里。"我,一见警察就紧张,从小这样。"

"你弟弟和你的脾气可不一样。"年纪大些的警察露出一丝笑意,然后马上又收紧了脸,"听说,你自从肖德宙死后一直在做噩梦,是不是真的?"他声音低沉,一字一顿。

"是,是。"肖德宇的额上又渗出一些新的汗水来,并且,它的面积已扩大到大半张脸。

"那你都梦到了什么?"

"我……"肖德宇向两名警察描述着自己的梦境。很让肖德宇窘迫的是,他很想渲染梦境的阴森恐怖,很想制造那种紧张感,可他一说出来自己都感觉平淡得很,没什么可怕的。汗水,在他背后也有了,风吹到那里感觉凉。

"你们兄弟俩不和,闹过矛盾是不是?肖德宙瞧不上你这个大哥,却勒索过你多次,偷你的东西,有这事吧?"

"……"

"那他在矿上参加团伙、充当打手、走私烟土的事你知道吧?"

肖德宇的手和脚都有些麻木,它们冒出不少的汗。"不,不知道。我、我、我在矿上就是一个工人。他、他、他不和我在一起。"

"那他与同伙打人致残、强奸妇女、聚众赌博的事你总听说过吧?这些事矿上的人都知道,只是没人敢往外说,是不是?你不会说这些你也不知道吧?!"

"我,我……"

"我们家德宇是个老实人,他、他不爱掺和事儿。"一旁是肖德宇妻子怯怯的声音。她在门槛那里,肖德宇刚刚发现她的存在。

"你们、你们去问赵宁吧。她知道得应当更多。"

"你肯定有事瞒着我,"警察和村长走后,肖德宇的妻子堵在肖德宇的面前,她投下一片阴影,"现在没别人,你就说吧。"

"你想到哪去了?"肖德宇背过身子。

"你别以为我看不出来,我早猜到了。"在背后,肖德宇的妻子哭出声来,"你说了,也好让我有个准备。"

沉默。沉默像一块石头。肖德宇一时不知道说什么才好。妻子的哭泣还在继续,它渐渐远了,肖德宇觉得自己有些晕眩,一层玻璃将他和所有都隔开了。石头在变轻,他自己在变轻。

"是不是肖德宙被人暗害了,他们不让你说出去?"妻子忽然止住哭声,"他们说一旦你走漏风声就杀咱全家,而你,觉得不说出来又对不起咱弟弟,是不是这个样子?"肖德宇的妻子俯下身子,她的眼里反射出一种幽暗的光,"说给我听吧。说出来你就能好受些,就不会总做噩梦了。我不会和任何人说的。"

"瞎猜什么!"肖德宇推了妻子一把,"做饭去吧!我饿了。"

"你推我干什么?说到你痛处了?"肖德宇的妻子拧一下自己的身子,"你别给我藏着掖着!别以为我什么都不知道!肖德宙的抚恤金为什么迟迟发不下来?警察为什么总来找你?我早打听到了!在肖德宙死后的第二天早上,你们矿长就失踪了,矿上的两批混混打得不可开交,听说又死人啦!肖德宙到底怎么死的?你不是在现场么,你不是都看见了!别以为你把事瞒起来就没事了,我都知道你在说谎,何况人家警察!"

"别他妈的瞎说!你知道个屁!"肖德宇的脚重重伸出去,踹在妻子的腰上,"我在矿上都不知道,你在他妈的家里,就啥事都清楚?我看着他死的我不清楚,你倒清楚啦?"

妻子从地上爬起来,拍拍身上的尘土:"你就瞒吧,你就瞒吧!整个村上的人都知道了,那天矿上就没塌方!那些架子和煤,是有人后来推倒的,制造的假象!你以为矿上就你一个工人啊?陈麻子家小三、肖长河回来都这么说！"

"肖长河的话也能信？有一他能说成十，什么大就吹什么！你不在矿井里，不知道肖长河也是白痴？推倒矿井下的支架，不塌方也变成塌方了！谁去做那傻事送死?！"

……她不再说话。留给肖德宇一个气呼呼的背影，这让肖德宇感到突然的心酸。他张了张嘴，隔在他们中间的沉默那样巨大、稠密，他一时找不到出口。

时间，一秒一秒地过着。

妻子在院子里站了相当漫长的一段时间，然后回屋，菜板叮叮当当响起来，她开始做饭。肖德宇瞄一眼堂屋，他看见，供奉如来和观音菩萨的桌案上香烟袅袅，即使生着气，自己的妻子也没忘为自己上香——肖德宇的口腔里真的是五味杂陈。他走到自己妻子背后："我不会害你们的，我也没瞒你什么，你就放心吧。"

"你现在这个样子，让我怎么放心?"妻子的刀当当当当地使着劲儿，她给肖德宇的背影清瘦而坚硬。

门开了，肖强嫂子探了探头，然后才是整个身子。"你们都在啊。做饭呢?"她冲着肖德宇的妻子，"我买了一块布想让你看看，也不急，吃完饭再说吧。"

"没事儿。饭早点儿晚点儿没关系，嫂子你来坐。"

"有人看见他们到县里去了。"熄灭了灯，肖德宇的妻子在黑暗中说话，肖德宇感觉自己的左耳有些痒。"谁?"

"还能是谁？赵宁啊！那个老师啊！有人看见他们在一起坐车去的县城，开始还装作不很熟的样子，车开了没多久，两个人就靠在一起了。"

"嗯。"

"唉,她来的这些年,可没少受苦。"

"嗯。"

"对了,你得去矿上问一下,肖德宙就这样白死啦?死因不明,可他是在矿上死的啊!哎,听说国家出台了政策,死一个人赔偿多少钱,少一分也不行。他们是人,肖德宙再不是东西,他也得算人,是不是?……"

"嗯。"

"你可以找一下柱子、勤生他们,这些肖德宙的小喽啰,有时还真的挺管事儿。"

"嗯。"

"唉。"妻子不再说话,但肖德宇能够感觉到,她没有睡,而且在黑暗中睁着眼睛。外面一声声狗叫。整个村子都那么安静,狗叫像是它睡熟后打的鼾,安静。肖德宇感觉这安静中仿佛埋藏着什么,里面有许许多多的东西张牙舞爪。肖德宇想到了死,死后所要面对的也许是这样的安静和黑暗,它漫长得看不到尽头。自己会被这样那样的小虫所分解,变成泥土、蚯蚓的屎,被带到另一个地方——肖德宙的尸体应当已开始腐烂。厚木头的棺材并没有真正挡住什么,虫子无孔不入——肖德宇面前的黑暗突然沉了一下,它沉得飞快,而肖德宇也跟着下沉,来到肖德宙的坟墓里。他看见肖德宙腐烂着的躯体,上面爬满一种黑色的虫子,等他凑过去看时,肖德宙的尸体忽然笑起来,声音很大,那些黑色虫子和他已被分解的肉在笑声中纷纷抖落,露出一片片斑驳的白骨……

这又是一个梦,和一直缠绕他的那个梦有所不同,但同样让人恐惧,肖德宇醒来之后仍然觉得,自己身上爬满了虫子,那些虫子在他的身上咬,一直想咬到他的骨头里去。骨头里面有另一种虫子,它们里应外合,在他刚刚醒来的瞬间还在不断撕咬。

虽然不说话,但肖德宇知道,自己的妻子还没有睡着,此刻也许正心事重重。这些日子,这样的日子。肖德宇伸出自己的手,悄悄伸向妻子的手。她一动不动,仿佛已经睡熟,任凭肖德宇轻轻抓着。过了很久,她转过身去:"睡吧,能睡一会算一会儿。"

说完,她的身子又转回来了:"肖强嫂子说,你的这种病能治。要到什么……教堂里治!她说,唉,我也说不清楚,她说上帝管这事儿,你跟他说说,他就帮你拿掉了。"

"别信她!她在传教!矿上也有人在传!"

那边没有了声息。过一会儿,肖德宇的妻子先重重喘口气:"你说,肖强嫂子这个人……她信教之后,人都变了。你没感觉出来?"

"嗯。"

那一边,再次没了声息。"试一试也没什么害处,万一管用呢。"

"我不信洋教。"肖德宇说,他支起自己的大半个身子。

"咱儿子今天又和人家打架了。他把人家的书包丢进了水里。"

"你怎么不早说?这孩子再不管,以后……他妈的让人累心!"

"可家里没个人撑着,也不行,会让人们欺负死。"肖德宇的妻子翻了个身,"你还是去教堂让人家看一下吧,忏忏悔。再说,肖强嫂子怎么也是个好心,是不是?"

"自从肖强和赵光明家好上之后,她就那么神神道道的……"

最终,肖德宇还是去了教堂,一连去了三次。教堂在另一个镇上,和肖德宇的家有三十二里的距离。热心的肖强嫂子骑自行车陪了他三次,一路上她滔滔不绝,肖德宇只得加快速度才能将耳朵里的虫子甩出一些来。

"怎么样,你忏悔了吗?有用吗?"妻子问他。肖德宇能感觉自己妻子的揪心,但他不知道如何回答。噩梦还在。

"肖强嫂子说,牧师是可以绝对信任的,你就是杀人、放火、偷了人家东西都可以和他说,他绝对不会说出去。"

……

去过教堂的第三个晚上,肖德宇做了一个奇怪的梦,这个梦是极为模糊的,以致醒来后他用力地想也难以记起梦中的内容,它很不连贯,只有一片斑驳的、黑白的碎片,虽然恐怖仍在,但它的程度有了很大减少。梦里的场景似乎是在教堂,至少其中某个片段是。在那里,有乳白色的光透进来,使肖德宇感觉自己如同在水中游泳。

"我想好了。"在饭桌上,肖德宇的脸呈现出少有的郑重,他吸引了妻子和儿子的目光,"我要为肖德宙还债。我要给那些被肖德宙祸害过的人补偿。"顿了顿,肖德宇的手指轻轻敲着桌子,"我要尽我的力。"

"嗤!"儿子肖勇显出一副不以为然的表情,他的表情只露出一半儿,另一半被碗挡下了。就是这一半儿表情,足以堵住肖德宇的胸口让他窒息,让他怒火翻滚。他的筷子重重摔在桌上,它们跳跃起来,一前一后掉到地上:"看你那个样!越长越没出息!债也是替你还的!"

肖勇没有说话,他的脸低得更低,让碗挡住大半张脸。可那份不屑、不以为然,甚至是轻视、鄙视,还是轻易地显现了出来。肖德宇感觉自己的身体在颤,身体内的心、肝和肺则颤得更加厉害:"你、你他妈的……"

肖德宇找到矿上。在矿长办公室，他对胖会计说，我来领肖德宙的抚恤金，他是在矿上死的。胖会计一脸漠然，矿长没说给也没说不给，他没有定下数额我没办法给。肖德宇说那我找矿长，胖会计眼斜了他一下，矿长不在，不知道什么时候回来。回不回来也不一定，现在矿上……警察还在找他呢。

肖德宇问，要是矿长再不回来我弟弟就白死啦？胖会计没有理会他，将一杯茶端起来饮着。肖德宇看了看周围，咱矿上不是有规定么，死一个人给多少钱。你按那个价给不就行了。胖会计依然没有理会，他的脸上缺少表情。肖德宇一把抓过他手上的茶杯，重重放在办公桌上，你这个人真他妈的是一张狗脸！肖德宙活着的时候，你和他兄弟长兄弟短，好得像一个人似的，他才死了几个月！真不是东西！

现在轮到胖会计发火了。他指着肖德宇的鼻子：你是什么东西凭什么说我！你他妈不知道你弟弟是什么人？！妈的，老子受他的气受够了！有一回我没借给他钱，他就找人半夜往我家院子里扔开天雷，我老婆心脏本来就不好！谁他妈翻脸不认人，你说谁翻脸不认人！

肖德宇换了副面孔，他将水杯递向胖会计的手："我真的需要这笔钱。我也不想干别的，我想给我弟弟赎罪。他干得坏事太多了。"

胖会计没接他的水杯："要不是矿上的事闹大了，警察局介入了，你弟弟的钱也早就给了。现在我也没有办法。"

从矿长办公室出来，肖德宇找到肖长河，那天他没有下井。一向嘴快的肖长河却吞吞吐吐："矿上出事了，人心惶惶。我知道得不多，唉，一两句话也说不清楚。"

"我不是想德宙的钱,"肖德宇郑重地说,"我要帮他赎罪。也不光是钱的问题,可、可必须要有钱。"

"是,是啊。"肖长河的目光迷离,他似乎躲闪着什么,"这笔钱,应该给德宙家的吧。她不是还没改嫁么?"

"她就是改嫁了钱也要给她。"肖德宇说得斩钉截铁,"你又不是不知道,她跟了德宙,唉。"

"向矿上要钱的事儿,我真的帮不上你,自从你们……你找一下柱子、勤生、三地主,有时光讲理还真不行。"

"我这就去找。"

"你可别说是我的主意!"

……

从矿上回来,在村口,肖德宇碰上了自己的弟妹赵宁。她从一辆自行车的后座上下来,那辆自行车飞快地骑走了,它走得有点慌乱。从赵宁的角度看去,肖德宇的面色有点苍白,甚至给她一种空荡荡的错觉,仿佛他的衣服里没有躯体,只是被某些硬物支着、撑着,才不至于滑落到地上。"大哥,"赵宁也略显慌乱,她的声音缺少水分,"干什么去了?"

"到了矿上。"肖德宇回答。他无精打采,眼睛还在追逐着渐行渐远的自行车,"是那个教师?"

赵宁也盯着自行车消失的方向,阳光白花花的如同腾起的尘土。她张开嘴,然后又飞快地闭上了。

"德宙害了许多人,也害了你。"看得出,这些话在肖德宇那里经过了深思熟虑,然而讲它们依然相当艰难,"德宙的债我替他还,不管是欠的谁。"

"大哥,你又不欠谁的,他是他、你是你。现在,我也不那么恨他了,毕竟,都过去了。"

"……"肖德宇抬起手,他的目光朝另外的方向飘去,"你不走,我和你嫂子都不会让你受委屈。要是、要是,"肖德宇的手再次抬起来,他咽了口唾沫,"你要想走,我们,也像嫁自己的妹妹那样嫁你!"

肖德宇甩开步子,将赵宁甩在后面——他的步子迈得用力,略略有点僵硬。

然而,他却没有因此将噩梦甩在后面。噩梦,是他的影子,是他身体的一部分,以前他可以忽略它如同它并不存在,可是现在不行了。就像他刚刚患上的胃病,让胃在他的体内显现出了自己的位置,显现了自己的存在。之前,他似乎不需要知道胃在哪里,有什么作用。

肖德宇真的开始了他的赎罪之旅,他开始得坚韧、认真、锲而不舍。"我已经两天没做噩梦了。"某个中午,肖德宇对自己的老婆说,他用力做了一个扩胸的动作,"我感觉,自己又活过来了。让噩梦压着,就好像一半身子死掉了,它还想将我向那边拉。"肖德宇的妻子面色里带出了三分喜气,当然它也加重了她脸上的皱纹:"这半年多哪里是人过的日子。这个肖德宙……"肖德宇的妻子的眼角出现了泪水,随后它们接二连三,扯断了其中的连线。肖德宇伸出自己粗糙的手,她的眼泪怎么也止不住。

"下午我去瓦镇。"肖德宇说,"前年,肖德宙在瓦镇和人打架,他们把那个人的腿筋挑断了。我已经打听到,那个人叫韩超,现在是个瘸子。据说他也不是什么好东西,吃喝嫖赌、偷盗抢劫样样都干过。"

"那你去找他干什么?这种人,被他粘上,可没好果子吃。"

"你放心,我有分寸。"肖德宇拍了拍妻子的身体,"不管怎么说,他现在这个样子,都是咱弟弟害的。"

"狗咬狗,"肖德宇的妻子说,"反正都是害人精。"

肖德宇笑起来,他已经很长时间没这么灿烂地笑了:"这些事你就不用管啦。能给他还还债,我的心里也会好受些。"

肖德宇的妻子挪开她的腿。"只要你能好好的就行,我才懒得管你这些破事呢。"随后,她转过身子,"听说,赵宁要和那个老师领结婚证了。是肖长河家告诉我的。她说,男的那边有个孩子,孩子不接受这个后妈。"

"时间长了就行啦。"肖德宇再次露出郑重的表情,"我想好了,我们要让赵宁大大方方地出嫁。肖德宙最对不起的人应当是她。"

"这个要补偿那个要补偿,谁来补偿我们?这些年,我们受他的气还少么!他什么时候把你当成过自己的哥哥?"

"……话不能这么说。再说,他也死了。"

就在他和妻子说自己已经两天没有噩梦的晚上,噩梦又悄悄到来,硬硬地撕开他的睡眠,支开支架,罩住了他。他沿着黑洞洞的井壁躲闪着,身上的力气仿佛被什么吸走了,两条腿如同没有骨骼的海绵。他向背后苦苦哀求,可他背后那张血肉模糊的脸却根本无视他的哀求,依然一步步走近,带着仇恨与肃杀。肖德宇在梦里又拿起自己熟悉的铁锨。他一边喊叫一边使出全身的力量挥动,铁锨终于砍在肖德宙的肚子上,肖德宇看见飞溅的血瞬间便染红了他梦中的角角落落。可肖德宙只晃晃自己的脑袋,一步一步……

"又做噩梦了?"肖德宇的妻子凑过来。她的脸色里带着明显的紧张,"怎么,怎么又来了呢?"

肖德宇没有答话。他的眼睛盯着窗棂的方向,那里一片黑暗仿佛与自己离得很近又仿佛离得很远。空气闷热然而风却很凉,肖德宇感觉自己身上的汗水一涌出来马上就被凉风抓在了手里。

"又梦见他了?"那边顿了顿,"还是那个梦么?"

肖德宇微微点点头,他的动作即使不在黑暗中也让人无法察觉。黑暗那么巨大、浓重,有一股压力,肖德宇觉得面前的黑暗能一直延伸到他无法想象的远方。而自己,仿佛处在一口矿井之中,头上的矿灯却毫无征兆地熄灭了。

"你肯定有事瞒着我们。"黑暗中,肖德宇妻子的声音被静寂放大了几倍,甚至带有电火花儿,"你想自己全扛起来,一直都瞒下去?你不说出来,那个梦,那个梦……"

"滚滚滚,滚一边去!"肖德宇冲着闪过电火花儿的方向推了一把,"你知道个屁!"

那边没了声音,只剩下喘息。肖德宇伸出手去,他的食指和拇指碰到了妻子的身体,她飞快地躲开了。肖德宇的手在被子里黑暗地抻着,他不知道应当继续向前还是知趣地收回。

"你去和赵宁说,她不能嫁给那个老师,她不能嫁人。"肖德宇对自己的妻子说,他的脸色苍白而干枯。

"说让人家嫁人的也是你。这话你让我怎么去说?我们怎么拦得住?要说你自己去说!"

肖德宇死死盯着自己的妻子:"我个大伯子怎么去说?还是你去合适。你告诉她,只要她不改嫁,想要天上的星星我们也一定给她!我们不会让她受一天的委屈,一分钟都不行!"

"你到底想什么?!"肖德宇的妻子脸上挂起一层霜,"自从你背回那个死鬼,你就让鬼撞上了!你说这么长时间你干过一件正事么?难怪连儿子都瞧不上你!自己的事儿一大堆,却天天忙别人的事儿,人家的油里有你还是酱里有你?你还知道自己是大伯子啊!人家年纪那么轻,又没孩子,又和德宙那死鬼没感情,你拦人家改嫁,算是哪一出?!"

"反正她不能嫁人。"肖德宇咬着自己的牙齿,"我、我也是没有办法,德宙给我托梦了。"肖德宇晃了晃自己的脖子,他依然紧紧咬着自己的牙齿,"他说自己死后一无所有,就剩下赵宁是自己的,说什么也不能再把老婆丢了。"从妻子的角度,肖德宇的脸有些扭曲,上面的肌肉在跳动着,里面有她完全陌生的表情,虽然陌生的表情在跳动的肌肉里藏着。"我找到我做噩梦的根源了。德宙放不下他老婆,所以,所以……"

"……"肖德宇的妻子在院子里转了个圈,"可我怎么去说?能有用么?"

"不管有用没用。你去说,你去说就行。"肖德宇咽下一口重重的唾液,"我有我的办法。明天,我去找那个老师,我有我的办法。"

"你可别,"肖德宇的妻子怯怯地盯着他的眼,"要把事情闹大了,我和儿子以后可怎么办啊!"

"我有我的办法。"

那个傍晚,黄昏的昏从地上层层泛起,夕阳在屋脊和道路的那边沉落下去,剩下的黄已细若游丝,更多的是一片渐渐暗下去的灰——肖德宇迈着匆忙而细碎的脚步,经过门口,他眼睛的余光瞥见赵宁正倚在门边。向前的步子无论如何也迈不出去了。这让肖德宇产生一种梦境感,那个让他惊恐的梦突然地被撑开了,至少部分地被撑开了,他的身躯如同柔软的海绵,被一股力量吞食着。海绵,没有骨骼的海绵再次从他的腿部开始蔓延。

"进来吧。"赵宁说。赵宁的声音有一股特别的力量,这股力量和前面的力量叠加在一起形成了涡流,肖德宇挣扎了一下、两下、三下,他的身体越来越轻,仿佛是丢进涡流内的稻草。

赵宁说完"进来吧"之后马上转身,向院里和更深的灰和昏中退去。她没有看他,一眼也没有。

肖德宇默默跟在后面。他的腿还在发软,他很想指挥自己的腿走向另一个方向,可两条海绵状的腿却没有听从他。肖德宇闻到院子里有一股酒气。

"我一直把你当成亲大哥。我以为你和他不同。"

"我今天,"肖德宇将自己的话用力挤出来,它像放得太久的牙膏,"把你的地给锄了一遍,草没长起来。"

"你觉得亏心是不是?"赵宁朝着他的方向迈了半步。他面前的空气立刻减掉大半,肖德宇向后侧了侧身子:"我把草拔了。赵世温和肖长河家都浇了,现在,还早。"

"你别说那些乱七八糟的。没用。你说,你和他都说了什么,让他连我的面都不敢见了?你不说清楚就别想走。"

肖德宇用足了力气,然而,放得太久的牙膏也被挤没了,他只是手足无措地站在那里。黄昏中,仅剩的黄的丝缕也已被黑暗吞没,对面变得越来越模糊、越来越让他眩晕。

"我这一辈子,是让你们一家人给毁了,我原以为你和他不一样。"

肖德宇僵硬地站着,像一个做错事的小学生。空气里酒的气味时浓时淡,夹杂着其他的气味,它们堵在肖德宇的鼻孔那里,像两个软木塞。

"毁掉我、折磨我、不让我好过,你觉得这样才痛快是不是!你们一家子禽兽,禽兽不如!……"

肖德宇面前站着一个陌生的赵宁,她滔滔不绝,她把肖德宇骂成了一段木头。眩晕越来越强烈,肖德宇听见自己大脑里某根绷紧的弦断了,这让他的身体略略颤动了一下,他的部分思绪也被甩出去了。赵宁,开始历数肖德宙的种种劣迹。她知道的和她经历的那些。她说得平静、冷漠,仿佛事不关己,仿佛她遭受的强暴、殴打以及难言的侮辱和恐吓都只是……肖德宇却感觉他的脸上长出了刺,身上长出了刺,这些刺向着他的身体他的脸一遍遍、一层层扎下去,如果他不是提前甩了些思绪,如果不是他悄悄地让自己走神儿,他真不知道自己该如何抵挡这层出不穷的刺。

终于,赵宁停下了。她没有肖德宇想象得那样抽泣,更没有泣不成声。她是有理由哭的。何况,她可能还喝过了酒。她应当是有备而来的。

院子里越来越黑。房间没有一盏灯亮起,更显得空旷而狰狞。时间,院子里的时间被放在一只死去的蜗牛的背上,它伸出许多的线纠缠着肖德宇的腿,他解不开。他也不敢让自己显露出想解开腿上的绳子的意思。

"我……我对不起你。我会给你补偿,我和我们全家人给你做牛做马都行,只要你不离开德宙。"肖德宇大脑绷断的弦又重新接上了,"虽然你恨他,他也的确那个,可恨。但是,赵宁,肖德宙现在什么都没了,他只剩下你了。"

"从阻止我结婚,你就想好这番话了,你早就想好怎么和我说了,对吧?"赵宁的口气很冷,它不会超过零度。停顿一下,她突然换成另一种语调,"阻止我结婚,你是嫉妒了,你想和我好,是吧?"

"我……"

"没关系,这有什么? 你们哥俩一样不要脸,只不过他明着不要脸,你没那个胆儿。我今天就让你好,反正从嫁到你们家,什么肮脏的事儿我没看过、我没干过。"

"不、不、不,我……"肖德宇的脸上蒙上了一层红布,他的手足更加无措、更加多余,在任何一个地方都不能得到安放,"我、我、我真的不、不……"

"你怕什么? 像你这样的狗屎怕什么?"赵宁递上自己的身子,她的手伸向肖德宇的胸膛,"别人说你杀了自己的弟弟我还不信,别人说他被杀的时候你在场、你得到了好处我也不信。现在看来,我瞧低你了。"

"别、别、别瞎说!"肖德宇把自己打扮成一个结巴,他想推开赵宁的身体,可他的手却没有足够的力气,"是、是、是塌方! 我、我、我眼、眼看着他……"

肖德宇的脸上金星四溅,他挨了一记重重的耳光。在这记响亮的耳光之后,赵宁的身躯迅速小下去,缩进了黑暗里。哭声,从她身体小下去的地方蔓延了出来。

……

他又一次梦见了肖德宙的那张脸,满是血污的脸。那张脸从矿井的墙壁上缓缓显现出来,一步一步向他贴近。整个梦都是黑白的。然而肖德宙脸上的血却是暗红的,就像爬着的蚯蚓。在梦中,肖德宇冲着那张脸大喊:"别过来! 你别过来! 我是你哥我是你哥啊!"

那张脸根本无动于衷。

肖德宇向后退着,他退到了角落里,再无退路。这时,他的手上又多出了那把铁锹。在梦中,他甚至还感到纳闷儿,铁锹怎么来到自己手上的?可来不及多想,铁锹已带着呼啸朝肖德宙的脸上挥去。肖德宙的脸竟然消失了。可出现肖德宙脸的那面矿井摇晃起来,支架倒塌下去,煤和石块噼噼啪啪……肖德宇转身一路狂奔,在他身体周围,塌方也紧紧尾随而来,几乎要吞掉他了……最后,他跑得疲惫不堪,绝望抓住了他的喉咙,他顺势倒下去,放弃了抵抗。可奇怪的是塌方也跟着停下了。他躺在那里,像一场梦。肖德宇坐起来。他这时才发现身下是一片缓缓的水;他这时才发现,自己依然处在梦境中最常出现的那段矿井;他这时才发现,前面的黑暗并不是完全的黑暗,那里有一束细细的、混浊的光。他顺着光的方向向前爬行,这时,那里出现了一张脸,就是肖德宙的,肖德宇发出一声尖叫然后向后退去,他的手上,又多出了那把铁锹……

肖德宇被自己的噩梦又一次惊醒。他坐起来,阳光照在第三根窗棂上,它们泛起一片片细细的波纹,那个噩梦缓缓沿着波纹的方向褪去、收缩,空气里有些丝状的尘灰在那里悬浮、飘动。

空空荡荡。肖德宇依然有些恍惚,似乎还有三分之一的身体沉在梦中,沉在恐惧里。

空空荡荡。那种空空荡荡让肖德宇难以承受,他突然感到特别委屈,泪水一点两点八点十点簌簌下落着,这让他更加委屈。他喊了一声自己的妻子,她没回答,堂屋里却传来切菜的声音,当当当当。

"你先不用做饭。"肖德宇说,他用手去捂眼眶里的泪水却怎么捂也捂不住。

切菜的声音停止了,堂屋里一片静寂。肖德宇下炕,走到堂屋里,堂屋里阳光充沛,它们暖暖的,可妻子并不在那里。切菜的声音完全是他的错觉。

村长的自行车

那天中午,我坐在炕上打盹儿,脑袋里棉花的丝越积越厚,它们沉甸甸的,使我的头一再不自觉地垂下去。姥姥坐在另一侧,她在纺棉花,我脑袋里那些棉花的丝大约就是从飘着的空气里进去的,它们越积越厚。可我不能睡着。因为我和表哥豆子已经约好,我们要到南河沿去捉蝈蝈。他大我两岁。可他还不来,他再不来我就睡着了,我再没力气把我的困倦赶走,它藏在我脑袋里的棉花里,分泌着黏黏的丝。他还不来。他不来,姥姥不会放我一个人出去。

突然。真的是突然。生产队的喇叭响了,先是一声突然的怪声,仿佛用斧头的尖划过一块生锈的铁块,接下来就是生产队队长刘权的怒吼,他用的是纯正的沧州话:"你妈个✕,倒灶啊!"——姥姥愣了一下,然后大声地笑起来。后来她说,这么多年,她从来没有听过像这样的开场白,每次大喇叭呼喊,如果不是由《东方红》开始,就是由谁先敲敲话筒,"社员们注意啦,社员们注意啦……"可那天,毫无铺垫,队长刘权竟然先……

先骂了个痛快,然后刘权说出了骂人的理由:他的自行车车胎又被人扎了。已经不是第一次了,这是第三次了。按刘权的话说,性质极为恶劣,是反党反人民反社会,是用心险恶。"别以为你隐藏着,我就什么也不知道,哼,别妄想啦!要想人不知,除非己莫为,人民的眼睛是雪亮的,早有人报告给我啦!我们早就注意到你啦!你以为如此小小的伎俩就能破坏革命,就能破坏大生产?就能、就能把我们的政权打垮?白日做梦!之所以我容忍了你第一次、第二次,不抓你,并不是抓不到你,而是为了让你充分地表现,为了让你自己跑出来、跳出来,充分暴露一下你的那副嘴脸,好让其他群众也认清你的反动本质……"

我的困意全无。在大喇叭开始怒吼的时候我的困意就没啦,我支着耳朵,满身都是汗水。这个中午比每一个中午都要炎热。

也不能怪刘权为他的自行车发火,在我们生产队,刘权拥有生产队里唯一的一辆红旗牌自行车。而除了他的这辆自行车,刘长晴家还有一辆"大铁驴",那当然无法与他的红旗牌相比——在那个年代,能有一辆自行车——刘权骑着他的自行车到田间转转,或骑着它去公社开会,就像后来村干部乘坐的宝马(刘权没有坐上宝马。他得癌症去世时宝马还没有买回来,现在,坐宝马去镇上、县里、省里的村主任是刘世贤,刘权的二儿子)。很长一段时间,刘权都把自己的这辆自行车看得无比宝贵,把它擦得闪亮,"一尘不染"。当时,我们班上写作文,许多同学不约而同地使用了刚刚学到不久的这个新词,"一尘不染",除了一个人是写一个"五保"户大娘的桌子,其余的全部是写村长的自行车,其中也包括我——村长骑着一尘不染的自行车,穿行在通往公社的阳光大道上,在田间干活的社员、准备回家的社员和他打招呼,"队长,开会去啦?""五叔,回来啦?""五哥……"村长刘权保持匀速,微微点一下头,嗯。时间一长,我们也很难想象,如果没有自行车,刘权是否还是刘权,他会不会比现在矮些,比现在慢些,比现在……

真的,也不能怪刘权发火,不到一个月的时间,他的自行车已经先后三次被扎,按他的话说,一而再,再而三,真是是可忍孰不可忍。这样的针对实在让人难以接受,何况是针对我们大权在握的队长。刘权一定要上纲上线,自然也是有道理的。也不能怪刘权发火,要知道,当时整个公社也没几辆自行车,自然也没什么地方专门补自行车车胎,要补,得去十二里地之外的公社旁边的为民修车铺去补。人家主要的工作是修理公社的或过往的卡车和吉普,并没有专门为自行车补胎的人员和工具,给刘权补胎用的胶皮是给手推车用的,显得丑陋笨拙不说,还略有不平,骑上去一颠一颠让人感觉很不舒服。刘权是要脸要面的人,特别是当上队长之后,特别是当队长当了三四年之后,推车十二里地去给自行车补胎当然不是他愿意去做的活儿,这个活儿得打发他的女儿桂英去干,来回二十多里她得一直推着。那时,她在上小学,比我高一年级,还没有学会骑自行车……真的不能怪刘权发火,如果说第一次、第二次被扎是因为他大意,把自行车放在了外面(一次是在家的院子外面,另一次则是在大队部门外),而第三次,他已经经心了,把车放在自家的偏房,那个可恨的、心怀恶念的、带有阶级仇恨的阴影竟然还是悄悄跟了进去,再次扎破了车胎。

"你说刘权得罪了什么人呢?"姥姥停下筷子,而我母亲只顾低着头,对付面前的一根野菜。她在供销社上班,那辆红旗牌自行车就是她卖给刘权的,她在供销社里负责肉票、手表票和自行车票。"这个人,肯定和刘权有挺大的仇。要不然也不会……"我的姥爷也搭话了。平日里,他很少就什么问题发言,他是一个沉默的人,姥姥说他是一块竖在屋里的糟木头。听了这话,姥爷的脖子硬了硬,但随后他就走到一边去,那动作,真的像一块糟木头。

"他这是活该!"母亲说,那根野菜有已经长老的茎,母亲停止了与它的较劲,将它丢在桌子上,"他得罪多少人他自己清楚,有多少人恨他,只是不敢说罢了! 出了这事儿,不知道有多少人觉得解气! 我在供销社,他在喇叭上一喊,你看那些买货的人,嘻嘻哈哈,像有喜事似的,就差没买鞭炮了!"

"在外面可别乱说!"姥姥指着母亲的鼻子,"别觉得你翅膀硬了了不起,你差得远呢! 刘权……得罪他的人绝对没有好结果,你看吧,要知道是谁扎了他的车胎,还不让他收拾死!"

那天,我姥爷也是多话,他没有注意到我母亲的表情:"小蓉,小心你的话传出去……"

"传出去怎么啦? 他怎么欺侮你的,你不清楚? 他怎么欺侮我们的你不清楚? 你老实,你孙,我们可不是!"母亲的声音提高了八度,她甚至摔了一下手里的筷子——姥爷就像一只胆小的蜗牛,把自己的头和脸都缩了回去。他是我母亲的继父,是姥姥带着她改嫁过来的,那个干革命的"死鬼"姥爷随部队到了天津,就丢弃了我的姥姥和母亲(在我姥姥和母亲先后去世之后,他还活着,不过已经不认识周围的那些亲人)。

"你今天吃的是什么?"姥姥也有些不满,她问我母亲,"车胎是你扎的? 你干吗……"

车胎当然不是我母亲扎的,不是。我张了张嘴,张张嘴,如果他们有谁注意到我,我肯定要说出我要说的话,但他们没有注意。接下来,他们继续讨论是谁的问题,不过那时,我姥爷已经变成了闷葫芦,他和我一样不再开口。那天,我母亲表现得是有些……晚饭后,她和我姥爷多说了几句话算是补偿,这让我的姥爷略显兴奋、忐忑——他就是这样一个人。

回去的路上,我推开母亲按在我头上的手:"我知道……"

"你知道什么?"她根本没有心情。那天,她和我婶婶吵了一架,因为爷爷家的一根闲置的檩条。这是后来我奶奶说的,"你母亲那个人……一点儿亏都不想吃。"奶奶那天,没有在我的馒头上抹蜜,"让你母亲给你生蜜去、造蜜去!别总想着沾我的!"

村长的车胎是我表哥、锁舅家的豆子扎的,千真万确,我知道。我早就知道,从他第一次干开始,这是他告诉我的。我的表哥豆子,告诉了我全部的细节,包括他用来"作案"的工具。那是一把经过改造的挖菜的刀子,在表哥的手上,它已经变得锋利无比。

"谁让他总是欺侮人。"

"我得给他点颜色瞧瞧。"豆子说得咬牙切齿,那把刀子在他的手上挥动着,仿佛里面真的藏有杀机,藏有仇恨和力量,"镇压人民群众的人不会有好下场。"

"你可不能那么说,"我承认自己是一个怯懦的人,"他、他怎么……也是队长……"

"等着瞧吧,"豆子表哥用他手里的刀子砍下一段树枝,"'地富反坏右',哪一个不曾经骑在人民的脖子上?现在又怎样?"他一下一下,用力地砍着那些树枝,仿佛那些树枝树叶就是刘权,至少是刘权的一部分,连着刘权的骨和血。

"我恨他。"豆子说。

我努力点点头。我理解,豆子应当恨他,肯定会恨他。至于理由,从我姥姥、母亲和前去串门的舅母那里也了解了些:前几年,生产队上

村长的自行车 / 127

挖河,锁舅去了,据说也相当卖力,然而到秋收分工分的时候他们家是最少的。这明显包含着不公,明显是种欺侮,可锁舅老实而笨拙,只得把一肚子的气闷在心里。然而,在路过村东小桥的时候,老实的锁舅终于爆发了:他大吼一声,把分得的玉米、红薯全部丢进了河里。后果就是,我的舅母和豆子表哥在河里打捞了三天粮食,他们的打捞也只捞回了很少的部分,如果不是邻居们、亲戚们救济,那年冬天,锁舅一家人也许会被饿死。冬天来临的时候,受舅母的委托,"能说会道"且已经在供销社上班的母亲去向队长刘权求情,希望大队能借点儿粮食给锁舅一家人,得到的却是刘权的冷笑:"我分给他的粮食他都丢了,那大队的粮食他就不丢?要是喂鱼,还不如我去喂呢。像这种不尊重别人劳动、糟蹋粮食的人,就应受到惩罚!你告诉他,大队没粮食,有也不借给他这种人!有种别吃粮食,喝西北风多自在!"从刘权家出来,回到家里,我母亲的身体都还是抖的,她发誓,一定要给这个目中无人的刘权一些颜色看看。(那时,我母亲才刚刚进入供销社,当一个小小库管员,所以刘权根本没把她放在眼里。后来,我母亲当上了售布组组长,然后是副社长,负责公社布票、油票、缝纫机票、手表票和自行车票的供应、发放,刘权也慢慢换出了另一种表情,对我姥爷也有了更多的照顾。后来,提起这件旧事,母亲恨恨地咬牙,要是现在,他敢!)平日里,只要累了,大家一起歇下来的时候,刘权就会找几个人开涮,取笑一番,其中最多的当然是我老实的锁舅。还有一次,收工后,天还早,刘权就命我锁舅前去扫街——这个活不是很累,但之前,一直是"地富反坏右"分子和他们的子女在干,这里面就包含了歧视的成分——据说一向怯懦、老实、笨拙的锁舅破天荒地拒绝了刘权的吩咐,还踢倒了扫帚——队长刘权和几个民兵扑过去把锁舅按倒在地上,捶打一顿之后在他的脖子上挂上扫帚游街。还有,还有……还有,据说,一向风流的刘权和我的舅母还有些不清不楚,我母亲告诫我:不许在外面乱说,不然,打断你的腿……

豆子对我说,他用极为严肃的表情,这可不是为他自己、为他的父亲,而是,为民除害。"我只告诉了你一个人。你不许向别人乱说!"这次,我也用出严肃的表情,挺直胸,努力地点着头:"我不说,打死我也不说!"

真的,不骗你,当时,在我脑海里闪现的真是刘胡兰、黄继光、小英雄雨来……我想象着各种酷刑,而我则在咬牙坚持,斗智斗勇,一句话也不说。

然而没有不透风的墙。风从哪里来的我不知道,不过风却真的吹过了墙,吹到了我们的骨头里去。那天上午,大课间。平时这个时刻,我们都会像打开笼子窜出来的小鸟小兽,在学校的院子里乱上一阵然后飞快地跑回家里,喝几口凉水然后再飞快地跑回——

我先跑到了操场,我的表哥豆子下课略晚,他刚刚跑出来,他刚刚跑出来就被刘权的女儿刘桂英截住了。"不要脸!"她说。

面对围上来的同学,豆子毫无畏惧:"你才不要脸呢!"

"不要脸!"刘桂英又重复了一句。

豆子摇晃着脑袋:"谁不要脸?我看你屁股了?"面对大家的哄笑,我的表哥豆子更有了劲头,"你说我怎么不要脸了?"

突然。突然,刘桂英扑上来,用手抓了一下豆子的脸:"你扎我们家自行车了!你不要脸!"

那句话,让我表哥彻底地败下了阵来。他那么虚假而无力地抵挡着:"我没有,我没有,就是没有……"他说得丝毫没有底气。尤其是,看到身侧站着的我之后。他的眼神,让我打了两个冷战。

没有不透风的墙,豆子的秘密还是被泄露了。就在他看我那一眼的时候,我都觉得自己就是一个叛徒,身上的皮、肉和骨头里都带着那种属于叛徒的耻辱。但不是我说出去的,真的不是。

我解释给豆子听,我告诉他,不是我说的。委屈让跟在他屁股后面的我满眼的泪水。

哼。豆子走得很快,他没有踢任何一块石子。

我不得不跟得更快些,表哥,我……我真的没说,我发誓!谁要是说出去了谁就是……

"你说的谁信?"他根本不停,"我就是信了你说的话才这样的!"

"真的不是我说的……"这句话我说得也毫无底气。不是我,又能是谁?他没告诉过另外的人,只有我知道。可它还是被泄露了。

接下来几天,刘桂英天天在大课间堵住豆子,把她的肥手指指向豆子的鼻子:"不要脸!不要脸!"校长也把豆子叫到了办公室,下午体育课的时候,我看见豆子站在门外,面对墙壁,他低着头躲避我们的样子真让人心酸。当然事情并没有完,这只是个开始,山雨欲来风满楼的开始,我听得见那风的呼啸,它卷带着尘土、沙子和骤然的冷。

刘权的声音又出现在大队的喇叭里。这次,他显得极为冷静,语速很慢,几乎不带任何的色彩。他先从国内外的政治形式谈起,然后引用了两段毛主席语录,话题才回到大队。回到大队的话题先从生产队里的羊说起,说到羊毛、三年困难时期和苏联,说到刚刚过去的"文革"和十四届三中全会,绕了半个多小时终于绕到了他的自行车上。"让个孩子搞破坏,哼。你以为我不知道谁是背后黑手?好吧,不是想要和人民和政府做斗争么？人民不怕,政府也不怕！"

就这么几句。刘权没有多说,这可不像平时的他。说完这几句,刘权飞快地关掉了扩音器,大喇叭里传出了最后的那声,"啪"。

"这孩子,"我的舅母哭丧着脸,她来找我母亲,"差点儿没让他爹给打死！你说都干的什么傻事？也没见过这么淘的！你说,让我们怎么办？"

母亲阴沉着脸,她刚刚和我父亲吵过架,正烦着:"自己的屎自己擦去！能做,就能担得起！再说,不就是个孩子么,能把他怎么样！"

舅母看看我母亲,然后转向我父亲,她变换了几种表情之后终于找出了合适的表情。"大姐,你又不是不知道你兄弟那人……你不帮他,他……"我的舅母,几乎是谄媚,她抓住我母亲的手,"姐姐,我的亲姐姐,这个家靠你啦,我们都靠你啦,你要不帮,这个关,我们怎么过得去啊……"

"走！少来这套！"母亲突然发火了,"一个个都这么无事生非,都来烦我,以为我好说话就想欺侮我是不是？你们……"这时,父亲也猛地吼了一声,他指着我:"听什么听！有你什么事！滚！"

我急忙跳起,迅速地滚出大门,然后朝南河沿跑去。在心里,我恨恨地咒骂,省略掉主语,省略掉主语的咒骂最终还是有了音量,从我的口中蹿出来。一路上,我就这样骂着,最后它们失掉了本来的意思——不过,这让我的心情略略好了些。让我心情好了些的还有蝈蝈,我听到了它们鼓噪的叫声。

在河边,我看到了豆子,他也看到了我。我装作没有注意到他,继续念念有词,朝向另外的方向,但他叫住了我。我只得艰难地朝他走去。我不知道该怎么解释,但我感觉,在我肚子里有一个小小的玻璃瓶子,里面装进了太多的委屈,它们还在涌、还在滴,几乎要把瓶子给装满了……

好在,表哥豆子已经放弃了对我的怀疑,他让我和他一起想,是哪里出了疏漏,又是什么人告的密。第一次,没人看到。第二次,应当还是没人,倒是刘二坏家的狗叫了几声。到村口的时候他碰到了烂苹果三爷,也没搭话。不会是烂苹果三爷,他的腿在看守果园时被自己的线枪给打坏了,还伤到了眼,那天他只是出来晒太阳肯定想不到别的,和人说话,也就是哼唧哼唧说他的腿,再不就是一些陈年的芝麻。第三次,他是一个人进的院子,在进院子的时候还问了两声有人么,如果有人,他就说来借磨刀石,家里的镰刀锈了——肯定没人。不然他进到偏房,扎破车胎早就有人抓他了,他可是慢慢走出去的——一路上,他看到一些老人在一起下棋,为了避免嫌疑,他还走过去看了一会儿,然后才走……没记得遇到过谁,他当然小心,非常小心。

我开动脑筋,比任何时候都显得积极,会不会是,会不会是……突然,我停了一下,然后飞快把话题岔开:"表哥,我想到办法啦!刘桂英平时总和赵晓月一起玩儿,我们想办法接近赵晓月……"我的心跳得厉害,脸也烧得厉害,好在,一向粗心的豆子并没有发觉我的异常,他还顺着自己的思路……"我只告诉过你一个人……没有人看到啊。"

(事隔多年,我也不敢肯定,是不是我在无意中泄露了秘密,出卖了我的表哥豆子。那根本是种无意,而当时的赵云起、刘海都只有九岁,未必有那么细密的心思。事情是那样的:一天,赵云起和刘海两个人吹牛,刘海说他叔叔是海军,管好多人,还管海,谁要是不听他的,就把他推到海里去。赵云起说海军算什么,他的五舅是警察,专抓坏人,谁也不敢惹他。刘海说你五舅算什么,我认识,上次大队开批斗会来过,是不是?刘权就管得了他,刘权说把谁谁谁押过来他就把人押过来,他还想骑刘权的自行车刘权不让他骑……两个人争执起来,谁管刘权?公社书记管。公社书记听他的!根本不管他!管!不管!管!不管!

必须承认,我一直也有好吹牛的天性,这份天性一直延续到现在可能还会延续下去。听着听着我终于忍不住了,我说刘权有什么可怕的,我表哥就能治他。刘海看了我一眼然后又转回了脸:"你表哥是谁?他是什么东西?"

他们的争吵还在继续,那时候,我已经发现自己的走漏,便及时打住,努力掩饰,顺着他们的话题:刘权不是最大的!上面还有主席、总理……军长、师长!

后来我想,我一没说我的表哥是谁,因为母亲嫁在本村,我的表哥有很多,他们是知道的;二没有说表哥怎么治刘权,他们也未必会想到自行车上去。所以这不能算是出卖,或者,我表哥豆子的东窗事发与这事毫无关系,根本是我多虑了。)

"你娘去我家了。"我对他说。

"嗯。"他丢了一块小石子,将它投进了河里。

"刘权会不会……表哥,你怕不怕?"

他站起来,站了大约几分钟。"怕什么?"另一块石子划出弧线,呼啸着飞进了芦苇,"有什么好怕的?大不了,老子和他一命换一命。"

事情并没有像我想象的那样发展,我是一个怯懦的人,我总习惯把事情想得坏和更坏,想象得风起云涌,暴风骤雨,而我则在这种想象中颤抖,品味恐惧的滋味。是的,我想象了种种坏结果,想象呼风唤雨、大权在握的刘权如何对我表哥豆子施以惩罚,对我的锁舅施以惩罚,辣椒水、老虎凳、带刺的皮鞭、高高吊起的绳索、烧红的铁钳……这在我的小人书里有,在我奶奶和姥姥的故事里也有。批斗,游街,戴巨大的高帽子,挂"我是××"的牌子,喷气式,朝脸上扔臭了的鸡蛋、酸了的西红柿——这些,我曾经见过,只是在我的想象里更换了主角。我想象,我的表哥,豆子,十岁的豆子,被民兵们押着走过街口,路上的人们指指点点,看,小小年纪,唉……在梦里,我还曾看到豆子坐在河边,对我说,他们打得真痛。说完这句话他就从河坝上跳了下去,变成了一具漂浮在水面上的难看的浮尸——这本来是我父亲讲过的旧事,那个说他们打得真痛、从河坝上跳下去的是他的一个同事,在打捞尸体的时候我还曾和豆子一起去看过,有个我们不认识的人还伸出脚去踩了一下鼓得高高的肚子,有许多灰黄色的臭水冒出来……不过在梦里,那个说这话的人,跳进河中的人都变成了豆子,也有人过去,踩了一脚他的肚子。

不过,事情真的没有像我想象的那样发展,不知道为什么,接下来的日子风平浪静,我的锁舅继续在田间干活,尽管还是给集体出工,但他一直没有学会珍惜自己的力气;我的表哥豆子还在上学,遇到刘桂英便匆匆闪躲,而刘桂英也一定坚持阴下脸来说一声,不要脸;而刘权,也依然骑着他的自行车,从田间、街口来回,遇到别人也不下车,也不减速,用"嗯"来回答所有的问候……好像一切都过去了。

一切都如此,这般,过去了?我问豆子,他用更多的眼白斜我一眼:"他能把我怎么样?!"我只得把自己的话咽回去。他能把你怎么样,真的能。我想了许多的策略,用相当委婉的方式去询问我的母亲,她的回答是:"去去去,小孩子家,别光想打听大人的事!"我的舅母、豆子的母亲还时常来我们家串门,她一来,我就支起耳朵,可她和我母亲叽叽喳喳,东家长西家短,就是不提刘权和他的自行车。看来,事情真的是过去了。

就这样过去了? 不能。我想,不能。刘权可不是那种受委屈的人,他从来没有受过,受过也一定要加倍还回来,这是我母亲说的。我姥姥也认同她的观点,她说斗地主那会儿……刘权,可得罪不得。那,为什么这样过去了? 我的猜测是,刘权有一个大计划。这个计划,会比我原来想象的更可怕。

我奶奶有她的答案。她说:"小孩子别打听这个。"一边给我的馒头上抹着少量的蜜一边数落我的母亲,她们之间的战争是那么持久,几乎没有过间歇——随后,她的话题转到刘权的自行车,转到我的舅母:"你看她那副模样……"也许是因为母亲的缘故,奶奶对我的舅舅、舅母都无好感:"苍蝇不叮无缝的蛋。裤带子一松……"突然,奶奶冲着我,"小孩子别打听这个。"

我们小学在村上一条深巷子里,大队部的对面。据说它原是地主家的宅院,土改的时候曾在里面打死过好几个人,当然都是坏人。在三班,据说某天早晨,有位早到的女生听见背后有哭声,可她转过身去——背后根本没人,而哭声却在继续,而且越来越凄厉……"地主婆阴魂不散,总想出来继续害人,"我表哥豆子说,"不用怕,你不怕,它就不敢跟你闹,也没意思——"当时,他借了一本小人书《不怕鬼的故事》,他说要借给我看。不用怕。

我不知道他是不是真的不怕。反正,从那天之后,我每天早晨起来上学,一定要去他家门外喊他,当然他也一样。我们每天都一起去上学,那时天还不亮,我们要在黑暗中穿行,在那种令人恐惧的静寂中……然而,有几天了,我去叫他,里面传出的是舅舅的声音:他走啦。

几乎是一盆凉水,是另一种更深的黑暗,一下子,我便被抛在了……我愣上几秒钟,然后扯着嗓子,冲着门缝里的黑暗:"表哥,表哥……"

一个人的路显得相当漫长。而且,后面总有什么在跟着,它那么狰狞、鬼祟,掩盖着自己沙沙的脚步……为了给自己壮胆,我把自己的嗓子几乎扯破:"东方红,太阳升,中国……"我让自己想,想爬雪山过草地的英雄,想黄继光、董存瑞,想雷锋、邱少云、刘胡兰、喜儿、杨白劳、周扒皮……那个黑影却一直在跟,一直在跟,它的黑手正悄悄伸向我的脖子,千万不要忘记阶级斗争……

第一天,表哥说他忘了。第二天还是。第三天,他用同样无所谓的表情:"我这几天想走另一条路,我和刘世恒说好了。"他保持着那种无所谓,转过身去,故意一晃一晃。我的眼泪也一晃一晃,它按不住,留不住,压不住。我真想冲过去,可我打不过他。

下午放学,我也故意没有等他,故意在他出现的时候昂着头,装作没有看到他,装作他是一个陌生人,装作……我想我装得不像,不过无所谓。这时,刘权的女儿,刘桂英,她也在装,她把自己装成是一只好斗的公鸡,在豆子的身侧,"不要脸"。平时懦弱、从来不敢和刘桂英交锋的豆子那天像另一个人,他叫住刘桂英:"你说谁?"

"我愿意说谁说谁!"

"说谁也不行!"

"我愿意说谁说谁!你干吗心惊?你心惊就是承认自己不要脸。不要脸不要脸!"

"你再说一遍!"

刘桂英向前跨了半步,她冲着豆子的鼻子:"不要脸不要脸不要脸不要脸!我说了怎么啦!"从我的方向,她高过我表哥豆子有半个头,那副表情,就像电影里的地主婆。

我表哥,豆子,也直着身子,向前跨半步,让自己单薄的身体只差几寸便贴住刘桂英的身体:"你再说就不行!"周围泛起了几声压抑的笑,那么多人,那么多高高低低的脑袋都在参看。

"不行又怎么啦?"刘桂英使用她的身体,将豆子撞开一些,"不行又怎么啦?你能怎么样?"

硬着脖子,硬着拳头,硬着脸,表哥横眉立目,一副火山要爆发的样子,一副暴雨倾盆的样子……他保持着这个样子,时间一分一分过去,高高低低的脑袋里有人大喊:"揍她!"声音在暗处。又是一片笑。

表哥口里积了一口浓浓的痰。从他的动作可以看出来。我猜测,他会把这口痰吐到刘桂英的脸上,我甚至,想在这篇文章中改变"真实",而按着我当年的设想让这口痰吐出去,让它划一条并不漂亮的线,吐到刘桂英的脸上,然后给刘桂英设计一个无法拒绝的溃败,给我的表哥豆子设计一个胜利,他在同学们的目光中趾高气昂,英雄一样回还……不。事实不是这样。

豆子口里是有一口痰。它在口里。我甚至看到,刘桂英其实已经有了恐惧,虽然还保持着那种外强中干,保持着那外表的强硬,对付可能要啐到脸上的痰她缺乏经验也缺乏应对的信心——然而,然而,豆子竟然把痰咽了下去。他还在硬着,却硬得……"好男不和女斗,你等着!"

"等着就等着!不要脸!"

豆子败了,败得体无完肤。虽然他走的时候还固执地使用着虚假的骄傲,并把书包甩到肩上。"哟——""软蛋!""不要脸!"高高低低的头在哄笑,里面有男生也有女生。他的那份屈辱也传达到我的身上,那一刻,我觉得屈辱有着石头一样的重量,压得我抬不起头。

他走过我的身侧。"叛徒!"他对我喊。"叛徒!"他用的力气那么大。

我呆了许久,有种灵魂出窍的感觉,它离开我的身体,离开我的大脑,把我变成了一块木头。"叛徒?"我又怎么啦?

我的舅母,带着一根沾满泥土和油渍的绳索前来讨伐,她要吊死在我们家里,她要死给我奶奶看。那根绳索搭在了房梁上,痛苦而愤怒的舅母真的把她的头伸入到自己制造的圈套中——这可吓坏了我奶奶。她一边大声呼喊来人啦来人啦救人啊,一边移动着自己的小脚,去拉我的舅母。她可没有我舅母那么大的力气,何况她是小脚,缠过的足支撑自己的身体都有些困难。把脖子伸入绳索的舅母"碰"了她一下,便让我奶奶摔倒在地。

四叔、铁头叔,后来我父亲也赶来了,他们一起抱住我的舅母,将她从绳索上拉下来,可她总是挣扎,非要继续上去不可。"你这是干什么?"四叔冲着她喊。

"我不活了,我活不下去啦!我让这个死老婆子害死啦!"

"我娘怎么害你啦?"四叔追问,父亲也伸着脖子,而我舅母还在跳,"你们问问她!你们自己去问!我不活啦!"院子里又是许多拥挤在一起的头,他们也在窃窃,像看一出热闹的戏。

后来他们终于明白了事情的原委:关于我舅母和队长刘权之间不清不楚的传闻越来越烈,最终传到了我舅母的耳朵里。这种事,多数是当事人最后一个知道,或者一直不知道,但,我舅母知道了,我舅舅也知

138 / 变形魔术师

道了。

是这样,刘权在喇叭里声明一定要报复损害他自行车的人,他认定孩子的背后肯定藏有一只两只黑手,他也一定要把这些幕后黑手揪出来。要知道,我的舅舅,是那种树叶掉下来也怕砸破脑袋的人;要知道,我的舅舅,是那种一遇到事除了叹气就一筹莫展的人,所以他们想求我母亲出面调停,然而我母亲却拒绝了。没办法,只得我舅母去。好说歹说、强拉软推舅舅都不肯去,也得承认,他去也没用,屁都不敢放一个,光呆坐半天只会让刘权更加反感,何况刘权对他这个老实人一直没有好印象。就是这个没办法。我舅母去了,提了两包点心,坐了半个下午,好话说了一箩筐,最后还是在刘权媳妇的帮助下才使刘权答应只要不再犯就不再追究了。毕竟,他是个孩子。

可是,外面的传言却不是这样。外面传言,天性风流、见到女人就走不动路的刘权当然不肯放过这块送到嘴边的肥肉,而我的舅母,也就半推半就……舅母说:"人嘴是臭的,别人胡说八道、嘴里喷粪也就罢了,可咱们是亲戚,把屎盆扣到我的脑袋上你就那么高兴,就那么安心?"舅母说:"别人胡说八道、嘴里喷粪也就罢了,可这个死老婆子却传得最为起劲,好多人都说是听她说的……"舅母哭出了鼻涕,显得那么肮脏,她说我奶奶最为可恨、恶毒,为了增加这个传言的可信度,我奶奶竟然添油加醋,说那天我果叔去刘权家找刘权有什么事,结果发现门没关就直接进去了,正看见光溜溜的刘权在给我舅母脱裤子……舅母从人缝里发现了正在往后躲的果叔:"李果,你给我站住!我脱裤子你看见啦?你说,你给我说!"

躲无可躲的果叔只得摇头:"没、没有。我没说。"他缩了回去,缩进挤在一起看热闹的人的后面。

"他没说,他没看见,你非要编个谎话害我!"她指着我奶奶,"老不死的,我跟你拼了,今天我死也拉上你,我也不让你好过!"

奶奶也缩着,她缩在一个角落。"我、我、我……我也是听人家说的……"显然,她吓坏了,事情的发展远超过她的想象,"小锁家……是我不对,我……"

"你们别拦我!我死在你家里,变成鬼也不放过你!"舅母挣开众人的阻挡,一把抓住了我奶奶的头发,"我叫你胡说,我叫你胡说!"

一片大呼小叫的混乱。外面的人头越聚越多,我躲在另一间屋里,那个屋子里也是人挨人,满是汗臭的气息。他们阻挡了光线也阻挡了视线,他们说,我父亲给舅母跪下了,他代我奶奶认错,向舅母求情——"不行!谁说也不行!"

这时,外面有人喊:"刘权来啦!"屋里屋外的喧闹都停了几秒,然而——

刘权并没有出现。那天,刘权一直没有出现,他骑着自行车去公社开会去了。多年之后,我果叔说,我的锁舅倒是来过,他在最外面,站了很短的一会儿就走了,也不知道他在想什么。

刘权没有出现,出现的是我的母亲,她在供销社听说了家里发生的事,在卖完半匹布和两瓶酱油后,就赶了回来。

她,胸有成竹。也正是那一次,她彻底打败了我的奶奶,在两个人以后的战争中占据了上风。

然而事情远未平息,舅母的哭闹并没有完全地制止住谣言,反而让更多的人知道了这件事,反而让更多的人相信它可能是真的。许多人向果叔打探,那天你是不是看到了?她裤子脱到哪了?你看到他们俩是不是……果叔急忙否认,不,没有,不是我说的,不是……他的否认没有力量,何况,刘权——刘权挥手驱赶着那些伸长脖子的人:"有又怎样?没又怎样?关你们屁事?干活去!"然后,在众人暧昧的哄笑声里骑上自己的自行车,缓缓驶向另外的方向:"我正在城楼观山景,忽听得城外乱纷纷……"

学生们也在传。在这件事上,表哥豆子和刘桂英站在了同一条线上,我看到,刘桂英追打着一个在班上说出传言的男生,扯住他的耳朵将他按在地上:"叫你胡说,叫你胡说!"那个男生是学校里有名的坏孩子,可他竟然只歪着嘴,没有还手。我表哥也看到了那一幕,那是一个课间。刘桂英从他身侧经过,没有看他也没有丢一句"不要脸",而是走得匆匆。

那些日子,豆子就像一只街上的老鼠,他的表情像,动作像,一切都像。如果不是必须来上课,我想他肯定会一直待在一个没有被发现的地洞里,不在任何人的面前出现——不包括我。那几天,他终于有了要与我和解的意思,把那本已经翻旧的《不怕鬼的故事》借给了我。他肯定想了很久,才下定决心——放学路上,他追上我,"你看看吧",然后大步走到我前面去。说实话我也一直在想办法和我表哥和解,在学校里,除了他,我也没有什么特别要好的朋友,不欺侮我的朋友。尽管,他那么说过我,"叛徒"。我不是叛徒,不是。我没有叛变过,绝对没有,即使是他说我是叛徒的时候。

"我要杀了这个坏蛋。"他咬牙切齿。我想,他也只是说说而已,出一口气。但我没有点破,而是认同地点点头。

舅舅和舅母来我姥姥家了,那天,我的父母都在。舅母打发我,"去,你先去找你表哥玩一会儿"——那时,豆子还没有与我和解,他也还没有送我《不怕鬼的故事》,所以我出去之后并没走远,也没有去找豆子。后来,我回到了院子里。

舅母的哭声。母亲的声音。大片大片的沉默。然后她们的声音变得混浊,坐在树荫下的我根本听不清楚。"不能便宜了他!"——这是舅舅的声音,嗡嗡的,比平时高了八度。又是母亲的声音,"这种事",后面又变得混浊。舅母的哭声更响了:"我可怎么办啊,跳到黄河也……"这时我父亲出来了:"去去去。"他踢了我一脚,然后径自离开,再没回来。

"他也太欺侮人了",又是锁舅的声音,在混浊中冒了一下头,然后又沉回去。"我早就告诉过你……"母亲的声音,接下来,她的声音也跟着沉了回去。那么大片的混浊,连成片,连绵不绝,尽管我支着耳朵也听不清楚——"我这就去找他!我就不信,我就不信……""行啦行啦,你那两下我还不知道,"母亲喝住舅舅,"和你叔一样是炕头上的汉子,真到事上屁也放不了一个……"

院子外面,刘尊义探头探脑,他告诉我他和王海、赵四辈几个想去河里抓鱼,赵四辈偷出了他家里的网,而拉网需要人手……"我去,我去。"那些日子,没有人找我玩儿,我当然不能放过这个机会,虽然我知道弄得一身泥泞肯定会挨母亲或姥姥的打。

"我咽不下这口气!"舅舅的声音,它是从脚下发出的,带着全身的力量。接着是舅母的哭,"我不活了我不活了……"她哭的声音很特别,像是公社那辆旧解放牌车上坏掉了一半儿的汽笛。

是的,事情远未平息,现在轮到一向怯懦、木讷、总受欺侮的锁舅出场了,他被风和浪推到了尖上,那股不曾停歇的传言,里面有旋涡、暗礁和毒液的传言让他无法再像一只缩着脖子的乌龟,他顶着一头腐坏的菜叶、鱼鳞、鱼鳃以及叫不上名字来的脏水,站了出来。

他拿着一把镰刀。那把镰刀,被他磨得雪亮,照得见里里外外的冷。我的舅舅,握住镰刀的柄,站在刘权的门外,冲着里面——他探了探头,然后大声喊:"刘权,你给我出来!"

刘权就在家里。我舅舅探头的时候看到了他。可他,并没有出来。

倒是邻居们出来了,倒是一些听到消息的人出来了。他们站在四周,并且越围越小。"刘权,你出来!"我锁舅再次扯着喉咙,他把镰刀在手上挥了挥,让那粘在刀刃上的光也跟着划出一条明显的线。邻居们窃窃,有人去拉我舅舅的手,算了吧,乡里乡亲的,有什么大不了的。

"又不是你,又不是你……"锁舅喃喃,他甩开那些手,"我要找刘权……"他本质上是一个笨拙的人,话也总是说不完整,何况是在那种情况下。

刘桂英出来了,她看也没看我舅舅,而是朝他的方向:"让开!"

锁舅真的给她让开了路。她走了,头也不回。"我要找的是刘权……冤有头,债有主。"我的舅舅说,对着身侧的那些张脸。大家嘻嘻哈哈,接着观看。

"刘权,给我出来!老子……要报仇!"舅舅伸着脖子,他脖子上青色的筋显得异常清晰,"你别缩着,给我走出来!"

刘权的两个兄弟、弟媳出现在我舅舅的面前。"你闹啥?对谁好看?还嫌丢人丢得不够?"他们试图把我锁舅推走,但没想到,我锁舅的脚竟然生出了根,有那么固执的力气:"你们让开,和你们没关系!你们走,都给我走!"

这时,刘权的一个弟弟,刘银,伸出一只手在他的胸口上推了一把:

"滚,什么德行!别以为别人不知道你那尿样!"突然,平日一向懦弱的锁舅竟然一反常态,朝着刘银的那张脸,狠狠地挥动着手上的镰刀——镰刀真的砍了下去,好在,刘银下意识地闪了一下,好在,我锁舅也多少手下留情没有使出全力,并且故意避开了镰刀的刃。刘银的头被砸了一下,血,突然就涌出来,顺着他的头发、鼻子,流到了嘴角,然后又滴到刘银的衣服上。那一镰刀,让一向凶悍的刘银愣了很长时间,他的两只眼睛努力上翻,抬着头,仿佛挥下的镰刀还在头上,仿佛那些血并不是来自他的身体而来自天上……

"凭什么打我们刘银!你老婆靠人你不打……"刘银的老婆扑向我的舅舅,我的舅舅被她推得坐在了地上,那么狼狈——"让开!"

是刘权的声音。他出现了。刘银的老婆也停下来。她过去看刘银的头,一向凶悍的刘银还没缓过神来,他还在朝着天上张望。

"反了你了是不是?"刘权的声音压得很低,"要不是看在乡里乡亲的分上,要不是看你们一家子窝囊废,我弄不死你!"刘权过去,踢了刚刚从地上爬起的锁舅一脚,"我放了你一马,你却不知好歹,还要把屎盆朝我脸上扣,就你家那块货,以为我就稀罕?"

周围一片怪异的笑。也许是因为打破刘银头的缘故,我的舅舅已经没有刚才的气力。"我、我要讨个公道。"

"你要什么公道?我能给你什么公道?"刘权看了两眼锁舅手上的镰刀,"出息了你,还带刀来。"他又踢了锁舅一脚,"你要什么公道?你要我跟你老婆有一腿还是没有?你要哪一个公道?"

又是一片哄笑。锁舅,已经在这笑声里萎缩下去,如果不是已经藏到后面的镰刀的支撑,也许他要倒下去了,他,那么软、弱。"反正……"

这时刘银终于缓过了神,他跳起来,怒吼着,但被刘权挡在了后面:

"有人总想造谣,给革命干部脸上抹黑,而有些没长脑子的人,就还真信!"刘权又抬起腿,踢掉了锁舅手上的镰刀,"滚吧,快给我滚!"

"哥,不能让他走!"

"看我不扒了你的皮!"

事情如此结果,肯定不是我锁舅所能意料的,而他如此返回,如此灰溜溜地返回……这时,一个矮小的头从他的背后钻了出来,绕过锁舅,绕过刘权、刘银,绕过里里外外的那些人,朝刘权家大门里走去。

大家都看到了他。大家都看着,他走进去。

他走进去,走到刘权的自行车面前,确切地说,是走到自行车的车胎面前。他从怀里掏出一把很小的刀,朝着车胎——噗——

是的,他是豆子,是我的表哥、锁舅的儿子。他轻松而认真地干完这些,然后走出大门,走得旁若无人。他没看刘权也没看自己的父亲,而是,挤出人群……

"兔崽子!看我不打断你的腿!"锁舅率先回过神来,他拾起镰刀,朝着豆子的方向追去,那么愤怒,那么雷霆,"我宰了你这个惹事精,我……"

一前一后,他们跑得飞快,并且越来越快,豆子表哥的一只鞋丢了,可这并没有影响他的速度,他越跑越快,简直像一只飞快逃跑的兔子——不,最后,在我的视线里,他最后真的把自己跑成了一只兔子,而追赶他的锁舅也正在变化,只是他的变化跑出了我的视线……

哥哥的赛跑

对我哥哥李恒来说,一九八五年杨柳中学的春季运动会意义重大,是他的一个转折,他甚至能记得那天的所有发生。他记得那天的天气和他奔跑前某片云朵的形状,他记得那天操场上的喧嚷,记得披着大衣、拿着秒表的邱老师,记得粉色上衣的齐霄菲,记得她跳跃的头发和明媚的脸——在我哥哥的日记里就是这么写的,他用到的就是这个词:明媚。在他的日记里,还记下了一首题为《奔跑在时间前面》的一首诗:"像穿过风雨的燕子/像离弦的箭/像那狂奔的骏马啊,看他们/奔跑在时间前面/请接受我们的赞美/我们的喝彩/百米赛场上的运动员……"这首诗我也非常熟悉,运动会那天它在大喇叭里反复过十多次,负责朗诵的孟子雯的声音又那么特别——她是我哥哥他们班的班长。

"那天,我哥哥肯定感觉自己像一支箭,像穿过风雨的燕子,像在飞翔,他那两条修长有力的腿爆发出让他也感到震惊甚至眩晕的力量。他的飞快的奔跑给自己涂上了一层淡淡的光,这层光从他的鞋子开始,进而笼罩了全身……"我承认,我的这段文字带有强烈的感情色彩,因为他是我的哥哥,他跑出了第一名,跑在所有选手包括初三(2)班那个不可一世的刘挺的前面。谁也不会想到,我哥哥能跑得过刘挺。他们两个也想不到。在此之前,我哥哥李恒最多敢窥视第二,所以当他们跑过终点之后都显得木然,有些呆,难以接受看到的结果。拿着秒表的邱老师甩掉他身上的军大衣,冲着我哥哥竖了竖拇指,然后朝主席台的方向跑去——他蹲在孟子雯的一侧,从孟子雯面前抢过扩音器,拢在自己面前:"10秒12!10秒12!男子100米赛跑,10秒12!李恒夺得了第一!"激动着的邱老师离开主席台时被什么东西绊了一下,他摇晃着,突然又转身返回到主席台前:"他打破了县中学运动会的百米纪录!祝贺他!"

哥哥还是那副呆呆的样子,他似乎走在云雾之中,不过他的脸上挂起了笑容,虽然那副笑容有点僵。其他运动员一一过来祝贺,那个阴沉沉的刘挺也走上前来,用力地握了一下我哥哥的手,他使用了多余的力气。"这不能算,我吃亏了。"我哥哥李恒,还是那副呆呆的样子,他大脑里的一个角落似乎被什么东西给塞住了,让他有些恍惚,有些眩晕。他回到他们班所在的位置,接受着欢呼、拥抱和拳头,那副飘忽的、木木的表情还在,直到齐霄菲的粉衣奔过来,将她的两只手挂在他的脖子上,我哥哥李恒的脸上也开始有了真正的灿烂,他身体里的活力又回来了。

为李恒鼓掌,我的手都拍红了,赵小痣凑到我的身边:"你哥哥跑得真快。"停了停,他用更低的声音,"看咱班那个赵勇。简直像一只鸭子。"说完,赵小痣转向别处,若无其事。的确,赵勇跑起来就像一只摇摆的鸭子,特别是和我哥哥李恒相比。

"李恒跑得真快!"

"人家都破纪录了!能不快么!你看他拉下刘挺多远!"

"要不是赵老师,李恒的成绩肯定还好!"

……

晚上,我哥哥在床上辗转,黑暗中,他的呼吸变换着节奏,我听得出来。他的枕头上仿佛生出了刺猬的刺儿,仿佛装入了豆子和蓖麻,仿佛爬上了众多的虫子,让他找不到一个可以入睡的姿势。后来,他悄悄坐起来,打开灯,放在桌上的奖状和笔记本还在,它们安静多了,不曾偷偷地移动过一寸位置。我哥哥凑过去,伸手抚摸了两下奖状的边儿,然后他的右手伸向自己的名字——李恒。他的手指按照奖状上的笔画轻轻描画着,一遍,一遍,此时,他脸上的光也跟着越聚越多,仿佛他奖状上的名字是一束小小的光源。他抖动着自己的腿,冲着镜子做了一个奔跑的动作——这时,他看到了我睁着的眼睛。

"你还没睡?"

"我睡不着。"我欠了欠身子,"哥哥,你今天跑得真快。我没想到你能跑得过刘挺。"

他的鼻孔哼了一声:"睡吧。"灯灭了,黑暗重新聚拢,哥哥带着他身上的小光源返回床上。过了好一会儿,他那端传来了声音:"我一开始就跑在他前面。"

我说:"哥哥,以前你怎么没跑这么快?"

"以前,我又没参加过运动会。"

又过了一会儿,我对着他那端的黑暗说:"我看见你们班的齐霄菲,抱你了。"

那端有了声息,他伸过了一只脚:"睡你的觉去!有你什么事!"

那个晚上,我哥哥在床上反复辗转,他被兴奋、幸福和对真实的怀疑灼烧着,无法入睡。

第二天上午,初三(2)班的刘挺截住了我的哥哥,在他背后,还有初三(2)班的几个男生。"你觉得,你是凭自己的实力赢的我么?"刘挺的手指点了点我哥哥的胸膛,"要不是那个笨蛋影响了我,我会输给你?""就是就是!赵傻子那个笨蛋,连枪也不会放!要不是挺哥怕抢跑,怎么会比你小子慢?"……

我得介绍一下那天的发生,它本来只是一个小小的插曲,如果不是刘挺他们提及,我哥哥和我肯定都不会再想到它,可刘挺他们却很在意。他们提到的赵傻子,是初三的物理老师,人其实还算精明,不知为何却得了这么一个外号,而且相当响亮。那天,赵老师举起发令枪,扯着他沙哑的嗓子喊:"各就各位——预备——"我们能清楚看见他扣动了扳机,枪却没响。赵老师愣了愣,他将举起的手慢慢收回,吹了吹枪口,然后取出发令弹,换了一发新的,"各就各位——预备——"这次,枪飞快地响了,枪口上端升起一股黄色的烟尘……

我哥哥那天表现得相当英勇,以前他可不是这样。本质上,他是一个怯懦的人。他没有后退,相反,他推开了刘挺的手指:"那又怎样?枪又不是我放的。"

"你小子是什么东西?敢跟挺哥这么说话?皮痒呢是不?"刘挺背后的一个瘦小的男生扑过来,挥拳打向我哥哥的脸,被我哥哥躲开了。"干什么!你们想干什么!"

声音是从背后传来的,邱老师出现在那里,这时的他没披着自己的军大衣,而是穿了一身运动服。"刘挺,你小子还想闹事!嫌对你的处分轻了?"邱老师又指了指他身边的那几个男生,"都给我回班上去!"

刘挺硬了硬他的脖子:"他、他本来跑不过我!都是赵傻子害得!"

"屁话!"邱老师伸手拍了一下刘挺的头,"你小子跑得慢了还不服输!别总在客观上找原因!"

我哥哥顺着一个侧边想走,这时刘挺叫住了他:"哎,小子,今天下午我们再比一场,你他妈敢么?谁输了谁是孙子!"

我哥哥转过了头。他看了一眼邱老师,然后一字一顿:"谁,输,了,谁,是,孙,子。"

不知道那一天的课是怎么上的,我哥哥肯定总是走神儿,我说了他本质上是一个怯懦的人,我敢肯定,他会用一天的时间反反复复,忧心忡忡。课间的时候我见过他,我去厕所的时候他刚从里面出来,面色苍白,无精打采。我和他说了句什么,他似乎没有听见便匆匆赶回自己的教室。课间的时间还很富裕,等我从厕所里出来,和赵显明打闹着的时候,我哥哥又回来了,他还是那副苍白的表情,急匆匆地奔向了厕所。我敢肯定,那一天对我哥哥来说是一种煎熬。他肯定不止一次地想过,在放学之前提前回家,躲过和刘挺的比赛。他身体里的勇气在一点点丧失,而恐惧却一步步加重,像黑色的石头。他是我的亲哥哥,我太了解他了,了解他就像了解我自己。因此,我敢肯定,他之所以接受刘挺的挑战并且那么一字一顿地重复"谁输了谁是孙子"完全是出于要面子,要知道,邱老师就在旁边,我哥哥不愿意在任何人面前显得怯懦,他是一个要面子的人。

时间一分一秒地过去,它时慢时快,它的速度因由我哥哥李恒的心境而定。最后一堂是自习课,那堂课是快是慢我不知道,它是我哥哥的秘密。我知道的是,那堂课他几乎没写一个字,只在一张白纸上画下了一团乱麻。下课的铃声终于响了。

我哥哥背起书包。他将书包放回到桌上。这时,刘挺的跟屁虫,那个狐假虎威的瘦个子在后门探进了半个头:"李恒!你给我出来!快点儿!"

教室里的空气和光立刻变得凝滞了。许多同学都回过头来盯着我哥哥的方向,包括齐霄菲、孟子雯,她们脸上的表情怪异而复杂。这时,我哥哥缓缓站起来,他迎着她们的目光背上自己的书包,系了系鞋带。那个瘦个子已蹿进了教室,他指着我哥哥的额头:"快点!挺哥等着你呢!"

孟子雯躲在后边:"李恒,别打架!你们不要打架!"

我哥哥的脸上努力地贴上了笑容,他的目光却偏向了齐霄菲:"不是打架。是赛跑。我们,再比一次。"我哥哥冲着齐霄菲的方向,然后若无其事地背过身子,"不用担心。我没事。"

操场上聚集了不少的人,这是我哥哥所没有想到的。初三(2)班的男生基本上都站到了一边,我哥哥冲着熟悉的面孔们点点头,那些面孔却没有特别反应。"孙子,我还以为你不敢跑了呢。"刘挺在我哥哥面前跳动着,做着拳击的动作,而我哥哥直直地站着,在气焰上早早地矮了几分。我相信,一直埋伏在我哥哥体内的怯懦像一条条虫子,正对着我哥哥的身体撕咬,它们咬痛了他的骨头。

"咱们再比一比。我不许你不用全力,要让我看出你小子不用力,老子废了你!"

我哥哥朝着人群处看了两眼。因为刚放学,各个班级都有许多没离校的学生,喜欢看热闹的习性使他们聚向了教室后面的操场。"我们按原来的线跑!开始吧!"我哥哥点了点头,他脸上的血色又回来了,我看见,他朝人群的一个角落里挥挥手,然后将书包仔细地放到起跑线一边——

我的哥哥,在奔跑起来的瞬间就像一头紧张的豹子,修长的双腿那么有力,他把刚才层层泛起的怯懦甩在了身后,把那个刘挺也甩在了身后,虽然在起跑的时候他略显得慢了些——他再一次先于刘挺跑过了终点,这次,他比刘挺快了半个身长。

跑过终点的我哥哥李恒,几乎没做半点儿的停留,他就朝着自己书包的方向走去。他的脸上没有丝毫的喜悦,相反,我从他木然的表情内部捕捉到丝丝缕缕的紧张,他似乎预知了以后事情的发生。就在我哥哥弯腰去抓自己的书包的时候,那个瘦个子和另一个男生从侧边的队伍里冲过来,我哥哥被打倒在地上。

卖力气的瘦个子甩出几声尖叫,他的脚狠狠踢向我哥哥的屁股,我哥哥趴在地上,手里紧紧抓着自己的书包,似乎他正在经受一次抢劫,他护着的是金条或者珠宝……"住手!你们听见没有!""干什么打人啊!"我哥哥略略抬了抬头,晚上,他对我说,那时他听见其中夹杂着一个女声,他的耳朵用专用的仪器捕到了它。那声音,是他们班一个女生的。他没说是谁。他不说我也知道,这是我们心照不宣的秘密,我的哥哥,在初二那年陷入了恋爱,当然在我看来是单相思的那种。

我看见,一个男生站在了刘挺的面前:"我叫你住手,你听见了没有?"刘挺看了看他:"又不是我动手的,关我屁事!"

那个男生回头看了两眼瘦个子他们,他们已经停下了对我哥哥的殴打。"跑不过人家,就打人。你刘挺也太不是东西了。"

刘挺向前跨上一步,他使用出一种很不屑的神色:"哼,你多是东西啊。别仗着你们五虎,有本事咱单挑!"

"你们这是干什么!又是你,刘挺!赵福,你给我靠一边去!"迟到的邱老师骑着一辆旧自行车插了进来,"李恒,谁打的你?你说,是谁?"我哥哥掸着身上的尘土,没有回答。"是谁?反了!我看看是谁!"

我走到哥哥李恒的身边,帮他掸去身上的土,那个瘦个子迅速地消失在人群中。"你看见是谁?你看到了吧?"邱老师转向我,可我哥哥李恒用力拉了一下我的手。

"李恒,以后有事说话!赵家五虎罩着你!我是老五,高二(4)班的!"赵福斜着眼睛从邱老师的东面摇晃着走过去,他拍拍我哥哥的肩膀,"以后有谁再动你一手指头,就是跟我过不去!"

"你少来这套!"邱老师盯着我哥哥的眼,"下午我去县里回来得晚了些。走,上我办公室。"

我哥哥点点头。他将书包塞给我,伸长自己的脖子,似乎想从那些散去的背影中寻找某个人。他大概没有找到。

"邱老师一来她就走了。"我压低了声音。哥哥的书包和以前的重量有很大不同,等他和邱老师走进办公室的时候我打开了他的书包:里面装的是两块砖头。

我哥哥在自己的书包里塞进了两块很重的砖头。却没有使用到它们。

我哥哥李恒,将作为杨柳中学的运动员,参加县里的春季运动会,这是邱老师通知他的。那天,邱老师带着我哥哥的百米成绩来到县文教局,"他们竟然不承认!他们一定是以为……算了,李恒,到县运动会上你好好跑,证明给他们看!为、为学校争光,为老师争气,行不行?"

"行。"我哥哥说。随后,他又问:"那刘挺也参加么?"

邱老师愣了愣："可以考虑……他也可以参加200米……"

晚上，我哥哥在床上又开始他的辗转，枕头上的刺儿刺进了他的肉里。"邱老师叫我参加县运动会。让我要加紧练习。"嗯，我随口应了声，这话他已说过多次了，包括在饭桌上守着我们的父母。何况，那时已经很晚，我的大半个身体都已进入到了梦中。

"我上了五点三十的闹铃。你可以再睡一会儿。"

我没有再回答。我要进入的梦很黏，仿佛是一团厚厚的雾，里面的光亮小得像一粒蚕豆。那微小的光亮突然变大了，它大得刺眼：我哥哥李恒，像昨天那样再次打开了灯。

像昨天那样，他盯着墙上的奖状，盯着自己的名字。要知道，我哥哥李恒在此之前从未得过什么奖状，包括在小学。这是第一张奖给"李恒"的奖状，这张奖状使"李恒"在那么多人的中间突出了出来，使"李恒"获得了之前从未感受到的荣耀——"你怎么还没睡？"

他又看见了我。我说："灯这么亮……"然后将后背转给他。

"你睡吧。"他说。灯还在那里亮着，发出嗞嗞嗞嗞的响声。"邱老师……"他把话说了一半儿，一小半儿，其余的内容又咽了回去，"早点睡吧。"

第二天等我醒来，我哥哥李恒，运动员李恒，得了奖状的李恒已经不见了，他空出了自己的位置，在他空出自己的位置那里，淡淡的白光贴在上面，像一种斑。我的目光向前延伸，到闹铃的方向，它突然而热烈地响了起来。

我哥哥的运动生涯开始啦。距离县里的运动会，还有一周的时间。

在这里，我还得介绍一个插曲，这个插曲与刘挺有关。刘挺，作为杨柳中学准备参加县运动会的运动员，也和我哥哥一样，天天出现在操场上。

　　躲是躲不过去的。我哥哥在略略的远处压腿、抬膝,当刘挺走近的时候他挤出了一张笑脸:"挺哥。"刘挺没有任何的表示,他的腿粗壮有力,在我哥哥的面前晃了过去。后来,我哥哥表现了他的锲而不舍,端着他僵硬的笑脸给刘挺拿跑鞋、倒水,干一切他能想到的、刘挺需要的活儿。终于,刘挺对我哥哥有了亲密的表示。他先是将自己的上衣和一支钢笔塞进我哥哥的怀里,后来,在我哥哥跑着百米的时候他走上去朝着我哥哥的肩膀来了一拳——刘挺没用力气。可我哥哥,他的泪水却在眼眶里转了几转。"别看刘挺人比较粗,但很讲义气。"后来,我哥哥对我总结。那时他已经和刘挺混得很熟,他和那个瘦个子成了刘挺共同的尾巴。

　　去县里参加运动会的前一天,刘挺从我哥哥手中接过水杯,似乎很不经意地问了一句:"你和赵家五虎很熟么?"我哥哥愣了一下,随后他飞快地回答,熟,很熟。他们是我表哥。我爸爸和他们的父亲还是同学。

　　撒谎,我哥哥完全是在撒谎。赵家五虎和我们家的任何一个人都没有关系,他们根本不是我的表哥,而我父亲,也和他们的父亲不是同学。他们并不认识,或者仅仅是认识而已。赵福之所以来蹚我哥哥和刘挺间的浑水,完全是因为齐霄菲的缘故,这是我哥哥后来才知道的。

　　我哥哥撒了谎。事后他很为自己的机敏感到自豪,刘挺没从他的脸上找出任何的破绽。

　　从县运动会上回来的李恒就像一匹骄傲的小马,他带着小马的力气、骨骼、青春和狂野,还有那嗒嗒嗒嗒的蹄声。我哥哥李恒在县运动会上再次跑出了个第一名,并且,他再次打破了县中学运动会的纪录,如果那次在杨柳中学的百米成绩也算的话。他比上次的成绩快了零点二秒,这个成绩使得邱老师脸上显出酒后的光泽,并且经久不散,并且使他的肚子也略略挺起,说话的嗓门也有了微调。我哥哥是"载誉归来",这个词是校长在全校师生大会上说的,他反复说了三次。站在队伍中,我哥哥装出一副漠然的样子,他甚至有意低了低头,不过他装得不像,那份骄傲还是从他的骨头里从他的肉里从他的衣服里渗了出来。

我哥哥,成了杨柳中学的一个传奇。他从来没有这么被众目睽睽过,从来没有……

我有了一个滔滔不绝的哥哥。在饭桌前,他用那种夹杂着普通话的方言滔滔不绝,翻来覆去,无非是县运动会上的包子和饮料、县一中的大旗、和他一起参加赛跑的学生,我都早听厌了,可我的父亲和母亲并没有显示出也已经听厌了。要是在以往,我父亲早该阴沉起脸色,用筷子敲敲碗:"卖什么话!饭也堵不住你的嘴!"可那天不同以往。是的,我哥哥也不同以往。在以往,他在饭桌前基本是个哑巴,低着头,专心致志地对付着碗里的饭菜,仿佛是个机器人。他对我说过,只要我父亲在家,和大家一起吃饭,他就没有吃饱过。他总想用最快的速度将饭吃完,然后离开父亲的视线。父亲的存在让他畏惧、忐忑,心里会生出幼小的老鼠或者是刺猬的刺。可那天,真的不同以往。

我哥哥说,邱老师说,体育特长生中考可以加分,大概会加五到十分,和班干部、三好学生一样。

我哥哥说,邱老师说,我可以报考体校。有学历,还是干部身份。

我哥哥说,邱老师说……

"邱老师说……"我用一种怪模怪样的声调学他,"邱老师不过就是个体育老师,他又不是校长,他说了不算。"

"邱老师说了怎么不算?"我哥哥的脸立刻拉得很长,"他说的是政策,是国家的政策!你懂个屁!"他甚至,让面前的饭也洒出一些来。

"真是,大的不大小的不小。天天吵得脑仁都疼。"我母亲将一块肉夹进了哥哥的碗里。"你说,邱老师说的,有准不?"她的脸转向我父亲,"孩子考个体校,其实也不错的。"

"体校……"我刚开口,就看见我哥哥李恒正用他眼睛里的青灰色狠狠地瞪着我,那里面有平时我从未见过的怨毒,他在被那个刘挺的瘦个子喽啰骑在身下的时候也没使用过。我只好闭上嘴,安静而夸张地嚼着嘴里的两段芹菜。

"载誉归来"的李恒得到的不止这些,在杨柳中学,他一下子告别了丑小鸭的灰暗的生活,似乎生出了白色的翅膀。我哥哥的奖状又多了一个,这一个比杨柳中学发的那个要大一些,而且上面的图案贴了一些绒毛。它是我哥哥不能碰的宝贝,因为那些绒毛一碰就掉。他还得到了一双回力牌的球鞋,这是他从县里领到的奖品。这双鞋竟然也臭美地摆到了书桌上,占了不少的一片位置。在被校长表扬过不久,县文教局局长在到学校调研时又"接见"了他,用他的胖手拍了拍我哥哥的头,"小同学,好好练,练好了为学校争光,为我们县争光!大有前途啊!"这些话是由我哥哥在饭桌上转述的,在转述之前他先卖了个关子:"妈,上午的最后一节课我没上。当然不是逃课,我哪敢啊!我是被班主任叫去的,他说有领导接见。哪里的领导?县里的!文教局局长!"

我说:"不就是个破局长么,有什么了不起,上面还有县长呢,还有市长省长呢!看你的尾巴。"

这次,他并没有恼,而且伸长了皮笑肉不笑的脸:"你妒忌了,我知道你在妒忌。"

"放屁!"我说。我有些怒不可遏:他,竟然说我妒忌! 不就是有两条破腿么,有本事,你考试考进前十名啊! 有本事,你骑到刘挺的头上啊,干吗非要当人家的跟屁虫! ……

接下来,我哥哥有了一身崭新的运动服。它是我父亲掏钱买的,大红的颜色,红得像血。要知道,那时我父亲所在的工厂很不景气,已经两个半月没发工资了。接下来,我哥哥穿着红色运动服在操场上跑步渐渐成了一道风景,那些早早来到学校的男女同学常常站在操场的边上看我哥哥跑步。以前,刘挺也曾获得过这样的殊荣。邱老师穿着蓝灰色的运动服,帮我哥哥压腿,指导他的训练。他们两个人形成了巨大的反差。

说这些,我并没有妒忌,虽然得了奖状之后不停翘尾巴的李恒是让我有些看不惯。

一九八五年在我们镇上不算是什么特殊的年份,它没有波澜,但对我的李恒哥哥却大不相同。他升入了初三,而刘挺则毕业了。就在那年夏天的晚些时候我在菜市场的鱼市上曾见过他两次,他蹲在那里卖鱼。他看见我的时候叫下了我:"你是不是李恒的弟弟?"我说是。他向我打听了一下有关我哥哥的情况,对我说:"叫你哥哥有时间过来玩。这小子,也不来看看我。"说这些的时候刘挺露出了他的黄斑牙。不过在这时他挺和善的,和在学校时的样子有了很大的区别。我们班的赵小痣曾悄悄感慨,说刘挺这一毕业,杨柳中学少了一个混世魔王,应当安静一阵子了。而我们班的张锐谱马上表示了不屑:走了一个混世魔王,会有许许多多的魔王像蘑菇一样生长出来。不信你们等着。好了,打住,我要说的是我的哥哥李恒,我要说的,是他的一九八五。那一年,他那两条飞快的腿使他在杨柳中学凸显了出来,那一年,怀揣青春、青春痘、梦想和荷尔蒙的我哥哥李恒,他的初恋也如他脸上的痘痘,此起彼伏,层出不穷。

其实,他的初恋应当比他脸上的痘痘生得更早一些。那是初二刚刚开始的时候,我哥哥对他们班的齐霄菲有了强烈的好感。要面子的哥哥在这点上对我从来都不隐瞒,他只是叮嘱我,不许说出去,跟谁都不许说,一个字都不行。我当然懂得要保守他的秘密,我真的和谁也没有说过,就是在他因为得了奖状和奖励而翘尾巴的时候,就是在他以为我妒忌而和我疏远的时候,我也没有丝毫的泄露,我将自己当成是一面很深的湖,我哥哥的秘密就像是投入湖中的石子。

我哥哥被他的初恋灼烧着,他脸上的青春痘里带有明显的火焰的颜色,顶出的白点儿可以看作是火焰的核心,或者核芯,他体内的火焰越积越厚。排遣火焰的方式开始是写诗。每天晚上,我哥哥就像一个笨拙的农民,拿着他矮墩墩的钢笔,在那里吭哧吭哧地写诗,就如同那个农民在土豆田里用力地挖掘。说实话我哥哥缺少写诗的才华,尽管他尽心尽力、绞尽脑汁,写出的诗却都平庸至极。每写完一首所谓的诗,我哥哥就会拿给我看,每首诗的题目下面都写着"献给 XF"——在那个时期,我母亲充分扮演着一个特务的角色,她常偷偷地从门缝里瞧我们的动静,我哥哥写诗的样子或者我们一起看诗的样子都让她兴奋,"孩子们在用功呢。"瞒过她的侦察是比较容易办到的事儿,我的母亲一贯笨手笨脚,她的胖身子总能带出不小的响动。何况我哥哥的"用功"也完全是真的,虽然他用功的结果就是制造一堆没血没肉的垃圾诗,臭不可闻——我哥哥对我的批评并不恼,他会说"你根本没看明白,你根本就没明白它是什么意思",一边说着,一边将刚写完的诗团成团儿,丢在一个纸箱里。那个纸箱是我们俩的简易纸篓,它吞下了我哥哥近一百首诗。在一九八五年杨柳中学的运动会后,我哥哥找到了新的排遣体内火焰的方式,那就是跑步,跑步,跑步。我哥哥的跑步并不是从一九八五年才开始的,但在此之前,他的速度并没有显现出来,他也没将跑步当成是对火焰的排遣。他不再写诗,他向我承认,他不是做一个诗人的料儿,"你不知道我想得多……可一落到纸上,就是那些干巴巴的词儿"。

我哥哥在一九八五年写的最后一首诗由我交到了齐霄菲的手里。应当说那根本就不是一首诗,而是一个认真的便条儿,上面写的只是一句话:"我每天早上的训练希望你能来给我加油,一次两次也行。你能来么?"是我,固执地要将它看成是诗的,我哥哥是将它当成诗来写的,一张便条可不能贮藏那样丰富的内涵。

本来,这张便条是应当由我哥哥李恒自己交到齐霄菲的手上的,我只是配角儿,我的存在大约可以支撑一下我哥哥脆弱而怯懦着的骨骼,使他不至于难堪地倒下,不至于最后退缩——送出之前,经过两个晚上的协商,我哥哥终于下定了决心。"你得陪我去!"他那时根本不像是一个哥哥而像是弟弟,他还反复教我如果齐霄菲这样表示我需要怎样,如果她那样表示我得如何如何……可在齐霄菲家门口,经过三小时的路上行走和去过四次厕所之后,我哥哥还是退却了。他将一根冰糕和那张纸条儿塞到我的手上。"要是她父母问你,你就说是你哥哥的请假条儿,你哥哥病了。"他又叫住我,"要是她父母没看到纸条儿,你不要自己去提,就当没有这事儿。"在我准备敲门的瞬间他又拉了拉我的衣袖,"这个时间,应当是她一个人在家。应当是只有她自己。"

真的只有齐霄菲自己在。她看完了纸条,然后随手拿了一张白纸,撕下一半儿,在另一半儿上面写上字,交给我。她几乎没和我说话,但将我送出来的时候她说了一句,"以后常来玩儿"。我不认为这句话里包含有什么样的意思,它属于客套,她与我又不熟悉。

可我哥哥并不这样看。他说,这里面有内容,有潜在的台词,只是一时半会儿不会自己浮出水面。他说,齐霄菲的回复里肯定也包含着丰富的潜台词,肯定。他将纸条抓在手里,并没有急着打开,而是侧了侧身子,躲开了我的视线。"有什么啊,我都背过了。"我说,那张纸条是我折起来的,齐霄菲给我的时候根本就没折叠。

可我哥哥不管。他依然转过脸,把纸条上的字当成是属于个人的秘密,他似乎不太愿意和我分享。

"李恒同学:如果有时间我会去看你赛跑的,你为我们班我们学校争得了荣誉。初三了,我要把主要精力放在学习上,争取考出好成绩,你也一起加油!"

嘴上,我哥哥并不承认齐霄菲的回复是种礼貌的拒绝,他是那种死要面子的人,他给希望留下了许许多多的理由。但事实上,他也不能说服他自己。那段时间里,我哥哥李恒显得有些萎靡,他的身体里有一部分的气被抽走了,剩下的气难以维持正常的运转,被杨柳中学师生叫成"小飞人"的李恒,奔跑的速度慢了下来。

"集中精神!发力!"

"你在干什么?这也是跑步?动作,看你的动作!"

"你今天吃的什么?没吃饱吗?"

……

邱老师的发火对我哥哥作用不大,他的病需要另外的药来医治。邱老师不掌握那样的药剂,即便他不断加大剂量。那段时间里,做完作业,我哥哥会冲着面前的白纸发一阵呆,我想他也许又想写诗,然而他的钢笔没在上面写一个字。他写不出来,他连那种平庸的、套话的诗也写不出来了。

邱老师来到了我家。套话过后,邱老师说李恒是一个搞体育的好苗子,除了百米,他的二百米和跳远的成绩也很不错。"孩子,应当全面发展,朝他能发挥自己能力的方向发展,你们说是不是?"坐在我母亲后面的父亲立刻发生了警觉:"李恒他怎么啦?他不好好练啦?我看他每天起得挺早啊!"

邱老师解释,他天天都去训练,天天都按时去,只是一副心不在焉的样子,成绩也有所下降。他以为,是因为家里的阻力,邱老师以往教的学生中也遇到过不少这样的情况。"谁不想孩子有个好的发展?可是,我们也不能代替孩子选择是不是?我觉得,李恒的成绩,他也许……""我们没有给他阻力,一点儿阻力也没有!我们家李恒还说,邱老师鼓励他以后考体校,他有这个目标,我们没有给他一点阻力!"我母亲急忙解释,她把端给邱老师的茶水都洒了出来,"邱老师,你说,这孩子能考上体校么?体校出来,算不算是国家干部?……"

晚饭,你一言我一语,我哥哥低着头,他恶狠狠地对付着面前的碗,端出麻木而坚固的表情。"班主任说,我也不能光练体育而忽略学习,初三,得把精力放在学习上。我这些天在补英语呢。"他说出自己的理由,说着,他嘴角的两粒饭粒掉在了桌面上,他拾起一粒放进自己的嘴里。我母亲看了我父亲一眼,然后也不再作声。过了好一会儿,她指着我:"快点吃,吃饭时也玩,你想把这顿饭吃到明天啊?时间都这么浪费了!有那时间好好想想你的学习,想想还有哪道题不会做不好么?都这么大了别光让别人说!……"

她又转向我哥哥:"听说体校招生很少,也不好分配。你觉得自己能考上么?可别捡不到芝麻,也丢了西瓜!你的路是自己选的,可别到时候埋怨父母……"

睡觉前,我问哥哥:"你饿不饿?"他停顿了一会儿,说:"不。你自己去吃吧。"等我从厨房里回来,他已经躺在了床上,支着他的头。关上灯,我对着他的方向说话:"哥哥,我今天看见齐霄菲了。她和高中的那个赵福在一起。""嗯。""赵福和她说什么,她不听,赵福就抓住了她的手,她甩不开。""嗯。""看得出,齐霄菲有些生气。赵福一直那么嬉皮笑脸。""嗯。""你怎么这样一副不死不活的样子?"我支起身子,"哥,你想怎么办?"黑暗那边只有喘气的声音。后来,我听见他转身的声音。"我不会放弃。我不放弃。"他说。

"明天早上,你和我一起起来,去看我训练!"我哥哥说得斩钉截铁。

我哥哥李恒又回到了操场上,我说的是心境、状态的回到。自从春季运动会之后他一直坚持着训练,但有段时期他心不在焉。他对我说,没有一个女孩子会喜欢一个什么都不中用的男生的,要想有女生喜欢,你就必须出色。他的脸上泛出一种坚毅的光来,你要记住,轻易放弃的男生也不会受女生的喜欢。那时候,我哥哥从同学那里借来了《天龙八部》《笑傲江湖》和一本琼瑶的小说,这些道理也许是他从这些书里得出的总结。我猜测,他在飞速奔跑的时刻,大概会把自己想象成一个侠客,在武林大会上显山露水的英雄——

好啦,关于一九八五年的哥哥的故事还是长话短说吧。此后,他又回到了刻苦和意气风发,在操场上的奔跑中,他巧妙地掩盖了自己的怯懦性格,显得刚硬、有力。在冬季,我哥哥和齐霄菲的关系忽然有了某种突破,他们竟然有了约会,她还收下了我哥哥送给她的一个笔记本,以及一盘伊能静的磁带。我不知道我哥哥是如何做到的,是他的锲而不舍感动了她,还是他从琼瑶或者金庸的书里学到了什么样的绝妙招数。对此,我哥哥李恒笑而不答:"等你需要的时候我肯定给你支招!保证你马到成功,不费吹灰之力!"对了,在寒假生活开始的第三天,傍晚,我哥哥带着一身的泥土和几处伤痕回到了家里,他乌青的眼眶让人看着害怕。我哥哥说,是自己不小心摔的,就是自己摔的,真是自己摔的……他还描述了当时的情景,可我们谁都不相信。"跟人打架了还不说!是谁,我找他家去!"我母亲拉着他,他翻了翻白眼:"不需要你们管!我自己知道怎么处理!"

从那个冬天,或者更早一些,从秋天开始,我哥哥李恒是一个有秘密的人了。之前,他从不隐瞒他的任何事、任何想法,他把我当成是自己最好的朋友。而现在,他有秘密了。有了秘密的哥哥还和我睡在一个屋子里,却让我感到孤独。

我知道我哥哥在等待一个新春季的到来,他在等待一九八六年的春季运动会,杨柳中学的,县里的,乃至市里的。邱老师说,我哥哥没能参加一九八五年市里的运动会应当是个遗憾,因为那是一个很好的机会,增长经验、提高水平的机会,同时也是一个被选择的机会:因为省、市体育局、体校的一些老师也在。邱老师说,只要我哥哥努力,能在县运动会上拿得好名次,他一定想办法让我哥哥参加市里的运动会,一定!一九八六年的春季运动会马上就要到来了。

一九八六年的春季运动会马上就要到来了。时间,在许多时候都流动得波澜不惊,日出日落,太阳每天都是旧的,"江畔何人初见月,江月何年初照人"?对一九八六年那个略带着寒意的春天,不知道我哥哥现在回想起来是一种怎样的心情和怀想?时间的离去在多年之后也变得波澜不惊,然而,当时——感慨打住。那个春天对我哥哥来说,比一九八五的春天更让他难忘,它形成了疤痕,下面是他反复连接的痛感神经和流着的血。

有我哥哥参加的杨柳中学春季运动会是引人注目的运动会,它之所以引人注目多多少少是因为我哥哥李恒的存在。在运动会开始之前他就成了瞩目的中心,学校的黑板报上在显著位置写着:"中学运动会开始在即,'小飞人'将继续向纪录挑战。"而在运动会开始前两天,学校的广播就开始朗诵那首《奔跑在时间前面》的诗,朗诵者修改了部分的词:"像穿过风雨的燕子/像离弦的箭/像那狂奔的骏马啊,你看他/飞一样速度/跑在了时间的前面/啊,请接受我们的赞美,我们的喝彩/百米赛场上的小飞人……"

我哥哥为人低调,表现得波澜不惊。他故意和平常一模一样,仿佛板报上、广播里反复着的"小飞人"和他毫无关系,他不认识这个人。但小小的得意、自信,甚至傲慢还是从骨头和肌肉的里面渗了出来。毫无疑问,我哥哥等待这次运动会已经等很久了,他几乎天天在盼,在临近运动会开始的前几天,他晚上常常盯着日历牌,一张张翻过去,翻到运动会的那天停下,直到睡觉前才将日历翻回到当天的日期——我将这些都看在眼里。

上午十点,我哥哥的红色运动服出现在了跑道上。他的入场引起了阵阵掌声,有人在喊:"小飞人,加油!""小飞人,加油!"——在李恒的脸上,又出现了上届运动会赛完百米之后的那副木然表情,他只是不停地做着准备动作。我猜测,我哥哥今天的木然肯定和去年的木然含意完全不同。这一次,他的木然应当是拿不定主意,是表现得活跃、热烈一些接受那些呼喊和掌声呢,还是继续像以往那么谦逊,免得让别人说自己翘尾巴?……我一直觉得我是我哥哥肚子里的蛔虫,到现在都是。

与100米短跑同时进行的还有其他比赛:标枪、跳高、跳远。然而在我哥哥李恒那身红色的运动服在跑道前出现的时候,百米赛道前还是聚集了小小的涡流,如同众多的飞虫奔向亮起的灯盏——穿着蓝灰色运动服的邱老师也是那些飞虫中的一只,他竟然不顾自己裁判的身份,从终点跑到我哥哥身边,和他交代了些什么,我哥哥频频点头。没披军大衣的邱老师拿着秒表,倒退着又跑回终点:"各就各位——"

100米。我哥哥在发令枪响起的同时弹起了身子,他的腿显得那么修长、有力、迅速,他如同离弦的箭,或者如同广播里那首诗上说的,像穿越风雨的燕子,奔跑的骏马……我仅有的那些比喻还没有用完,比赛已经结束。第二名。我哥哥令人惊讶而失望地跑成了第二名!

在我的位置能清楚看到他的表情。他张大了嘴巴。他的脸上跳动着分明的痛苦,慢慢地弯下了腰去。他揉着自己的右脚。然后脱掉鞋、袜子,又将它们穿上——他似乎是受了一点点的小伤。他的右脚,在关键的时刻做出了背叛。"怎么啦?"邱老师跑过去,然后是他们班的冯一凯、赵文东、孟波和齐霄菲……我哥哥冲着他们摆摆手,然后站起来,退到队伍中去——那件红色的运动服在他的队伍中依然显得鲜艳。在走回队伍中的时候,他似乎略有点瘸,虽然他做出了故意的掩饰。某根刺,顺着他的右脚向上钻进了他的肉里,并将疼痛扩展到心脏的位置——从他的表情来看,是这样。

那天晚上我回家很晚,在确定躲开了父母的视线之后,我回到了房间。"干什么回来这么晚?"他的话语冰冷,带着几片没有融化的冰,还有那种冰凌的粗粝感。他竟也没回头看我,而是盯着面前的一本书。我没回答。我将脱掉的上衣丢在了水盆里,向里面倒了洗衣粉。

"你怎么不回来吃饭?"他竟然还用那样的语气,他竟然还不转过脸来看我一下!"我去打架了!"我的口气同样坚硬,同样冷。

"打架了?"我哥哥李恒这才转过头来,"跟谁?为什么?"他的手指碰了碰我额头上的伤疤,"谁把你打成这个样子的?"

委屈在我的胸口形成了波涛,我用力地按住它们:"赵小痣。还有他表哥。还有三个人,但是都没动手。""你不是和赵小痣挺好的么?"委屈的波涛一下子打过来,我有些猝不及防,眼泪一下子涌出来:"他说,他说……他说,你的脚根本没事儿。你是跑不过人家……"

那天晚上,我哥哥给我打来了水,给我洗净了衣服上的泥渍和血渍,并从厨房里给我拿来了馒头和咸菜。我吃着,他对我说:"这事不算完,我不会让他们白欺侮你的。明天,我去找刘挺。"我哥哥说,"我去找刘挺,相信他会给我面子的。"他脱下鞋子,将自己的右脚放进热水中,用手轻轻揉着,"相信,他会给我面子的。你看刘挺会怎么收拾他们。"

写作业的时候,我忽然发现哥哥的奖状不在了。得了第二名的哥哥,将他以前的奖状竟也收了起来。看得出,这次失利在他的心里真的形成了巨大的阴影。"小飞人"在众人的面前,在邱老师、齐霄菲和杨柳中学所有师生的面前,受到了挫败。

那天晚上,我哥哥很晚才睡,虽然我们早早关闭了灯,都安静地躺着,不发一言。那天晚上我也很晚才睡,我一遍遍构想如何依靠自己,依靠刘挺,依靠棍棒、砖头、书包和菜刀将赵小痣和他表哥打得屁滚尿流、血流成河,一遍遍地,甚至让他们跪在地上,像狗一样舔我刚从球鞋里伸出的臭脚趾——历史课上,老师说成吉思汗就是这样做的,那些心甘情愿、满脸陶醉的俘虏们得到了活命的机会,有的可以继续回到原来的国家当王公大臣……我对赵小痣和他表哥给我舔脚趾的表情进行着设计,赵小痣的表哥肯定不会心甘情愿,就是装也装不出来。那好,我就用脚狠狠踢他的头,踢得他血肉模糊。赵小痣接受了表哥的教训,他挂起笑脸,装得心甘情愿,满脸陶醉——那我也不能饶恕他,我的脚要踢得更用力……

然而刘挺并没有再回我们学校,他真的没给我哥哥面子。他说,算啦,有什么大不了的,等你毕业之后就知道啦。他对我哥哥说,现在他的心思都放在卖鱼上,"不再管那些江湖恩怨了"。他对我哥哥说,以后常来和他说说话,他自己在那挺没意思的。"以后买鱼上我这儿来买!我给你便宜,也不会说谎。"他用力搂了搂我哥哥的肩膀,"你还在练跑步?还是你有出息。别总和别人打架,告诉咱弟弟,等过了这个年龄,就光剩下后悔了。没什么大不了的,忍一忍就算了。"(就是这个不再管"江湖恩怨""忍一忍就算了"的刘挺,多年之后在我们镇、我们县成了让人畏惧的"老大"。开了一家夜总会,承包了三处砖窑和一家货运公司,据说还走私、贩毒、杀人。去年秋天开车去东北被人砍死在酒店里。)

"等我参加完县里的比赛、市里的比赛,我再想办法给你出气。"距离县里的比赛只有三天了，我哥哥的心思全放在了自己的训练上，他要努力证明自己，那个创造县中学运动会百米纪录的李恒依然是一年前的"小飞人"，他只要发挥好，这个第一谁也夺不去。

只有两天了。我哥哥又开始了他的忐忑。晚上，他盯着日历发了一遍遍的呆。那时天并不热，只是有点儿闷，可我哥哥额头上却渗出了汗水。我不知道，这是两天后我哥哥和我说的，那天邱老师去了县教委，他一是去送杨柳中学运动员的参赛名单，二是去找教委人事科的房主任，当时邱老师正在办理到县中学教学的调动——他带回的消息是，今年县二中的运动会上，一个转学来的学生跑出了 10 秒 08 的成绩。"他是新来的副县长的儿子。据说，他也要报考体校。"邱老师拍拍我哥哥的头，"到县运动会的时候，你要好好跑，克服一切困难。只要你再跑出第一名，"邱老师俯下身子，从地上拾起了一件什么东西，"我帮你说话。大不了，我不调了，继续在杨柳中学。"——邱老师将他捡起的那件东西甩了出去，它在空中划出一道漂亮的弧线……我承认后面的这些属于我的想象和杜撰，我哥哥并没有描述当日的情景，他只是说，邱老师说如何如何，如何如何。说这些的时候我哥哥的神情黯淡，他的眼睛始终盯着窗外。窗外是一片连绵的雨雾，水声一片，院子里满是白花花的积水，上面不停地有气泡出现，有气泡破灭。这场雨，对春天来说是实在罕见的雨，从县运动会开始的前一天便下了起来，连绵了三天三夜，县里通知运动会暂时取消，什么时候开始另行通知。我不知道得到这样的通知我哥哥李恒是一种怎样的心情，我想，他应当在那一时间里体味出了一个成语的确切含意，那个成语叫作"百感交集"。

他盯着雨。他的眼神里空空荡荡。他将手边的一张白纸撕成了丝丝缕缕。我问他："哥哥，你是不是不想跑了？"

"跑好了,又能怎样?我就是再跑第一名,再破一次纪录……"

"到时候,邱老师就不走了。"

"我这一年的时间。唉,体校上不了,成绩也落下了。"

"等我毕业了,离校了,不用一年,就没人再记得我的成绩。就是中考状元——哼,过两三年,也没人能再记得住他了。就是这样。"

"就是这样。刘挺就是个例子,他也是第一名来着。卖鱼。"

我哥哥说着,他说给我听,更多的是说给自己。他把撕成丝丝缕缕的纸重新再撕了一遍,然后团成一团,丢进了纸篓。

我对他说,我说的是那些大家可以想到的话,它们是听来的、学来的、书上的。我哥哥让我说完,然后做了一个总结:屁。

天晴了,接下来就是几天的酷热,仿佛是提前进入到夏天,空气中的水汽有些发黏——杨柳中学的操场依然泥泞,它不适合于跑也不适合于跳,于是在接下来的几天里所有操场上的活动都被取消了,包括百米的练习。我哥哥没去操场,他那件大红色的运动服没有在中学操场上出现,但这不等于那几天里他放弃了跑步练习——下午一放学,我哥哥的自行车就会出现在县武装部训练基地的操场上。我有个表哥在那里当副主任。在那里,我哥哥要练到天黑,他在星星升起的前面往回赶,他还有二十多里的路程。

星期天,我哥哥叫上了我。支下各自的自行车,我哥哥从他的书包里拿出一只水壶、一包饼干、一袋榨菜,随后又从里面掏出了一块秒表。"你会用么?知道怎么用么?"我哥哥说,这块秒表是他自己买的,"别告诉咱妈妈,我又没向她要钱。"顿了顿,我哥哥又说,"和谁也别说。听见没有!"

他开始了奔跑。一遍一遍地奔跑。

我哥哥跑得咬牙切齿。他把这训练当成是一场战争。看得出来，他太想赢了。我哥哥李恒，他想把那些正在离去或者正在破碎的光重新抓回到手上。

10 秒 29。

10 秒 38。

10 秒 41。

10 秒 26。

10 秒 19。

11 秒 07……

我哥哥跑得眼睛里含满了泪水。他不在状态。他感觉自己已经拼尽了全力，然而成绩却糟得一塌糊涂，甚至跑出了 11 秒 07……如果他的灵魂可以出壳，变成一个新李恒，他肯定会用一根巨大的木棒将这个旧李恒打成肉酱，打到水泥地的下面去。"哥，咱们不跑了，这个地不行。"我盯着他的背影，他重新直起腰来："跑！"

那天，我哥哥的最好成绩是 10 秒 17。一遍一遍，他跑了整整一天。六点钟的时候我们回到家里，那时已是黄昏，阳光的灿烂里有着丝丝缕缕的凉。晚饭时，我去叫他，他睡得像一块石头、一块木头、一个拳击用的沙袋。无论我怎么叫，怎么拍打，都无法将他叫醒。他睡着，沉沉地睡了一夜。

第二天，我哥哥没去上学。这是他从上小学开始的第一次逃课，之前他可从未有如此的胆量。在老师们的印象中，我哥哥应当是那种安静、听话的孩子，好的坏的都找不到他——如果老师对他还有印象的话。那天，从未缺课的李恒还是引起了老师的注意。

"你干什么去了？为什么不请假？"

我哥哥开始准备撒谎。他早就为谎言进行了设计，包括如何进退，他相信自己的谎言即便小有破绽老师也不会深究，因为毕竟这是他的第一次缺课，因为毕竟初三了，因为毕竟这个班上时常缺课的学生不是一个两个，老师对他们也是睁一只眼闭一只眼——然而，我哥哥在老师的追问下还是说出了实话。他没能用上经过严密设计的谎言。他说，他去民兵训练基地了，在那里练习跑步。让进，因为表哥在那儿，说跑步又不是盗窃，要是跑出个全国冠军来基地也有光呢。"全国冠军？"班主任盯着我哥哥涨红的脸，"你知道自己这次小测的成绩么？你也不小了，应当知道什么有用，应当知道往什么地方用用心思。你以为……回去吧！给我好好上课！"

下午，邱老师也找到我的哥哥："傻了你？这样跑，能提成绩？胡闹！过量运动会伤人的，你知不知道？……"我哥哥点着头，他的右脚踩着一块石子来回转动。

县中学运动会终于开始了，我哥哥依然作为杨柳中学唯一的选手参加百米比赛，那个跑在他前面的人将和他一起参加 4×100 米接力。向我父母通报这个消息的时候我哥哥毫无表情，显得慵懒。"跑好了是不是就能上体校？"母亲问。我哥哥翻了翻他的眼皮："不一定。"

早上，我哥哥早早地起来，窗外还是一片暗暗的灰，他打开灯。运动服、鞋、水壶、秒表。他看了两眼秒表，想了想，还是将它放进了兜里。他在椅子上坐着，轻轻地磨着自己的屁股，似乎里面有多余的肉生长了出来——随后，他从兜里掏出一张纸条，看着，盯着上面的字。从我的角度，看不清纸条上写下的是什么，但我能猜到，纸条应当是齐霄菲写给他的。齐霄菲,除了和我哥哥,和高中的赵福之外,还与几个高中的男生关系不错,据说她和他们一起喝酒、看电影……我不知道我哥哥是否知道这些。他不应当不知道,但他会有办法说服自己,他有办法让自己不相信。

时间还早,时间当然还早,距离天亮还有一个半小时,距离他们集体出发还有三个多小时。坐在桌前,我哥哥显得无所事事,他拿过一本书,随后是另一本,那些看到他眼睛里的字仅仅停在视网膜上,它们没能继续深入,有种黏黏的、浑浊的东西堵住了它们。将书丢下,他发了一会儿的呆,然后拿出了秒表。

他按下去。秒表开始计时。大约过了十秒钟,我哥哥的手又按下去,表停在一个数字上。再按。再按。他反复着,不知道他在想什么。我看着他的反复,很快,困倦就拉上了我的眼皮,将我重新塞回到厚厚的睡眠之中。

等我再次醒来的时候,他们出发的时间还没有到。我哥哥叮叮当当,他的表情看上去有些痛苦。我问他怎么啦,他说不好受,肚子痛。已经去了几次厕所,想拉却什么也拉不出来。我在被子里支起身子:"你是不是害怕?"我哥哥哼了一声,将一只臭袜子甩到我的头上。

那一天天空晴朗,万里无云。昨天下午,杨柳中学召开"为我健儿壮行师生大会"的时候也是如此,不过今天早上有些细微的风。在壮行大会上,校长还专门提到了我哥哥的名字,他说:"小飞人"要在这次比赛中继续为学校争光,取得好成绩!他说,我们等着你们载誉归来!

经过一路的颠簸,我哥哥的肚子越来越疼,他的额头上渗出了细细的汗水。邱老师问他怎么啦。他说:"肚子疼,想去厕所。""要不要停一下车?""不,不用。"我哥哥看了看周围的男女同学,"没事儿。"一路上,他们说说笑笑,只有我哥哥表情严肃,虽然他也在不停地插话进去,开开玩笑。

车一停,我哥哥就朝厕所的方向跑去。两个友好的同学冲着他的背影喊:李恒第一,快点! 笑声在他的背后爆开了。

从厕所出来,我哥哥的脸色恢复了红润,他追赶着那两个过分友好的同学,和他们抱在一起。"没事吧?"我哥哥冲着邱老师笑了笑:"没事,就是肚子还有点儿疼。应当没事。""不行的话,早吃点药。"邱老师打开了他的包,"只是拉肚子? 还有没有别的症状?"

上午十点二十。百米赛跑马上就要开始了,我哥哥脱掉他披在外面的外衣,露出他那身红色的运动服。就在这时,他的肚子忽然有了一阵混乱的响动,伴随着的是剧烈的绞痛,它在下腹形成了一个带有尖刺的石头,下坠,再次下坠。"邱老师,我的肚子,我的肚子又疼了。"邱老师回过头来,用一种我哥哥很陌生的眼神看了他两眼:"这是什么时候! 那你快去厕所,马上要点名了! 快点!"

我哥哥,再次向厕所跑去。他的背后是县中学运动场,那里一片喧杂。我哥哥感觉,那些喧杂突然间离他很远,中间像隔着什么,隔着什么他自己也并不清楚。下坠的痛一阵紧似一阵,可是,他同时又觉得肚子里面空空如也,这种空同样让他心慌。

在厕所里面,我哥哥听见了100米比赛点名的召唤,喇叭里的声音被送出了好远好远。他的心跳得异常剧烈,仿佛在膨胀着,扩大着,堵住他的脖颈使他的呼吸都有些困难。同时,小腹中那种下坠的感觉,刺痛的感觉却越来越严重。他似乎听见厕所外有邱老师的呼喊,他随便答了一句什么自己也不清楚。

"各就各位——预备——"

随着枪响,我哥哥肚子里面的下坠感也一下子坠了下来,同时被排出的还有他感觉的刺痛,他放了一个悠长的屁。等他放完这个曲折、悠长的屁之后,一切都已经过去了。一切都已经过去了,百米赛跑,下坠的感觉,腹中的刺痛,甚至还有他的小腹和那剧烈的心跳。一切都已过去了。从厕所里出来的哥哥泪流满面。

从厕所里出来的哥哥开始奔跑。他朝着运动场相反的方向,奔跑。他越跑越快,不去理会行人的目光。我哥哥沿着柏油路朝家的方向跑去。他越跑越快,甩开他修长的腿,身体里积攒的全部力气,以及一年多来训练的成果,奔跑着,像一匹狂奔的马、迅捷的猎豹,一路向前跑去。他几乎跑出了风和火焰……

这也许是他一生中最快的速度。然而,一切都结束了。

记忆的拓片（三题）

超越死亡的死亡

我姐姐死去的那年我才八岁。

在我那样的年龄，能够记下来的事儿并不是很多。

我八岁那年，也就是我姐姐死去的那年，几乎天天都阴雨绵绵，它压得人喘不过气来，让人感觉自己都已经发霉了，没有力气。然而我的父亲记下的却正好相反，他说那年大旱，他说那年三亩地只收了九百多斤麦子。不过他也确认，我姐姐病重的消息传到我们家时，那天正下着毛毛细雨。

那天的空气里散发着一股硫黄的味儿。天色那么阴沉，我感觉我姐姐每次回来天色都会那么阴沉，可这次她还没有回来，她在等着我们去接她。那天的空气里散发着一股硫黄的味儿，客观存在堵住了我的鼻子，我只得缩在一个角落的暗处，小心地吸着气，看我母亲收拾要带的东西。

她一遍遍地把包裹包好，又一遍遍地打开。她拿起一件细花的上衣放进去，包好之后又想了想，那件细花的衣服就又被拿了出来。我父亲蹲在屋外。毛毛细雨直接打在他的那件蓝色上衣上,湿透的那片变成了一种黑灰色。他挡住了门外的光。他不停地挪动着自己的脚,仿佛已经蹲累了,可是他一直没有变换这个蹲着的姿势。

终于,他说:"你还有完没完?"他站了起来,他宽大的背影把本来微弱的光全部挡住了。

"行了行了。"我母亲说,在慌乱中她将一个空出来的罐头瓶子碰到了地上。

那个瓶子并没有摔碎。我母亲用她的衣袖擦了擦上面的土,将它放进了包裹里。这时她哭了,难看地哭了起来。

我能记下的就是这些。本来我也是要跟着他们去接我病中的姐姐的,可走到村口我父亲又改变了主意。我只好站在一棵槐树的下面,看着他们慢慢地走向远方,走向外地。他们的身影在雨中越走越小,越走越灰。等看不到他们的时候我大声地哭了出来,我自己也不知道在我八岁的身体里竟然还贮藏了那么多的悲伤。我把自己哭得空空荡荡。

姐姐在外地。外地非常遥远,在我很难想象的远处,想要走到那么远得需要许多许多的时间。我父母在路上,我姐姐一个人待在医院里。他们马上就会见到了。

我坐在门槛上想,我看着院子里明晃晃的灰白的雨水,看着雨点打出的气泡儿。我故意把一只鞋泡在雨水中,我奶奶说,别踩水别弄脏了衣服,可我偏不。我不愿听她说话,我烦透她啦。她总是没完没了地说我姐姐的坏话。她竟然不放过一个病人。她还在说。我在悄悄地握紧我的拳头,要不是我只有八岁的力气,我早就把她给杀了。那样,在我奶奶的眼里,我肯定是一个比我姐姐更坏的坏人。

要不是我只有八岁,我太愿意当一个坏人了。我在八岁的时候只能当一个不算太坏的坏人,我在奶奶说我姐姐坏话的时候大声地唱歌,把她的一只鞋子丢进院子的水里,或者用一块砖头把她养的那些脏得不像样子的鸡赶到雨中。我奶奶在我八岁那年就认定我长大了会成为一个坏人。她说,责任在我妈妈身上。她说,我妈妈根本不会管教孩子,所以我和我姐姐才会一个比一个坏。她说我姐姐给一家人都带来了耻辱,病死才好呢。

要不是我姐姐被运了回来,家里真不知道会不会发生什么事,反正我是越来越忍无可忍了。我一遍遍地用各种方法将我的奶奶杀死,然后她又若无其事地活过来了,在我面前摇晃,把那些令人烦躁的话灌进我的耳朵。好在我的姐姐从外地被接回来了,这一切就结束了。我在走出奶奶家的时候暗暗发誓,我再也不进这个门了。我只有当了真正的坏人之后才回来。

从外地回来的姐姐是另一个姐姐,是我几乎认不出来的姐姐。骨瘦如柴的姐姐。被病痛折磨着的姐姐。让人看一眼就不敢再看的姐姐。我在以前天天都在盼着她回来,可现在,我对她是那么害怕,她的那间屋子又阴又冷,她的眼神也是那样。我原来的姐姐已经没有了。尽管我对原来的那个姐姐也谈不上亲切,每次回来她都和我父母悄悄地争吵,她一回来全家都会沾满那种硫黄的、发霉的气味儿,可这一次,躺在床上不停呻吟的姐姐比那个姐姐可怕一百倍、一千倍。

在村上开药店的瘸子四舅来过三次了,他的表情一次比一次难看,他的头一次比一次摇得厉害。每次送走瘸子四舅,我母亲就躲在墙角那里的石榴树下蹲一会儿,换一换表情走到屋里去。有一夜,我姐姐在她那屋不停地唱歌,她唱的是什么我不清楚,可她的声音总是凉凉地钻入我的耳朵。我钻在被子里,用手悄悄地抓住我父亲的衣角,可我还是在发抖。不知道为什么,那时我就觉得我姐姐早就死了,唱歌的人已经是一个死人了。

瘸子四舅来第三次的时候,我奶奶也来了。她没有进我姐姐那屋,看来,她也和我一样害怕我病重的姐姐。我母亲向她描述着我姐姐的病情。她听着,这个让人厌倦的老人竟然冷冷地笑了一下,她又开始指责我的姐姐。

我母亲哭了。她哭得旁若无人,她更像是一种爆发。

奶奶几乎是被我父亲推出来的,他冲着我母亲喊:"哭什么哭!你一哭人家怎么想还有外人呢!"然后,他推着我的奶奶,"你就少说两句吧,人都这样了。"

从我父亲母亲的话语来看,我姐姐已经无药可救,只是在等待,在熬时间。她的脸都青了。她的肚子越来越大,腿也越来越粗,呼吸都困难了,她的嗓子都被她抓破了。他们总在饭桌上说这些,他们把一桌子的饭说得味同嚼蜡。他们还在饭桌上躲躲闪闪地说些别的,我的父亲一看见我注意他们的谈话,就会用筷子敲敲桌子和碗:快吃你的饭!该干吗干吗去!

在我八岁那年,就是我姐姐死去的那年,我觉得自己是一只老鼠。我奶奶也说我身上有老鼠的习性。其实早在她这么说我以前,我就觉察到了。我现在也不知道,我八岁那年为什么那么强烈地认为自己是一只老鼠。也许,是因为我每天在经过我姐姐房间的时候,我总是小心翼翼,又飞快地逃离。

就是在我姐姐死后大约两年多的时间,我在经过我姐姐那间已经空出的房间的时候,都像一只胆怯的老鼠。我总感觉那间房子有一股阴冷的气息,并且在灰尘里隐藏下了她一夜的歌声。一不小心,它就又出现了,又唱起来了。死后的姐姐依然占有她那间阴暗的房间,尽管我的母亲说过多次,她已经死了。早就死了。在死之前就死了。

我们家里的空气越来越稀薄,越来越寒冷,晴天也不能改变这些,六月的炎热也不能,因为我的姐姐越来越不行了。我的父亲母亲离开我姐姐的房间就悄悄地争吵,他们后来也将争吵带到饭桌上来。现在,他们已经完全忽视我的存在了,或者是他们认为我已经什么都知道了,就没有再隐瞒什么的必要了。

我母亲坚持让他来。我父亲说我丢不起那个人。

我母亲说人都这样了,想见最后一面就见吧。

他要是想来,我父亲的手在颤抖,他要想来他早就来了。现在他来我也不让他进门。

可能是我父亲的声音大了些,我姐姐在屋里有了动静。我听见她在唱歌,她唱的是什么我仍然听不清楚。

我的父亲母亲都不再说话。他们俩专心地看看自己眼前的饭,我母亲的脸几乎要沉到碗里去了。

外面又开始下雨。树叶先啪啪啪地响起来,然后是院子里的盆。金黄色的阳光摇晃着照在窗棂上。

那个人还是来了。当他把雨伞收起来的时候我看到了他的脸。他和我想得大不一样,甚至是完全相反。他把自己的手在宽大的灰色上衣上擦了擦,露出一副艰难的笑容来——他比我更像是一只老鼠,但我这只老鼠对他那只老鼠一点儿好感也没有。

他还拿出了烟。他的烟在手上拿了一会儿又放了回去,一支也没有点燃。他冲着我父亲点了点头,冲着我母亲和我点了点头,然后在我母亲的带领下走进了我姐姐的房间。

我父亲走到院子里。我看见他掏出烟来点燃了它。现在想起来,我的记忆可能有些问题,因为那天下着很大的雨,蹲在雨中的父亲根本不可能把烟点燃。二十多年过去了,我能记下的并不是很多,我那年才八岁。那天,我父亲也许根本没有把烟点燃,他把烟从自己的兜里掏出来就淋湿了,他只是把湿烟卷儿放在了嘴上,并试图用抖动的手去点燃它。这可能属于想象。

那个男人很快就从我姐姐的房间里出来了。还是像刚才那样,他冲着我父亲的方向点了点头。我母亲背过了身子。就在他准备拿雨伞的时候我父亲从雨中站了起来,叫住了他。这时,瘸子四舅和五舅背着药箱走进了院子。

我父亲仿佛没有看见他们。我父亲只看见了眼前的那个弯着腰像老鼠的男人,他把他叫到了屋里,随后关上了门。雨在外面下着,白花花的一片。

我母亲迎过去:"他四舅。"她面无表情地撩开了我姐姐那屋的门帘。

雨在外面下着,白花花的一片。

瘸子四舅朝着我父亲和那个男人的背影看了看,然后冲着我母亲很明了地点点头。

姐姐死去的那年我只有八岁。她是在那个样子很像老鼠的男人来过之后的一个月后死去的,七月的天气使她在死去之前就散发出了恶臭。我母亲不得不在她的屋子里点了一屋子的香。我母亲说我姐姐早就死了,她不过是再死一次罢了。我姐姐的死使我母亲长出了口气,仿佛卸下了一个沉重的担子。

那个男人再没出现过。我不知道他和我父亲说了些什么,也不知道那天他是什么时候走的,在我八岁的年龄里不可能记下很多。他走了之后,我父亲母亲就再也没有提到过他,他就被忘记了,一直被忘记了二十多年。真的,他们再也没有提到过那个男人,即使他们偶尔说两句我的姐姐。提到我姐姐,无非是她吃饭时挑食,用什么头绳扎一条什么样的辫子,等等。对于我姐姐的其他事,他们两个共同守口如瓶。我姐姐有过两张二寸的照片,它们在搬家的时候被我父亲弄丢了,再也没有找到。

在我姐姐死去之前,有一次我一个人待在她的房间里,看着一种淡黄色的液体缓缓输入她的身体,正在死去的身体。我想问问她,他们说的那些,我奶奶说的那些是不是真的,可我张了张嘴,不知是恐惧她身上的气味儿,还是其他的什么,我并没有说出来。

她闭着眼,但留了一条很小的缝儿。我看着她的眼。对我八岁的年龄来说,她的眼睛里面什么也没有包含。

一家人

她被拖着头发从屋子里拖到了院子,然后被拖到大门的外面。她的哀求和呼喊根本不起作用,或者说作用相反,作用相反的可能性更大些,我们看见,杨桐的力气都用在了他的手上。尽管被拖着头发,但她一定是看见了我们,于是她试图摆脱那只抓住她头发的手朝院子里跑,然而杨桐轻而易举地就把她拉了回来。"还想跑!"杨桐的脚落在她的腰上,她哎呀了一声就摔在地上。我们看见,她的左眼早就有些发青了,颜色斑驳的衣服上满是尘土和泥,两条巨大的黏黏的鼻涕正悬挂着落下来。

——杨桐,你怎么总打你娘呢?我们中间有人忍不住了。

——我才打你娘呢。我就愿意。谁说她是我娘?

对于这个有些呆傻的人,我们只得摇着头叹着气早早走开。我们早走了,杨桐的力气也会慢慢地小下去,要不然他就没完没了。人家是一家人,我们根本制止不了什么,何况是一个间歇性的疯子。

在杨桐打他母亲的时候,杨桐的父亲从来都不出现。其实他在,我们知道他在。有一次一个好事的人悄悄溜进他的家里,看见他正蹲在灶膛一边,用一根烧透的木柴点一支粗大的烟。"你不管一管你的儿子,他在打他娘呢!"那个好事的人想把他拉起来。"他的怀里有刀。"

据好事的人讲,杨桐的父亲就是那样说的,他的怀里有刀。——有刀又怎么啦?好事的人表示了他的不解,真是一家人啊,都怪到一块儿了。

有刀又怎么啦,好事人的不解多少有点假装的意思。他不可能不知道杨桐的哥哥是怎么被抓起来的,这和刀子可大有关系。杨桐的哥哥杨槐,在两年前的一个晚上,用一把刀子刺进了村长刘珂的肚子。刘珂在医院里住了两个多月才出来。从医院出来的村长说话和以前大不相同,以前他的嗓音宽阔而嘹亮,而现在,他说话的时候总是时断时续,而且声音很小。我父亲说他的肚子没有完全补好,一说话就会漏气——这自然是玩笑,而且这句话并不是我父亲第一个说出来的。

好了,我还是说这一家人的事儿。我说这话的时候杨槐还在监狱里关着。有人说快放出来了,也有人说他被判的是无期,一辈子都甭想出来。这家人啊。这也是一辈子。我母亲在送走杨桐的母亲之后总会发一阵感慨。她经常来我家串门儿,临走的时候一边哭着一边找我母亲要点这样那样的东西,我母亲早就被她来怕了。有一段时间我母亲也整天在外面串门,天快黑的时候才进家,可我母亲前脚进来她后脚也就跟进来了。那样一个人,从来都不看别人的脸色,她只管说她的、哭她的、骂她的,然后向你要些东西。我母亲会和她讨价还价,然后把一些认为用处不大的物件丢给她。

我母亲说他们家就一个好人,还留不住。我母亲指的是杨桐死去的一个哥哥,他是在十二岁那年死的,死在村口的那条河里。我记得他。尽管我早就忘了他的样子,也忘了他的名字,我说我记得他,是记得他的一些事。我和他曾是同学,所以他是不是好人我应当比我母亲更有发言权。我不觉得他是个好人,至少在他死去之前他的好人没有长成。他总是用一种阴森的斜眼瞧人。他用图钉扎女生的屁股。我们曾打过架,就在他死去的前一个月。他很少和人说话,我们帮五保户扫院子的事他也从不参加。好了,一个死人的事就不再说了,可我不觉得他是什么好人。也许死亡会让一个人变好。

隔三岔五,杨桐就会抓着他母亲的头发把她从屋里从院子里拖出来,让她哀求和号叫。看得出杨桐对于打他的母亲越来越上瘾了,他母亲号叫的间歇也一次比一次短。那时候,我们也不出去看了,包括那些好事的人。无论什么事,时间一长就渐渐平淡,缺少新鲜感和故事性了,只是这种平淡有时让人感到可怕。我母亲就是觉察出平淡中的可怕来的那个人,她说这家人,也是一辈子。这什么时候才是个头儿啊。当然我母亲的感慨并不意味她更具什么同情心,即使当着杨桐母亲的面儿,她也从不掩饰自己的疏远和厌恶。可是她依然要来,无论我们给她端出的是什么样的脸色和表情。那天她来和我母亲说她要给杨桐娶一房媳妇,她说她准备卖掉家里的那头母牛。她说这话的时候我和父亲也在,我们并没有把这事当真,谁愿意嫁到这样的人家,谁愿意嫁一个疯疯癫癫的人?

我记得当时我父亲放下手里的碗,说,你家杨桐要是娶了媳妇就用不着打你了。他打他媳妇就行了。杨桐母亲的脸上露出了一丝的尴尬来,她喃喃地说了几句什么就走了。那天,她没有张口问我们家要什么东西,包括做鞋底的破布也没要。

我们难以相信杨桐会娶上媳妇,可媳妇还真的被娶进家门了。据说那是一个四乡的女人,我们没有看见她,杨桐的父亲早早地就把门闩上了,他说新媳妇怕见人,过几天再来吧。有好事的人在外面喊,总得请我们喝喜酒吧,我们可是送钱来的,杨桐的父亲还是那句话,过几天再来吧。

这一家人做事总是这样,我们其实早就见怪不怪了。有人甚至怀疑,他家是不是真的娶来了媳妇。

然而晚上的时候我们听见了女人的哭叫,那声音明显比杨桐母亲的细嫩多了。那天晚上,好事的人和其他好事的人悄悄地爬进了他们家院子,他们看见,杨桐的父母把一个很瘦小的女人按在炕上脱去了她的衣服,然后两个人又捆起了她的手和脚。据好事的人说,杨桐的父亲告诉杨桐怎样怎样可他没听明白,或者是杨桐的父亲故意没说明白,于是那个老家伙只好先脱下了自己的裤子,趴到了瘦女人的身上。当然这只是据说,好事的人在这个据说里叙述了太多的细节,那些细节写在纸上依然会不堪入目,于是删除了。这里可空出一千字也可以空出八千字。

第二天杨桐家没有开门,第三天还是没有开门。从好事的人那里得来的消息是,那个女人一直被捆绑在炕上,她赤裸着,她的衣服都被杨桐的母亲抱走了。第四天,杨桐的父母下地干活去了,他家的门上牢牢地挂着一把很大的锁。

我最终没有看见那个来自四乡的瘦女人,她在一个月后偷偷地跑了。杨桐的母亲说他们全家所有的衣服都藏起来了,都锁起来了,她总不能光着屁股跑吧?她光着屁股能跑到哪里去呢?杨桐的母亲说她值一头牛的钱,这头牛就这样跑了,往后这日子该怎么过呀。我和我父亲母亲听着听着,我父亲终于忍不住了,他重重地放下了手上的筷子:她跑了是她有福。要是落到你们家,还不如死了呢!

——看你怎么说话!我母亲冲着我父亲。可她满脸的笑容,她毫不掩饰地笑了起来。

我父亲说这些的时候我在场,我们一家人正在吃饭。可我没见过杨桐娶来的那个四乡媳妇,在那个月里,我去了一趟南方,回来之后她就逃跑了。

后知后觉的镇派出所终于在一天下午带走了杨桐。两天后的下午他又出现在自己家的院子里,他的头发理过了,剃成了一个光头,闪着一股更阴森的青色的光。一进自己的院子,他就伸出手去抓住了他母亲的头发,把她一步步地拖着,像拖一条麻袋那样一步步地拖出了院子。

那天她没有哀求,而是一边哭着一边大骂,老的、大的、少的、活着的和死去的,都被她骂了个遍。木头一样的杨桐的父亲也终于出来了,他抬起脚,狠狠地朝自己老婆的肚子上踢去。

这一家人是我的邻居。我们两家只隔了一栋旧房,而那栋旧房里已经没人住了。在他家院子的外面有一棵枣树。某个傍晚我从外面回来,看见一个背影正站在树下,往枣树上打药。他打药的姿势看上去很用力,仿佛带着一股重重的怨气。走过去,我发现他是杨桐的哥哥杨槐,他不知什么时候被放出来了。

——回来了?他冲我点点头。树上净是虫子。

回到家里,我把遇见杨槐的事儿告诉我母亲,她说她知道了。她说,没见过在院子外面的树上打药的,再说,树上也没什么虫子。

第二天中午,我哥哥家的孩子装了一裤兜的红枣兴冲冲地跑进了家里,他说是在外面的树上摘的,一个男人告诉他,这棵树上的枣没人要了,谁摘了就是谁的。——那枣不能吃!我母亲从屋里一步蹿了出来,她脸色苍白,摇摇欲坠。

这个狠毒的人从监狱里回来了,他回到这一家人当中了,他仍然和我们做邻居。以后的日子肯定还相当漫长。

九月的一个晚上

九月的一个晚上,就像书上写的那样,树梢上挂着一枚冰冷的月亮。就像书上写的那样,一只鸟从一棵树上飞走,在闪着白光的地上投下了影子。晚上的田野也像书上已经写过的,包括村子、通向村子的路,包括那些匆匆的行人。这样说吧,从表面上看,九月的那个晚上都已经被书上写过了,它没有什么新鲜的、特别的,它是九月的,一个晚上。

我的姥姥是在九月的那个晚上死去的。这是书上没有写到的,这件事只有我来写。如果还是从表面上看,一个人的正常死亡也没有什么新鲜的、特别的,这样的人太多了,这样的事也太多了。我是说,这样想的人肯定不会是死者。死者不会那么想。

九月的一个晚上,我姥姥离开了人世。她用了整整一个晚上。也就是说,这个离开的过程还算艰难,仿佛一只蜕壳的蝉,不过我姥姥蜕出之后就消失了,她成了死者。在这个晚上之前,也不用之前太长的时间,就之前到下午吧。那时我姥姥还没有任何死亡的征兆。据说我姥姥在下午的时候还用旧报纸剪了几个鞋样子,她还想自己做几双鞋,用这些鞋走很远的路。据说她还做好了晚饭,据说她还喝了一碗粥,吃了一小块儿馒头。这些据说来自于我的小姨。我姥姥没有儿子,她在那段时间里跟着我小姨住。九月的那个晚上,月光像书上写得那么如水的晚上,露水飘在空中缓缓下落的晚上,我小姨急急地敲响了我们家的大门,她喘着气,对我母亲说,快、快点,咱娘不行了。

九月的那个晚上是一个顺序的晚上,没有那天晚上也就不会有什么明天。九月的那个晚上又来得过于突然,它没能让我们充分准备。或许,在所谓的命运那里,这就是准备,它早早地安排了这样的发生,谁知道呢。我是说我的姥姥没有准备,若不然,她在下午还剪那些鞋样子干什么呢?我是说我的母亲也没有准备,她说她在赶往医院的路上,巨大的悲痛完全地压住了她,她的双腿发颤,几乎走不动路了。

对于九月的那个晚上我能知道得太少,我只了解一些片断、侧面,道听途说,它们是不连贯的。九月的那个晚上我并不在家,我在沧州上学,我只知道那个晚上在我身边的发生。我只能用自己的方式来记录,只能猜测、补充,直到把这些片断和侧面弄得面目全非。我对写作的真实一直没有信心,我现在所做的,依然是面目全非的活儿。

九月的那个晚上,等我母亲赶到医院时我姥姥已经不能说话了。一直到她死去,她一句话也没有说。我母亲说,我姥姥一直是清醒的,她一直清醒。她盯着医生和护士的来来往往,并对各种的检查给予了配合,可是她就是不能说话了。这让我母亲感到遗憾,她说你姥姥这一辈子太不容易了、太苦了、太难了,她肯定有很多的话要说的。我母亲向我描述了当时的情节,她说她眼含泪水,俯在我姥姥的耳边对着我姥姥哭喊,娘啊,你有什么话你就说说吧,我知道你有话说啊。我母亲说,她看到我姥姥的嘴唇动了动,动了动。"她肯定是有话要说,就是说不出来了。"

我的姥姥什么也没说就走了,她带走了她要说的和不想说的,她带走了她的秘密。当然,从表面上看,我姥姥的一切都无秘密可言,她也什么都没有带走。

关于那个晚上,关于我的母亲,我还听到过另一种说法,在那种说法里我母亲表现得异常冷静。她在路上、在医院里、在抢救室的门外滔滔不绝,她认真仔细地安排了我姥姥死后的一切细节,包括遗产的分配、后事处理和所需费用的分担,包括姥姥的戒指和耳环之类物品的具体归属。在那种说法里,我母亲是被护士叫了三次才走进抢救室的,在她的哭喊里也加入了这样的话:娘啊,你的钱都放在哪儿了?这个时候了你可得说啊。我母亲不知从什么地方也听到了这个版本,为此她恨得咬牙切齿,她说这肯定是我小姨瞎诌的,我小姨为了标榜自己而对她进行了诽谤。在我姥姥死后,我母亲和我小姨在三年的时间里互不往来,这个并不可信的版本为她们埋下了怨恨的种子。在那里也提到了我的父亲,就在我姥姥死去的那个晚上他正和几个人在打麻将。他叫那个给他送信的人先走:"我打完这局,点完了钱再说。"

在那个晚上,我二姨接到了我姥姥病危的电报。看过了电报之后她马上就前往火车站,而她的"马上"却未能马上得到火车的理解,火车是在两小时后才上路的,我二姨在车站站了两个小时。她也整整哭了两个小时,旁若无人。私下里,我母亲说我二姨的说法肯定不可信,她过于夸张了自己的痛苦,"她从来都是一个心狠的人"。在住到我小姨家里之前,我姥姥曾在我二姨家住过一段时间,回来后我姥姥多次表示过对我二姨的不满。她们在一起的时候不会是很愉快的,不过,每个人对于愉快的理解不同。

我姥姥没有等来我的二姨。在我二姨赶到医院之前,我姥姥就早早地闭上了眼睛。她没有看到这个在路上的女儿。

九月的那个晚上,我在沧州,躲在一间关闭了灯光的教室里,正在和一个小女生恋爱。我们俩趴在窗口,看着外面的灯、月亮和黑暗,用最轻的声音说话。这时,校园里出现了几束晃动的手电筒的光束,那些光束照射在草地上、墙上和玻璃上,像是在搜寻着什么。它很快就过来了,它照到我们趴着的窗口上,我感觉玻璃被击碎了,它发出了破碎的声音。我和那个可爱的女生蹲下来,躲过了照射的光,在课桌的下面我们紧紧地搂在一起,心跳连着心跳。那时,我们才开始像一对真正的恋人,虽然,我们恋爱的时间很短,在三天之后就结束了。

真的,在九月的那个晚上,我对我姥姥的死亡没有任何预感,后来仔细想想也没有。我在两岁的时候就跟姥姥生活在一起,那时我的父母都忙于工作,直到九岁我才离开我姥姥,回到父母的身边,那时我父母的想法和我们的生活都有了相当大的变化。九月的那个晚上,本应感受痛苦的晚上我却感到了快乐,我和我的恋人拥抱在一起,取得了温暖。后来我才知道,那些手电的光是专门来找我的,不过它们的目的并不是要抓一个违反校规的典型,而是要给我传递我姥姥病危的消息。我故意地错过了这个消息。

九月的那个晚上,我的姥姥离开了人世。她离开了她的家,她生活了二十多年的村子,离开了她的亲人和并不是很亲的人,离开了地上的月光和草叶上的露水,离开了眼睛、鼻子和手指,离开了她的枕头、有裂痕的老花镜、没有做好的鞋,离开了气味、颜色、她的头发、她的牙齿。我姥姥的离开相当彻底。

她离开了她的戒指,我母亲在和医院办理了相关手续后发现我姥姥手上的戒指不见了。那时又那么混乱。我小姨随后也发现了,她问我母亲,我母亲用一阵冷笑回答了她。一枚很轻的、没有任何象征的戒指成为我母亲和小姨两个人疏远和猜疑的开始。这还只是个开始。

我的舅舅们也匆匆地赶来了,他们坐在拖拉机上一路突突突突地来到了医院,他们赶到医院的过程和书上写得也基本一样。我的舅舅们匆匆地哭了两声,然后就伸出手来,拉起了我的母亲和小姨。他们当然更为冷静,他们是男人,况且他们也不是我姥姥亲生的。他们一言一语地劝着我的母亲和小姨,别太伤心,人总得有这么一天,人都是要死的,后面的事还多着呢,还有许多的事需要你们处理呢。

于是一切都停止了,真实和不太真实的悲伤。死亡的姥姥被装到了一辆拖拉机上,而我的舅舅们、我的父母和小姨他们则坐上了另一辆车。据说我父亲对坐不坐拖拉机回去表现了一丝的犹豫,这多少显得和他副校长的身份有些不符,我母亲骂了他一句,他也只好坐在了颠簸的拖拉机上。他们在书上写过的在露水中穿行,在空气中和月光中穿行,赶回我姥姥生活过二十多年的村庄。在路上,我的小姨哭起了她的父亲,也就是我的第三任姥爷,也就是我舅舅们的叔叔,她似乎要通过这种方式表明她和我舅舅们的亲近以及和我母亲的疏远——我母亲就是这样认为的,她的牙开始隐隐作痛。

在路上,我的舅舅们和我父亲发生了一些争吵,在这些争吵中,我的姨夫和我父亲站到了一边。我母亲没有参加到争吵中,她一直默默地听着,后来终于忍无可忍,她用力地拍打着车厢:别说了,都给我别说了!还有小二呢,她还没有回来呢!

……我说过九月的那个晚上我并不在老家,我那时在沧州上学,关于这一切我所知道的都只是片断和侧面,我依靠想象和猜测将它们连贯了起来,从而也使它们变得面目全非。我发现我对于那个晚上知道的太少了,对我姥姥知道得太少了,那于那天晚上的事件知道的太少了,而在我写下这篇文章之前,我以为我熟悉它们。我以为我熟悉九月的那个夜晚,尽管我并不在我的姥姥和死亡的身边。我在日记里记下了那天的发生,可我重新拿出那个旧日记本翻到那一页,却发现那一页空空荡荡,我记下的就像书上记下的那些,它只是表面。是的,在那一页和随后的几页里,我用了许多"悲伤""快乐""痛苦"之类的词,可它们只是词,缺少那个晚上真正的温度。

那个晚上的温度,我姥姥比我更应当知道。

九月的那个晚上,一个人进入了死亡,她是我的亲人,是我的姥姥。

九月的那个晚上,一个经历过战争、土改、三反五反、"大跃进"和生活困难的人,一个带着两个女儿离过两次婚的人,一个六十三岁的人,一个人,我的姥姥,她死去了。她离开了这个充满坎坷和不幸的世界。本来我写下这个题目,是想说说我姥姥的一生,说说她的生和死,说说她的命运和她的内心,可是,我只记下了一些和她内心无关的废话,面目全非的事件。我已经是第五次用到"面目全非"这个词了。

即使在最后的那个晚上,我的姥姥依然保持了可怕的沉默,虽然她始终都相当清醒。她不说。或者她觉得无话可说。或者她是真的说不出话来了。她不说,我也就只好记下表面,我的记下缺少通向她内心的路径。其实她即使说了,我也不可能找到什么路径,一个人的生活可能没有秘密,但内心却不是。

九月的一个晚上,也就是书上反复写过的,树梢上挂着一枚冷冷的月亮的晚上,有厚厚的露水的晚上,一辆警车和我姥姥的灵车擦肩而过,我父亲和我母亲都看到了警车顶上闪烁的灯光。那天晚上,五个警察翻入了我家邻居的院子,把那些打麻将的和看打麻将的一起拉上了警车。我的父亲,刚刚从那张麻将桌前离开还不到一个小时。

九月的那个晚上,一只猫掉进水沟里淹死了,它的九条命在一夜之间就被它挥霍一空。那条水沟在我姥姥家的房后,第二天早晨我的一个舅舅发现了它。富于联想的亲人们,把这只猫的死和我姥姥的死联系在一起。只有从石家庄匆匆赶来的我二姨,和我父亲一起对这样的联想表示了不屑。赶回家里的二姨,比我母亲和我小姨都哭得响亮。

九月的那个晚上,除了书上写过的,和我不知道的、不准备写的,所能记下的也就是这些。

一把好刀

我先从那天的上午开始讲起。

一阵天昏地暗的风沙过后,我决定向店家要一碗酒。唤来小二,我的手在自己的布兜里摸索,却没有摸到碎银或者铜板。我收回自己的手,指着面前的桌子请小二擦净,刚才的风沙在上面留下了厚厚的沙尘。"没想到这里的风沙真大。"我说。

小二的表情硬硬的,他飞快地做完自己手上的活儿,转身走开。那张桌子被擦成了一张花脸。我将身边的刀从左边移到右边,它响了一声随后又回到沉寂。我转过脸,望着门外的大街。

天昏地暗早已散尽,街上一片一片的阳光炽热得晃眼,空气如同凝在了一起,只有其中点点滴滴的亮点提示我刚刚又一阵巨大的风沙来过,那些沙尘还没有完全散去。街道上空空荡荡,一条慵懒的老狗蹲在对面的墙角,无精打采的样子。

吐出口里不经意灌入的沙子,口干舌燥的感觉越来越重,它们从嗓子的部位继续上升,整个口腔里都弥漫着一股火焰的气息。我决定向店家要一碗酒。如果小二向我要钱,我就用我手上的刀来抵押,它本来是很值钱的。

我对小二招了招手。他还是那副硬硬的表情,盯着自己的脚趾,没有发现我的招手。顺着他的目光我发现他的鞋子已经太旧了,所有的脚趾都已经露在外面,他木然地盯着它们看。它们不太安分,一动一动。

街上空空荡荡,惨白的空气里升腾着细细的热浪,几片干枯的草叶升起又落下。对面,半蹲的老狗已经完全趴下了,像一摊灰黄的泥,整条街只有它的身体还略略有些水汽。我叫来小二:"你确定,这里是入蜀唯一通道?你确定,从长安至此,只有十天的路程?"

"你都问过三遍了。"小二的抹布又抹了一遍桌子,它还是一张花脸,"我确定。我们老板不也是这么说的。"擦完桌子,小二没有立即走开,他在我身侧投下一条淡淡的影子,"你是不是需要点什么?"

我盯着他的表情。本来我想说那给我一碗酒吧,可最后说出来的是,什么也不需要。我盯着他的表情,他的表情硬硬的,似乎也没有别的含义。我说:"我要点什么东西会叫你的。"

小二转过身去。

正午的时光被炽热拉得相当漫长,让人昏昏欲睡,好在我又熬过来了。熬过那段时间实属不易。后来又一场风沙,比上午的小了很多,在这次风沙过后,我没叫小二过来抹去灰尘,而是用手指在上面写字。我写"但见悲鸟号古木,雄飞雌从绕林间。又闻子规啼夜月,愁空山",我写"脉脉。旅情暗自消释。念珠玉,临水犹悲戚,何况天涯客?忆少年歌酒,当时踪迹。岁华易老,衣带宽,懊恼心肠终窄"。写完这些字,我将刀端起,吹落上面的尘土,刀上的寒光被我吹出了波纹。街上,依然没有行人,那只老狗不知什么时候走了,它将那边的墙角空了出来。

"小二。"我说。我的声音沙哑,他应当能听出我的口干舌燥。

打着瞌睡的小二来了,他走得歪歪斜斜。没等我说话,他手上的抹布就又派上了用场,桌面上的字迹被他用力擦去,现在,我面对的又是一张花脸。

"你说,你确定……"

"我确定。绝不会错。"

"那你,"我的手放在刀柄上,"你猜我来这里想干什么?"

"你想做什么我不知道。老板说不许打听客人的事儿。"小二还是那副硬硬的表情,"我们这家客栈住过形形色色的人,什么样的事都曾发生过。老板说,我们要学会看不见、听不见。"

"好吧。"我说,"我已经没钱了,我准备明天离开这里,你能不能给我一碗酒?"见他没动,我把手上的刀抬到桌面上,晃了晃它的光亮,"明天一走,它就对我没什么用了,我想拿它换点酒喝。"对着刀刃吹一口气,我又将刀弹出声响,"这可是一把好刀。"

小二没有回答我,而是将脖子伸长,朝门外望了几眼:"你要等的人应当就到了。"

那个我要等的人真的到了。他来到店门口时已是黄昏,风沙又起,吹得门外悬挂的酒旗猎猎地响。在风与沙中,那个我等的人推开了门。

"店家,还有空房没有?"他背对我关上店门,然后用力抖落头上、身上的沙砾、落叶和其他混乱的东西,那时他就像是一个沙做成的人。真的是沙做成的人,在抖掉满身沙尘之后,他一下子显得苍老、瘦小、枯干。

"有,当然有。"小二硬硬的表情里突然露出一丝笑容,他甚至冲我偷偷眨了下眼睛,"空房有的是。我们可等你很多天了。"

"哦。"那个人没有惊讶，"好啊。给我准备一间房、一壶酒、几个小菜、两个杯子、两双筷子。"说这些时他朝我的方向看了看，"我走得有些累了。"在经过我身旁时他冲我点点头，似乎没有看见我放在桌上的刀。他一阵猛烈的咳嗽。

　　望着他的背影，在我身上一直积攒着的某些情绪一点点地流走。这个人，似乎并不是我要等的那个人。他和我的设想那样不同。

　　……

　　我把剩下的时光用刀细细地分成小段儿，一寸一寸地等着，终于等到了夜深人静。这应当是下手的时刻了，许多的传奇里都是这样说的。为了能让自己更像一个侠客，我换上了自己的夜行衣。因为很久没有洗过的缘故，这身夜行衣有一股浓重的霉味儿，好在还可以忍受。只是胸前被树枝刷破的那个洞不好处理，一碰就会裂开得更大，它让我羞愧却没有更好的办法。在出门之前，我突然想到可以用刀遮挡一下，这个"突然想到"让我涌出了不少的力气。我吹灭了灯。

　　风黑，月高，还有三三两两的星。旅店里黑洞洞一片，我小心摸索着，一步一步走上楼去。走到第四阶，我的脚下一滑，头重重地撞到墙上，而刀也被我慌乱中甩了出去——在一片静寂之中，刀摔落的声音响亮。它在静寂中回旋，小二的鼾声立刻止住了。"谁？"他问。我说，是我，晚上吃得不舒服。"你晚上吃什么了？"里面亮起的灯光再次熄掉，旅店又陷入黑暗中。

　　找回刀，我这次上楼便更加小心。那人房间里的灯还亮着，我用刀去悄悄撬门，却发现门是开着的——"门没闩。你进来吧。"

　　我抱着刀，走了进去。

那人指了指对面的椅子,指了指对面的酒杯。

"我想,你应当知道我是来干什么的。"

"当然,知道。"他又猛烈地咳起来,仿佛一定要把肺和肝咳出来为止。"我现在这个样子,你还怕杀不了我?也不急一时。"他抬了抬头,"我怎么也快死了,即使你不杀我。不如坐下来,先喝杯酒吧。"

我犹豫了一下,然后坐在他对面。那把刀立在我胸前,它闪过寒光,让我也打了两个冷战。

"是的,不急于一时。现在我杀你,真的就像踩死一只蚂蚁。"

"给我再多的酒也没有用。我不会放弃杀你。"

"我不会放弃杀你。我已经等你十几天了。不,我等了你近三十年。"

一饮而尽。它在舌尖上留下了苦。

我说我等了你三十年。要知道,在这三十年里,我天天都能梦见将你杀死,或者被你杀死。不过,在梦中,还是杀死你的时候居多。

他说他知道许多人都想杀死他,许多人。现在他已经不再惧怕死亡,甚至希望它能早一点到来。"你能告诉我,你究竟为何事杀我?"他也饮尽了面前的酒,"想说就说,不说也罢。反正,我都是要死。"

"当然要说,我必须要让你明白,"我说,"那是三十年前的事了,当时你在吏部任职。""哦,是的,我任吏部主事。"他停下咳嗽,给我斟满了酒。

"你受命来陈州查办永王谋反的案子。杀了七百多人。"

"哦,这么说,你是永王的人?"

"不是。我从未见过什么永王。我和他没有任何关系。"说这些的时候我的愤怒又回来了,它在我胸口聚集成一块拳头大小的石头。"我哥哥是在那时被杀的,他跟永王其实也没什么关系。可你却将他抓走,杀了。"

"我不会杀一个和永王毫无关系的人。再说,我只负责查办,至于如何处置却是由吏部、刑部定夺,我再执行。"他凝望着眼前的灯,火苗在轻轻地一跳一跳,火苗之上有一股曲折的烟,"那时,我一心想讨君王和尚书的欢心,其他都不在我考虑的范围内。我办案,一向都是认真的。"

我端起酒杯,外面又起风了,门被风沙拍得山响。我感觉,这座旅店就像一条颠簸的船,独自行驶在风大浪大的海上。

我哥哥根本不是永王的人,他攀不上。他只是在县衙里当差,在傅主簿的手下负责抄录公文、诉状什么的,闲暇时写一写诗。到死,他也未曾见过永王一面。

"我想起来了,是、是有这么个人。他自从被抓之后就一直哭,上刑场时他已经哭得没有力气了。他是被一直拖着到刑场的。"他略略沉吟一下,"不过,我的确想不起为何杀他,不过,如果他只是抄录公文我是不会杀他的。我想不起为何杀他,反正不是你说的原因。在吏部、刑部的十七年,处理的案子太多了。"

刀刃顶在他的脖子上,划出了一道血痕。他抬着脸,抬着他脸上那些稀疏的花白胡须,却似乎没有一点的惧色。——"你想不起为何杀他,但你却将他杀了。甚至让我们全家都受到了牵连。在我哥哥死后不久,我嫂子抱着她刚刚一岁的女儿投了水井。那时候,我就发誓要杀了你,一定。"

"哦。"他又咳了起来,整个身体都在剧烈颤抖,我不得不把刀收回。因为,我的话还没有说完,我不能,让他颤动的脖子撞在我的刀上,这把刀可是一把锋利的刀。

"原来,我是一个书生,一心想考取功名。"我的眼睛一阵发酸。转过脸,我盯着高处,"在我嫂子死后,我卖掉了全部家当买了这把刀。近三十年的时间,我天天枕着它睡觉,但一直都没能派上用场。"

他伸出手,摸了下刀刃。"真的是一把好刀。"外面风声呼啸,仿佛有一千匹奔跑的马,房子的颠簸也显得更为猛烈,"谢谢你用这么一把好刀杀我。"

"刚才我上楼来的时候,还能看到月亮和星星。"

我和他,碰了碰酒杯。酒,在回味中有一丝的苦。

那一夜,我们喝了一夜的酒。就像两个多年不见的老友,这话是他说的。

我对他说我的父母早亡,一直和哥哥相依为命,直到他含冤而死。我对他说,在今夜之前,在近三十年的光阴里,我无时无刻不在设想对他的谋杀,无时无刻。我像一条影子,一条遥远的影子,一直追踪的狼,跟随他由吏部、刑部、詹士府、扬州、河间,四处辗转。我对他说,在京城和扬州,我先后放过三次火,然而它们都很快被扑灭了。我曾在河间的一家酒馆里充当伙计,因为据说他喜欢吃那家酒馆里的两道菜,我找了个机会下了毒……我还有一次,埋伏在灌木丛中,朝他的轿子射出冷箭,在逃走的时候摔在山崖摔断了腿,一直养了六个月才好。现在,它还时常隐隐作痛。我对他说,要不是他错杀了我的哥哥,我不会变成这样一个人,我也许会获得功名,在吏部、刑部或州府任职,成为他的同僚。我哥哥的死,把一切都改变了。杀死他成为我后来的唯一目标。

我指着他的鼻子:"这一天,来得太晚了!"

在这个过程中他不停地咳、不住地咳,有几次,我感觉他早就把肺把肝把胃咳出来了,现在他的肚腔里空空荡荡,只剩下咳咳咳咳的气了。是的,我即使不杀他,他也不能活得太久。

他对我说,其实在这次被流放之前,我早就有机会杀掉他,如果真像我所说的,三十年的时间一直用来跟踪他的话。他说他在刑部时曾因某件莫名其妙的事件而被弹劾、免职,在一个县衙里谋得一份闲差,那时他整日醉醺醺的,晚上常一个人到护城河边来回地走。"那是我在仕途上的第一次挫败,它让我万念俱灰。要是那时你想杀我,我会像今天这样,安静地等待去死。"他对我说,那时我没有动手,只能说明我怕。我是一个怯懦的人。

我飞快出手,狠狠打了他一记耳光。把他的咳打掉一半儿,让他将另一半像一枚牙齿一样咽回到肚子里去。

两杯酒之后,我向他承认,我是怯懦的。本来,我的命里注定我应当是一介书生。

我的耳光使他显现了更多的老态,他已经是一个病入膏肓的老人,他的脸上已少有生气。对我突然的耳光他没有恼怒,虽然我期待他拿出这样的表情,以便我说服自己拔刀,杀掉这个表情——可他没有。没有任何的表情。

他对我说,他这一生,白首为功名,到头来不过如此下场。他对我说,他的病在肺里、在肝里、在心里,在身体的任何一处。他现在只想早一点死去,他的妻子、小妾和儿子都在另一边等他。他对我说,他这一生起起伏伏、升升落落,许多的事都是多年之后才恍然明白,而更多的事则一直都不清楚。他对我说,有些事,即使一开始就明白,但不得不,

一把好刀 /201

不得不。他对我说,现在,他什么都没有了,除了满身的病,活着其实只能算是惩罚,所以他不怕死。

"真的是报应。当年我年轻气盛,总想表现自己,永王一案总怕漏掉一人,牵连到你兄长大概出于这样的原因。而对于谋反,吏部、刑部从来都是……而我,这次流放、儿子被杀、家财充公,也完全是被莫名其妙地牵连——当然,我知道是谁想拔掉我这根钉子。报应啊,让我死在你的手上,真的是报应。"

那一夜,我们喝了一夜的酒。但谁也没醉。

那一夜,我们就像两个多年不见的朋友,这话是他说的。

他和我谈起官场倾轧,钩心斗角,党同伐异,看着他如何翻手为云、覆手为雨。他和我谈起自己少年风流,和一叫小梅的女子私订终身,还在她的要求下,将二人的婚约写在了一条素绫之上。后来赶考,中进士,留在京城为官,和小梅音讯两隔,最终娶了王家的女儿。她温柔贤良,是一个好妻子。两年之后,小梅的家人送回了素绫和口信,说,小梅在临终之前说道,我为女子,薄命如斯,是你负心所致。在我死后,必为厉鬼,叫你一家人受尽折磨日夜不安!……说到这里,他的脸上显现出愁苦的神色。我告诉他,我熟悉他所说的这个故事,不过那个女子不叫什么小梅而叫霍小玉,负心男人名叫李益,这本是前朝故事。我还记得李益的一首诗"水纹珍簟思悠悠,千里佳期一夕休。从此无心爱良夜,任他明月下西楼"。在这首《写情》诗里,看不出他是负心人的意思。那个老人在一阵咳嗽之后大笑起来:"我也读过李益的诗,但我从来不看传奇。看来,世间的事没有几件是新鲜的。只是世人看不透罢了。"

他和我谈及他的妻子,嫁他之后三年便去世了。她在死前总是噩梦连连,他觉得这是小梅的冤魂作祟,便请人偷偷给小梅修坟造墓,在她坟前种植了三十株梅花,可是没有什么效果。他和我谈及他的儿子,幼年如何聪明懂事,后来官至太原府府尹,最后被皇上找个借口斩首,自己也被流放蜀地。"我这样的身子,这样的年龄,是入不了蜀的。我也想过会在路上被仇家追杀,只是觉得,你应当出现得早些。"

我向他承认,我的确可以在他刚刚上路的时候就杀掉他,但那样我可能跑不掉,我是一个怯懦的人。选择在这里守着,一是可以给自己充分的时间准备,二是荒蛮之地逃生容易。我希望在杀掉他之后还能有几年属于自己的生活,在近三十年的岁月里,我是替他活的,替我哥哥和嫂子活的,替仇恨活的。

他给我倒上酒。这是最后一杯。外面,风不知道在什么时候停了,远山上猿的叫声惨烈低沉。"时候不早了,天马上就要亮了。"他冲我笑了笑。我看到,他暗里的嘴角有点点滴滴的血。我发现,这里的早晨比我家乡的早晨要晚得多,在这里也听不到鸡叫。

提起刀。我问他想不想看一眼早晨的阳光。他一边咳嗽一边点头,想。"你的病是肺痨。"我说。"不过也不只是这一种病。"

我说。

我杀死了他,刀,的确是一把好刀。

然而我的躲闪还是慢了些,也许是因为酒的缘故,夜行衣上还是溅上了少许的血。我将他的身子放倒,用一块布盖住他的伤口,然后坐下来对他说:"我对你说的故事不是真的。我是有个哥哥,他是一个横行乡里、无恶不作的悍匪。我知道许多人都恨他入骨,包括我和我母亲,但他是我的哥哥。你在刑部时,下来办案,杀死了我哥哥,我没有责怪你的意思,可他是我的哥哥。我母亲要我报仇,不得已我答应了她。一

一把好刀 / 203

个男人,是要信守自己承诺的,对吧?"

"你猜,我现在说的是不是真的?"

"你猜不到了。"

……走下楼来,小二已经站在门口,他打开了门。在我经过他身边时他突然问:"办得顺利吧!"天色还很昏暗,我看不清他的表情,从声音上判断,他还是那样,硬硬的,不带表情。

街上空空荡荡,只有我和我的脚步,头上的星星那么高远、那么细小、那么凉。风停了,风沙停了,仿佛它们从来未出现过,没留下一丝一缕的痕迹。我抱着那把刀,它的上面也许还有未净的血。

抬头,头上的星星那么高远,而月亮,则完全躲进了黑暗里。

雨水连绵

雨还在下,屋子里的光亮显得极其微弱,我和弟弟都小心地呼吸着,生怕用大了力气,这点微弱的光亮也没了,这个上午就会比所有的夜晚都漫长。我父亲坐在门口。他一明一灭地吸着烟,从我和弟弟的方向看去,看到的是一个侧影,他重重地坐在那里。

院子里积下了水,厚厚的水,浑浊的水,水上不停地出现了一片片气泡,它们在水面上滑行一段然后又纷纷破碎。水面上还有一片片被雨点击落的枣花和树叶,它们渐渐聚拢在一起,像一片难看的油渍。枣树是我爷爷种在院子里的,但枣树开始结枣的那年我爷爷就去世了。他得的是肺炎,还有其他的病。后来我父亲将它移植到院子的中间,当然那是我爷爷去世之后的事了,它现在已经是一棵大树了,树下有了很大的阴凉,它的树冠直接伸进了乌云里。从我和弟弟的角度看去,我父亲坐在门口,他是在看这棵高大的枣树,仿佛是这棵树引来了乌云和几天几夜的大雨。雨还在下,没有停歇的意思,节奏也缺乏变化。

我弟弟打开了收音机,声音很小。里面是一片噼噼啪啪的混乱。我弟弟悄悄转动着,噼噼啪啪还是那么强烈,但这时有了其他的声音,似乎是一个人在吼叫,或者什么其他的声音。我弟弟在继续,我装作看着屋外的雨点和树,但支起了耳朵,那个低沉的吼叫终于略略清晰些了,它从噼噼啪啪中透了出来:嘿嘿,跳蚤,嘿嘿,跳蚤……

"把它关掉!烦不烦!也不怕让雷劈死你!"我父亲的怒吼,他的吼声没有噼噼啪啪。我弟弟的身子颤了一下,手颤了一下,收音机的声音突然大了起来,那种噼噼啪啪的声音和里面的吼叫。好在,在我父亲站起来之前,我弟弟及时地将它关掉了。

"你把它给我!"

我弟弟睁着怯怯的眼睛,将手缩回,收音机交给他不会有什么好下场,我父亲一直对它有着某种明显的敌意,收音机里的声音似乎像众多的小锉,能锉伤他的耳朵。那个收音机是邻居四叔送给我弟弟的,梅花牌,在梅花的旁边有一把红旗,写着"上海制造"。从这个收音机在我们家里一出现我的父亲就耿耿于怀。如果不是我母亲和我弟弟拼命地呵护,它的厄运应当早就来了。而此时,我母亲不在,村东的刘大牙家的已经病危,我母亲一大早就赶过去了。

父亲站起了身子。他的站立正堵在门口,屋里的光线更为微弱了。我弟弟睁着眼睛,他的脸涨得通红——我父亲并没有要他的收音机,而是拿起墙上的草帽,冲到了雨里。

丝丝缕缕的灰尘在光线中飘着,光线黏黏的,带着一股霉湿的气味儿。我父亲弯下身子,用力地疏通着通向院外的下水道,然而这起不到任何的作用,水还是那么满。他的衣服早早地就湿透了。

"你就死在外面吧!"我父亲扔掉了铁锨,冲大门的方向。然后,他恢复到平常的样子,护着草帽,显得有些狼狈地踩着水,跑回了屋里。

他在门口坐着,看着雨或者是门前的枣树。它比村上所有的枣树都高大,它的树冠已经插在了乌云里,把乌云里积攒的水都收到了我家院子里。从这点上,它的高大应当受到诅咒。我们家院子里水太多了,它会危及我们家房子的,为此我的父亲忧心忡忡。我和弟弟,甚至我母亲都不理解他的忧虑,我和弟弟只是觉得,这雨下得沉闷得可怕,我们像被关在笼子里的两只小兽。

临近中午的时候母亲才回来,那件蓝花格的上衣湿湿地贴在她的身上,摇摇晃晃。她进了院子,问道,怎么这么多水啊?我父亲侧了侧他的身子,用鼻孔重重地嗯了一声。我母亲用毛巾擦了擦湿湿的头发,你做饭了没有?我母亲盯着我的父亲,他再次侧了侧身,用鼻孔嗯了一声,这一声远不如上一声响亮。

母亲开始做饭,她说,刘大牙家的没有死掉,她们白待了一个上午,眼看不行了马上就咽气了,可那口气总咽不掉。"她的手脚冰凉。也没有脉了,可就是在那一口一口地喘气。"我母亲说,"这也是一辈子。"她抬着头,像在回味自己的这句话,我父亲摘下他的草帽,慢慢地向雨中走去。院子里积了厚厚的水,它们形成了汪洋,一个个乳白色的气泡在水里面蘑菇一样生出来,滑行一段距离之后突然地破碎了,没有一点的痕迹。我父亲走到院外去了,墙角处出现了声响,随后便再无他的声音了。

屋子里面全是辣眼的烟,母亲正在烧火。"人这一辈子,"我母亲用我们能听见的自言自语,"什么人遇不上,什么事碰不到。多大的罪也得受啊。"

弟弟悄悄打开了收音机。依然是噼噼啪啪,现在连"嘿嘿,跳蚤"都没有了,只剩下强强弱弱的杂音。"什么破收音机,摔烂它得了。"我说。我弟弟一边转动着上面的旋钮,一边朝我翻起了白眼:"又不是让你听。"

屋里烟越来越大,我母亲满含怨气地摔打着潮湿的柴火:"这怎么烧,这怎么烧啊!"然后,我母亲也开始咒怨这天气,她冲着门外喊,"还有没有干点的柴火?"

没人回答她的话。枣树没有回答,挂在院门后的镰刀没有回答,我父亲编的那些丑陋的粪筐也没有回答。

院子里的水没有丝毫的见少,看得出我父亲的工作没有任何成效。"这个鬼天气。"我弟弟竟然用了那种相当大人的口气。并且,他模仿了我父亲的忧心忡忡。红梅牌收音机里依旧噼噼啪啪,它似乎只有一个频道,这个频道有很强的消化功能,它可以将所有信号都消化分解,变成噼噼啪啪。

"你四叔——"

她只说了这半句话,然后专心致志地烧火,潮湿的柴火在燃烧之前先散出浓浓的烟,屋里微弱的光线变得更为模糊,就像傍晚时那样。

我父亲带着一身的泥泞,带着一副忧心忡忡的老面孔来到了我们面前,他对院子里积水束手无策,甚至,他对柴火受潮以及满屋子没有散尽的烟也束手无策。

"刘大牙家的应当早就死透了,全身都那么干瘪,只有一个大肚子。医生说,那里面全是瘤子。"母亲的脸上涌出一些故意的惋惜,"那么多瘤子,能不痛么?她这辈子可受大罪了。"仿佛被自己的感慨感染了,我母亲停下筷子,专注地盯着我父亲,我父亲的头发还湿漉漉的,像一丛一丛杂乱生长的野草。

"细了一辈子,省了一辈子,到老了还这样。你没看到她家的碗,她家的屋,全是厚厚的土。"

我父亲停了一下筷子,他瞪了我弟弟一眼,我弟弟正将一块鸡蛋夹进自己的碗里。"房后的墙皮掉了一大片。雨要是不停,唉。"

父亲的忧心忡忡并没有感染我们,我们早已经习惯他那副样子了,如果让他一个人想,他肯定会担心哪一天天会掉下来,这是我的邻居四叔说的。邻居四叔和我父亲正好相反,他总是一副乐呵呵的样子,仿佛从来都不曾有过烦恼和悲伤,即使三年之后,他喝醉了从桥上摔进了河滩坐上轮椅。我和弟弟,以及我母亲都愿意邻居四叔来我们家串门,只有我父亲,我父亲对邻居四叔充满了敌意,他在四叔到来的时候除了端出忧心忡忡的表情,还在其中加上冷漠、嘲讽、厌恶。那天,我父亲的忧心忡忡并没有感染我们,我和弟弟暗暗争夺着碗里的菜,而我母亲,则继续她的感慨:"要不是刘三看见,刘大牙家的死到自己炕上都不会有人知道,非臭了烂了不可。她至少得五六天没吃到东西了,碗里也不知放的是什么东西,全是绿斑,早发霉了。她儿媳妇还天天说自己孝顺。"

一道闪电在远处划了一下,接下来是滚滚的雷声,像一个巨人从我们的屋顶上踩过去。我父亲抬了抬头:"这天气,再下房子就会漏的,南房已有地方渗水了。"

即使我们不属于忧心忡忡的行列,这话题也足够沉重,它像是在头顶上的石头。我们都不再说话,关于菜的争夺也平静下来,菜碗里只剩下几片薄薄的菜叶和一点汤。另一道闪电又闪了一下,在雷声传过来之前我们听见一个人在喊:"不好了,老秦爷的房子倒了!"

我父亲愣了一下,手抖了一下,然后放下筷子,抓起挂在墙角的草帽。它有几处都已经散开了,在这样的大雨中根本起不到作用。

雨还在下,没有丝毫想要停歇的意思,它似乎想把五湖四海的水都泻到我们村里。屋子里也进水了，地面变得潮湿而泥泞，外面的水一次次漫过我父亲用麦秸、麻袋和泥沙做起的堤坝，向屋里渗透。东屋的墙角也出现了大片的水渍，而堂屋的屋顶已有两处滴滴答答地滴下浑浊的水。我父亲的两个瓷缸派上了用场，这两个瓷缸是我母亲在橱柜下面翻出来的，渗下的水落进缸子里，清脆而响亮。美中不足的是，一个写着"为人民服务 青阳公社革委会赠"的缸子有一个小小的漏洞，我母亲塞进了一些棉花将它堵住了。

面对连绵不断的大雨，我父亲愁眉苦脸，一筹莫展。所有的白天他几乎都泡在水里、泡在雨里，虽然那些白天并不白，昏暗得可怕。我们家的房子仿佛是一条船，它行进在一望无垠的海上，颠簸着、倾斜着。是的，我父亲先感觉到了房子的倾斜。虽然我们都没看出来，虽然我母亲和我们统一战线，反复纠正他的错觉，但谁也说服不了他。后来，在父亲的反复中，我们竟也慢慢感觉，房子是有些倾斜。它开始倾斜，向倒塌的方向。老秦爷的房子应当是这样倒掉的，从倾斜开始。虽然他家的房子比我们的更年久失修，也存在质量上的差别。面对哗啦啦啦不断倾泻的大雨，我父亲反复着老秦爷房子倒掉的惨状，每反复一次他的担心就增加一层。我父亲是一个忧心忡忡的人，邻居四叔就是这样说他的，他说我父亲应当是那个杞人的后代。邻居四叔是个讲故事的高手，他颤颤巍巍，带着神经质的表情表演着杞人对天要塌下来的恐惧，将我弟弟逗得前仰后合。不知为何，那次我母亲对他的表演表现了特殊的冷淡，她甚至有些摔摔打打。聪明的四叔马上看出来了，他吐吐舌头，然后停住话题，和我弟弟一起摆弄那台"红梅牌"收音机。那时收音机没有这样多的噼噼啪啪，它收得到邓丽君的歌曲、十三届七中全会的内容，以及国内国际新闻。我父亲从来都不是一个好事的人，他对任何真实或虚假的新闻,三十公里以外的发生,邓丽君、王洁实、罗大佑统统没有兴趣。他对自己田地里虫害忧心忡忡,对会不会歉收或者丰收之后卖不上价钱忧心忡忡,对可能发生的天灾人祸忧心忡忡。现在,让他愁眉紧锁的是我们家的房子,它正被雨水浸泡着,水会让砖和土坯变成粉末、变成泥浆。如果房子倒塌,即使不会伤到人,我们的家也等于是遭到了洗劫,再盖几间房子会消耗掉我父母的全部积蓄。我父亲不能不忧心。

那天下午,心情烦躁的他干脆也叫上我们,去拉土挡坝。

我家屋后是一个池塘。那里更是一片汪洋,似乎有一股股的水流从池塘里涌出,有一条真正的龙在里面,它有邪恶的、不为人知的威力。它要把整个村子都吞没到水里去。我们去挖池塘边的泥,用这些泥筑起一道抵挡的大坝,围起我们家的房子。在我和弟弟看来,这绝不是什么好主意,绝对不是。雨在我们身上淋着,它们像一块厚厚的、有很大重量的布,压得我们都矮了下去,根本直不起身子。我们看不清路,四处都是浑浊的水,它们流动着,却不知道流向哪一个方向。我们挖到了泥,然而将铁锨从水里抬起,让它暴露于雨点中的时候,泥块就变成泥浆流走了,白费了太多的力气。只有我父亲自己能将泥土装到车上,虽然损失了大半儿,并且还在损失。我弟弟滑倒了。当他带着一身泥泞和水污爬起来的时候,再次向前摔了下去。他在水里,他坐在水里哭了起来。

"滚,都给我滚回去!"

我父亲扬起铁锨,将水和泥甩到我们俩的身上。他有些自暴自弃,他一脚将手推车踢倒了,车里仅剩的泥飞快变成了浑浊的水,四散开去。

"光知道吃,光知道睡。养着你们有什么用!"他冲着我们狼狈的背影。

弟弟开始发烧,雨大约淋湿了他的骨头,某种物质和骨头里的水发生反应,生出了火焰。他无精打采、一言不发,被感冒病毒折磨着,像我们家那只慵懒的猫,软塌塌地趴着,一动不动。母亲给他喝下了红糖姜水。这也是我弟弟平时最爱喝的,那时可乐、雪碧还没有进入我们村子,对美国佬我们有着冷战时期培育的敌意和仇恨。他只喝了几小口,还有一部分洒在外面。我母亲一边给弟弟喂水一边对我父亲抱怨,她叫我父亲去把瘸巴成叔找来,突然间我弟弟恢复了活力,他冲着我母亲大喊:"不找他!他打针太疼!我不打针!"

瘸巴成叔还是来了,小儿麻痹后遗症跟随了他半生,使他在大雨中走得更加艰难,我父亲只好替他背着药箱,抓着他的胳膊。不知出于慌乱还是什么原因我父亲却先后摔了两跤,弄了一身斑斑点点的泥。打过针之后,我弟弟背对我们,让后背表达他对我们的不满,特别是对我母亲的不满,她不仅叫来了瘸巴成叔,还帮助成叔按住他生硬地打上了针。

后来他睡着了,打起了鼾,然而头依然烫得可怕。每摸一次,我母亲就抱怨一回,后来抱怨变成了诅咒。我父亲蹲在门口。他的外面是一道哗哗作响的雨帘,再远一点,是那棵高大的枣树。树是我爷爷种的,我父亲在我爷爷死后的第九天就将它移植到院子中间,并将六七只瘟死的鸡埋在了树下。那时我母亲刚嫁过来不久,我还没有出生。我父亲看着雨,看着树,看着外面阴沉的天和空气,他的脸色也同样的阴沉、可怕。

雨似乎小了一些,当然这也可能是我的错觉,屋檐下的雨帘还是那么细细地挂着,没有间歇。我弟弟突然坐了起来。他大喊:"你走你走,别碰我!"等我母亲奔到我们房间里的时候,他又睡着了,鼻孔大大地张着,呼吸粗重。漏下的水滴已经溢出了"为人民服务"的瓷缸,它噗噗噗噗噗地响着,沉闷而单调。"他说梦话了吧?"我母亲问我。她的手探向我弟弟的额头,依然很烫。该死的,她骂了一句。

　　在我母亲坐了一会儿刚要站起来的时候,我弟弟突然又说起了梦话,"你给我滚开",他的手向空气里推着,他的左脚也抬起来,向空气里软软地踢去。我弟弟的动作笨拙而滑稽,始终没有睁开眼睛,他这个可笑的动作让我母亲的心情更加沉重。她推醒了我的弟弟:"你梦见什么了? 不要怕,我在这里,谁也伤不到你!"我弟弟看了我母亲一眼,仿佛在看一个陌生人,他的头重新落回枕头上,又睡着了。

　　可以想象我母亲的焦急,同时还有怨恨。她指桑骂槐、踢踢打打,我父亲只得又戴上草帽,返回雨中。他用力地踩着水,水花四溅。"我儿子要是有个三长两短,我饶不了你!"我母亲冲着他的背影。

　　后来我母亲也出去了。天已经黑了,真正地黑了,地上的水却有了细微的光,灰蒙蒙很快被淹没其中,那片灰蒙蒙吞没了她之后又飞快合拢。我弟弟又尖叫起来,那一刻,恐惧一下子抓住的是我的头发。我朝着炕的角落缩了缩,缩了缩。外面黑暗一片,雨声喧哗,而我弟弟正被感冒与噩梦纠缠,我感觉他快要死了,这种感觉越来越强烈,甚至我看见他的魂魄晃晃荡荡地悬在他的头上,随时准备远远地离开……

　　瓷缸里面的水已经满了,沿着房梁漏下的水每溅一滴它就也溢出来一部分。它早该倒掉了,但我的腿根本不知道如何移动。我缩得很小,在角落里发抖。不知过了多久,反正足够漫长,我父亲和瘸巴成叔走了进来,屋里暗黄的蜡烛立刻亮了起来。"你在那干什么?你娘呢?"我父亲皱了皱眉,然后用他的大手放在我弟弟的额头上,"这孩子烧得厉害,让雨淋着了。"

瘸巴成叔示意我父亲挪动一下,可我父亲没有领会他的示意,依然将手放在我弟弟的额头上,瘸巴成叔只得推开了他:"不是打了一针了么?""他光做噩梦,"我说,"我娘说可能是鬼上身了。我娘说前年池塘那边淹死过一个孩子,死的时候和我弟弟差不多大。"

"你小孩子知道什么!"我父亲冲着我,"哪来这么多的迷信!要是前几年……哼,我们都被你害惨了!"

在看过舌苔、翻过眼皮、听过胸腔之后,瘸巴成叔说我弟弟大约是急性肺炎,应当没有生命危险。"输一输液吧。"

"那得多少钱?"问过之后我父亲马上有些后悔,"你输吧,输吧。我给你拿钱去。老成,你吸烟不?"

瘸巴成叔刚走,我母亲也回来了,他们应当能在门口遇见。她看了看我弟弟手臂上的吊瓶,摸了摸我弟弟的额头,然后走到堂屋的灶膛边,掏出了一个写在黄纸上的符,默念着什么,然后点燃了那道符。我母亲拿着燃烧的纸走到我弟弟面前,在他发烫的额头上、紧闭的眼睛上晃了三圈儿,一片还有火光的纸灰落在他的头上,他又挣扎了一下,我母亲及时地按住了他。不知是什么缘故,是那道符的作用还是青霉素和葡萄糖的作用,在那次挣扎之后我弟弟开始沉沉睡去,烧也渐渐退了。半夜的时候他醒来了,"饿死我了。娘,我想吃鸡蛋饼。"一句话,我母亲的泪水涌了出来:"我去做,好儿子,我马上去做。"

半夜的时候我们家的烟筒里冒起了炊烟,据说同一时辰村西刘石头家的烟筒里也冒起了炊烟,鳏居的刘石头在那天晚上或者更早就死去了,死亡的原因不详。他的死是侄子发现的,据说他侄子给他送饭却发现屋里没人,喊了几声未见应答,正在准备锁门的时候发现了泡在水中的他。当然还有另一种据说,首先发现刘石头已经死亡的是一个好事的孩子,那个孩子随手推了几家的门却只有刘石头的门是敞开的,他走进去,发现了已被雨水泡得肿胀发霉的刘石头,这个好事的孩子还用木棍捅了捅刘石头的手,一股青黑色的液体流了出来……这个孩子有几天不吃不喝,一见到胡萝卜干、肉片就呕吐不止,他的好事让他付出了代价——这些都是天晴以后我们才知道的,连日的大雨也阻挡了太多的消息。

没等我母亲将饼煎熟,我弟弟就又睡着了,可他在此之前却挥霍着生病带给他的特权,将收音机打开,让那噼噼啪啪的声响连绵不断地响着。这天夜里,我几次想将收音机关掉,可我刚将收音机的声音放小他马上就会大哭大嚷地醒来。没办法,那噼噼啪啪的噪音响了一整夜,直到电池用完,再也发不出声响为止。

那天夜里,连绵不断的声响还有窗外的雨,以及屋里漏雨的声音,我们住的房间又有三四处开始漏雨,我们家的脸盆和塑料布被派上了用场。那天夜里,我听见我的父母发生了激烈的争吵,甚至后来大约由文斗改成了武斗。他们在另外的房间里,我只能猜测那边的发生。在我父母之间,争吵几乎是每天必要的生活方式,我早替他们烦了,他们也许更烦。这样的文斗和武斗常常以我母亲的胜利告终,然而那胜利毫无乐趣,她从来不会因为这样的胜利产生兴奋,相反,恰恰相反。

第二天上午,我弟弟是我们家起得最早的人,他已经完全好了,有着浑身的力气。"雨停了,出太阳了!"他喊着,冲着我的耳朵,然后跑到我父母的房间里,"出太阳了!"

是的,雨停了,原以为不会终止的大雨终于停了。虽然并不像我弟弟说得那样已出现了太阳,但空气的确明亮了很多。"鱼,你们看,鱼!鱼进院子里了!"病后初愈的弟弟一惊一乍,他被昨天的疾病改变了性格,突然有了那么多的新鲜感。当然,一天之后他就又回到原来的性格里去了,病菌的效力只维持一天,甚至不到一天,我的弟弟就又拾起了他的旧性格。

"真的有鱼!我不骗你!"他信誓旦旦,一脸热切的真诚——他的确没骗我们,我们家院子里出现了两条鲫鱼,它们共患难地侧身子,那么迅速地游着,游出两条浑浊的线。受我弟弟的感染,那只好吃懒做,并且生性怕水的猫竟然跳进了水中,追逐着两条患难的鱼。它顾此失彼,被鱼搞得昏天暗地。"抓鱼了!"我弟弟也跳进了水中,和猫一起追赶,他甚至显得比猫更为笨拙,更加顾此失彼……那两条鱼,竟然先后又游出了我们家院子,不知去向。

院子里出现鱼,并不能使我父亲兴奋,反而加重了他的忧虑,院子里积攒的汪洋是他的心腹之患,是一种特别折磨人的病菌。好在雨停了,虽然没有太阳,但至少水患的程度不会继续加深。屋里漏下的水继续滴滴答答,它们提示着一场大雨曾经的存在,这存在让人心烦。父亲穿上那双旧水鞋,拿起草帽戴在头上,走到门外又转了回来,将草帽丢在树杈上。他踩着哗哗的水声,被雨打落的枣花和树叶分散开去,让出路径,然后又聚拢到一起。

几乎全村的人都出来了,这么长时间的阴雨洗掉了太多的氧气,所以雨刚停,大家就像聚集在水下的鱼,上来透一口气。扛着铁锨,我父亲遇上了赵四和刘流,随后又遇上了刘俊江。那个奇怪的刘俊江没有去看自己房屋和院落的损失,而是提着一个玻璃瓶,里面盛着从池塘里提出的水,一副忧心忡忡的样子。

我父亲停下他手里的活儿,笑眯眯地望着刘俊江:"刘教授,是不是有地震的可能?"

刘俊江没有理会我父亲话里的嘲笑,而是迎着他的问题相当郑重地回答:"是的,有可能。种种迹象都表明了这点……"

许多人,男人和女人、老人和孩子都围拢了过来,他们问了和我父亲同样的问题,刘俊江的脸色红了一阵,然后郑重回答:"是的。我知道你们又在嘲笑我……可这是科学,相信我,地震马上就要发生!"

大家都笑了起来,包括孩子们,其中我父亲的笑声最为响亮。"刘教授,你的地震预报都报了三年了,能不能准确一些? 我这三年都没敢脱衣服睡觉,生怕地震来了来不及穿!"大家笑得更强烈了。

"反正,反正地震马上要来,这次不会错的,这场大雨就是预兆!"刘俊江分开人群落荒而逃,他护着玻璃瓶里面的水,仿佛那是珍贵的宝贝,里面有一条黄金做成的鱼。"兔先生,你上辈子是老鼠变的吧?"我父亲冲着刘俊江的背影,他的声音比平时高出三个八度,他笑得眼睛和鼻子都挤在了一起。

"你上辈子也是老鼠变的吧,你的胆子也大不了多少啊。"刘俊江走了,我父亲便暴露在众人的面前,的确,在我们村上他是另一个胆小如鼠、忧心忡忡的人,我知道许多人都将我父亲和刘俊江相提并论,虽然他们俩对此都严重不屑。"m—i—an,兔",我父亲故意转移视线,他抓着刘俊江的尾巴往刘俊江的身上引——刘俊江原是我们村上民办教师,可以想象这一职位的来之不易,而这一职位又时时受到威胁,几次清退民办教师,刘俊江都勉勉强强连滚带爬地保留了下来。这天县教育局的两位领导来我们村检查学校工作,其中一位女领导突然来了兴致,想听一堂课,而那堂课就是刘俊江的语文。可以想象刘俊江的紧张。你肯定无法想象刘俊江的紧张,有人说那天刘俊江是爬上讲台的,他的脸色是紫色的,还不停发抖……他受那种紧张的支配,木然而机械,越想表现放松就越难以放松,在教到"兔"这个生字的时候,他突然发现了自己的一个失误,"兔"字的下边多写了一点儿,变成了"兔",可他却已将拼音念了出来:m—i—an,神使鬼差,在念过拼音之后他盯着黑板上的字脱口而出:"兔"。底下一片哗然,随后是哄堂大笑。

这堂紧张的课终于结束了刘俊江民办教师的代课生涯,使他重新成了一个地地道道的农民。大约三年前,刘俊江在收拾杂物的时候翻出唐山大地震后印发的一本叫《地震相关知识和应对措施》的小册子,如获至宝,天天宣布地震马上要来了。开始几天,害得全村人三九天都集中到打麦场上支帐篷睡,结果根本没有什么地震发生,刘俊江为此还被派出所关了三天。但他却依然忧心忡忡,感觉地震马上就要到来。

我父亲把矛头往刘俊江的身上引,然而有人则紧紧抓住他的尾巴,让他摆脱不掉。我父亲只好耍个花枪,扛起铁锨匆忙地奔向家去。在背后,对他的嘲笑依然不绝于耳。我拉着弟弟像另外的两只老鼠,跟在父亲的后面灰溜溜地跑回了家。那一刻,我真是羞愧难当。

午饭之后,南街的云嫂叫走了我的母亲,她们俩在门口叽叽喳喳了很长一段时间,然后踩着哗哗的水流走了,直到傍晚才回来。

"没想到,刘大牙家的早就只有出的气没有进的气了,都有几天水米不进了,可就是死不了。"我母亲坐在饭桌前,她将一块萝卜放进我父亲的碗里,"眼看着她不喘气了,我们开始烧火烙饼,刚把水烧热,你说怎么着,她那边又出气了。罪受不完阎王不让走啊。"

她看着我父亲,而我父亲却将脸沉在碗里,没有任何的表情。"一下午光在那烧火了。天都黑了可她还不咽气,我和云嫂就回来了。"

我父亲用鼻孔重重地哼了一声,过了许久,他突然问:"你们还在老四家打了几圈麻将是不是?"我父亲将一块萝卜放进嘴里,那萝卜仿佛带着一种有韧劲的苦味,我父亲嚼得艰难而用心。

"我没有打,我又没打,"我母亲的声音里显示了慌乱,底气显得不足,"我就看了不到两圈。刘大牙家那里那么多事,要不是等着烙打狗烧饼什么的,我早就回来了。"

父亲没说什么,只是轻轻地踢了我一脚:"吃你的饭!"

父亲穿着水鞋,站在枣树的旁边。星星点点的雨又开始下了起来,积水似乎一点都没有见少。"这是什么鬼天气。"我父亲自言自语。他走到墙角,用手摸了摸浸泡在水下的墙皮,然后哗哗哗地踩着水走出大门。

没多久他就回来了,从偏房的草堆里抽出两条破席子,又走了出去。"那有什么用?光糟蹋东西!"我母亲冲着他的背影嚷,但他无动于衷,仿佛没带耳朵,把耳朵丢在了某处。

睡到半夜的时候起风了,风挟带着硕大的雨点敲着窗纸和玻璃,噼噼啪啪,一阵比一阵更紧。我感觉整个房间就像行驶在风暴中的小船,它颠簸、摇晃、孤立无助——"快,快起来!"我的父亲从东屋蹿出来,抱着一床粗布面的蓝花被,"快起来,地震了!"

我和弟弟立刻睡意全无。穿着短裤,我们各自摸索了一件什么东西,然后飞快下炕,站到我父亲的身边。"收音机、我的收音机!"我弟弟丢下手里的物件,他在黑暗中摸索,此刻,他远不如刚刚下炕时那么飞快。"要那干什么!快过来!"我父亲吼叫,他推开慌慌张张的母亲,一把抓住了我的弟弟。

从刚才的混乱中缓过神来,我母亲仔细地看着屋里屋外:"哪来的地震?我怎么感觉不出来?"

是的,在我母亲问过之后,那种颠簸感消失了,我们身体的摇晃也随之停止,地震只在我们的慌乱中进行了一小会儿,而且震感微弱,没有造成大的危害——这是我父亲后来的解释。他说,刚才确实地震了,他听见了碗和盆的响,他感到了摇晃和起伏……"我也听见了!我也摇晃了!"我弟弟急急插进来,"刚才是地震了!我跑到门口的时候还震呢!"

"震什么震?放屁!就是不想让人好好睡觉!"母亲点亮灯,然后端着灯径自回屋去睡觉,不再理会我父亲和我们。"刚才确实是地震了,非要房倒屋塌才叫地震?"我父亲在堂屋里走了两圈,"这地这么软,像踩在棉花上一样。"

那一夜,东屋里又爆发了激烈的争吵,文斗与武斗。我支着耳朵猜测,胜利大约是我母亲的,这胜利毫无光荣可言。我弟弟也根本没睡,他伪装了自己,把一半儿脸和耳朵紧紧贴在枕头上,呼吸放慢,悄悄地支起另一只耳朵……多年以后,我在师范的周老师在课堂上传授给我们一条奇怪的理论,他是教授心理学的,上课时总爱用力吸他的鼻子,就像在争夺屋里的空气……他说,父母的争吵有利于儿童和少年的心理早熟,所谓"穷人的孩子早当家"的道理大致相同。这是后话。那天夜里,我弟弟表现了和他年龄很不相称的老到,他伪装已经睡熟,熟得像一块不会翻滚的木头。我们俩支着耳朵,心照不宣。

"地震风波"之后的第二个早晨,雨依然细细绵绵地下着,乌云把枣树的枝条压得吱吱直响。它越来越低,越来越厚。百无聊赖,我弟弟又打开了那台收音机,它的里面放了我父亲在手电筒里退下的两节电池,竟然也响了,噼噼啪啪噼噼啪啪。我弟弟转动着旋钮,突然,在噼噼啪啪的后边传来两个人说话的声音,声音微弱而浑浊。我弟弟高兴地大喊:"收音机又响了!有人说话!"

我的母亲,我的父亲,他们并没有我弟弟预想的好奇、兴奋,他们甚至没朝我们的方向看上一眼。我们两个人俯下身子,屁股高高地翘着,仔细分辨着那两个人的声音,它存在,缥缈,只能勉强分辨出"是呀""改革""自由化"等几个词,其他的词句都淹没在噼噼啪啪的声音里了。

我母亲在门边翻出了我父亲的一双旧袜子,它湿漉漉的,已经发霉。她将那双袜子丢进了院子,发霉的袜子像两条垂死的鱼,沉入水中。

这时,我的邻居四叔来了,他举着一把在我们当时还很少见到的雨伞,大步地闯进了我家院子。因为他的速度过快,溅起的水漫过父亲挡在门槛处的堤坝,渗进屋里一些,我父亲皱了皱眉:"老四,你这么急干吗,火烧到你的屁股了?"

邻居四叔有些气喘吁吁,他对我父亲说,上游的洪水已经下来了,卫河的大坝都平槽了,还有的地方出现了渗水,情况紧急,镇上叫所有的男人都到坝上去抢险。

说完,邻居四叔就匆匆走了,他还得挨家挨户传递这个消息。"带上铁锹!还有麻袋!"他的声音远远传过来,并且越来越远。

我父亲看了看黑压压的天,又看了看我们和院子,轻轻叹了口气:"我去了。"他的这句话大约是说给我母亲听的,可声音小得只有我和我弟弟才听得见。

藏匿的药瓶

突然醒来的菌子首先看到的是一片黑暗,床头上那盏昏暗的小灯也不知什么时候熄了。她睡着的时候,那盏灯还昏昏沉沉地亮着,那时秋子没睡,他有自己的忙碌。

黑暗在慢慢地变薄,变淡,菌子一点点适应着眼前的光线,她的额头和手心存有细细的汗水,而腹部却感觉微凉。"你在做什么?"秋子声音含混,他的手搭在菌子腿上,随后,轻轻的鼾声从他的方向泛起,他又睡着了。

"没什么。"菌子拿开秋子的手,在黑暗中这只手显得陌生,仿佛——菌子用力甩掉那种仿佛,重新躺下,背对着秋子和他的手,"没什么。"她是对自己说的。在她躺下去的那个瞬间,她竟然对自己,对自己的床和房子都产生了一种陌生感,它们一起到来,仿佛——

醒来之前,菌子做了一个奇怪的梦。她梦见,自己被装在一个药瓶里,药瓶的上面贴着"氯丙嗪"或者"阿普唑仑"——她记不清药瓶上的字了,反正是那种镇静剂类的药物。在梦中,她赤身裸体,因为空间狭小,她不能为自己掩盖什么,而药瓶却是透明的,透过淡褐色的玻璃瓶她能看清药瓶外的人流和车辆,外面的人也应该能够清楚地看得见她——在梦中,菌子的药瓶被丢在一个商场或者超市的门口,反正人来人往,车水马龙。因为被封在药瓶中的缘故,从菌子的方向看去,所有人都异常高大,匆匆忙忙。这个药瓶会经常被碰倒、踢到,菌子就随着瓶子的方向摇摆、滚动、颠簸……盯着黑暗,菌子感觉梦还没有完全褪去,还在笼罩着她,像一层丝织的网。菌子蜷缩了双腿,把手放在自己的乳房上。在梦中,她就是这样蜷缩着。她发现,梦里的那个她,没有惊讶,没有委屈,也没有丝毫的羞耻,仿佛她早就接受了被赤身裸体塞进药瓶的命运,仿若她早就适应了瓶子中的生活——她发现,梦中的那个她只是在看,却没有心理和表情。菌子朝着黑暗叹了口气。那口气也是黑暗的,它很快就被吸纳到缓缓涌动的黑中。床上的灯熄了,菌子猜不到它在黑暗中的位置,虽然它在。

秋子的手又搭了过来,搭在菌子腰上。他的手有一股缓缓的温度。这一次,菌子没有将他的手拿开,而是将它轻轻地握住。她感觉到,自己握住的是那股温度,而不是手,手依然是陌生的,陌生得让她产生出一股莫名的羞耻。秋子动了动,那只陌生的手走了,一只脚却伸过来。不知为何,菌子突然想到医院泡在福尔马林里的手和脚,以及一些其他的物件——她只想了一下。困倦又重新袭来,大约是一个新的梦,这个新梦用一个毛毯将她的手和身体罩了进去。

吃饭时,菌子和秋子谈起自己的梦。她说的是另一个梦,在梦里,她还是个怯懦的小学生,好像是趴在桌子上写作业,那些作业没完没了。在桌子旁边,一个旧木柜的上面摆着好多的药,在她写作业的时候,那些药悄悄地不安分起来,它们缓缓地向前挪动,并纷纷向她伸出小手……菌子说,自己的心呀肺啊痒痒的,有些坐立不安。她很想抵抗一下,不去想那些药,不去看它们的小手儿,可是就是忍不住……

秋子把油条塞进嘴里,他的嘴角还有煎鸡蛋的油渍,一块鸡蛋黄的碎屑还挂在上面:"你就是在药房里待得太久了。"他拿起另一根油条,停了停,给菌子讲起他以前经常做的两个梦:一个梦是他被一群看不清面孔的人追赶,东躲西藏,那群人总能毫不费力地找出他来,他只得重新飞奔。鞋子跑掉了,地上尖锐的草或土块扎得他生疼……另一个梦是他在考试,试卷上的试题他一个都不会。监考官一直笑眯眯地看着他。那时,他真想变成一只虫子钻进地缝去。秋子说:"你在药房里,当然做些药的梦,我毕业都七八年了,还时不时地做考试的梦呢。"

菌子面前的米粥洒出了一点,她用一张餐巾纸轻轻擦拭着:"真的有些讨厌药房的工作了。"她看着秋子的表情。

可秋子没有表情,至少是,没有她想看到的表情,他大口地吞咽着油条,一副麻木的样子。"无论是什么活儿,干长了都会烦。"他低着头,专心地喝着面前的米粥,"在医院里就是药房的活最好了。又干净,又不用碰脏东西,也不用天天看哭啊叫啊死啊的。"秋子把粥喝出了响声,然后不再说话。

不再说话的秋子让菌子又回想起夜里的那种陌生感,她看着有些陌生的手、有些陌生的嘴、有些陌生的鼻子和胸膛。"你干什么?"秋子盯着菌子怪怪的样子,"有什么事吗?病了?"

经秋子一问,菌子突然笑起来,笑得前仰后合,花枝乱颤。笑过之后,她告诉秋子,如果只盯着手的动作,其他的什么也不看,让自己感觉面前的手是孤立的,很快,手的任何动作都变得不可思议起来,奇怪、滑稽;而盯着嘴,看嘴唇那么上下张合,你只是孤立地看它,不将它和鼻子眼睛联系在一起,于是嘴唇动作也就莫名其妙起来……"在医院待久了,变得神经兮兮。"秋子也笑了,他摆脱掉菌子的手,"在你们的眼里,哎,目无全人啊。"

上班的时间到了,菌子还在沙发上一副懒懒的样子,她没有理会秋子的催促,后来,她干脆给了他一个后背:"我晚不了。"

摔门的声音也许没有那么巨大,也许,它平时也是这样响的,可它多少还是让菌子心颤了一下。屋子里空了,秋子一走屋子里就空出了很多,足够菌子伸开她的腿,伸出她的手。客厅里的钟表规律地响着,秋子的走使它的声音变得响亮、回旋,菌子故意不去看它。她在沙发上,在那些厚布纹里陷着、蜷着。

阳光很好、很厚,有一层重量,它晒到菌子的身上,让菌子的身体热了起来。她还是那么慵懒。

*

阿莫西林、复方丹参片、双黄连口服液、盐酸克林霉素、阿司匹林……菌子在药瓶间来回穿梭,她感觉自己是在药的气味中穿梭,那种气味早已经浸入她的身体中,使她成为一种混合的药剂。所以她应当被装在药瓶里——她又想起了昨晚的梦,她可不是第一次做这种梦了。在她上小学时就已经做过了。那时,她母亲刚刚有过一次未遂的自杀。

曼秀雷敦复方薄荷脑软膏、霍胆丸、佳静安定、普乐安片、青霉素、皮炎平软膏、诺氟沙星胶囊。

药房窗口,伸着一张张形形色色的脸。菌子感觉自己有点轻微的眩晕,不知是不是昨晚没睡好的缘故。

脸上长有小雀斑的女孩,于燕,一副心不在焉的样子,她忙碌得毫无头绪。那些小雀斑在她脸上一跳一跳,使她阴沉沉的脸色更加阴沉。

"不舒服吧?"菌子问,"要不你先休息一下,我一个人也忙得过来。"

菌子的话肯定给于燕的内心制造了不小的涡流,从她的脸色可以看得出来,从她的表情可以看得出来。她紧紧跟在菌子的背后,一副急于倾诉的样子,然而菌子的忙碌却让她只能欲说还休。"休息一下吧。"菌子说,她努力克制自己的眩晕。这眩晕,好像更强烈些了。

药房的忙碌往往是有时间性的,它终于告一段落。停下来,于燕的话匣子便迫不及待地打开了。她是个存不住话的女孩,当然也正处于存不住话的年龄,她到药房工作的时间刚刚一年。

无非是鸡毛蒜皮。无非是恋爱中的挫折。无非是吵着分手其实根本是口是心非。无非是,这些那些。菌子安静地听着,她拿出了安静,尽管它有些平面。她没有表现出任何不耐烦,时不时还抛出一两句安慰的话——这些平常的套话,却将于燕给安慰哭了,她泪流满面,怎么也止不住。

"我们以前吵架都是他让着我,用不了几天他就发短信哄我高兴。可这次他两天都没有回话了,我发短信他也不回。"于燕用双手捂住全部雀斑,她的肩头微微抖动。过了一会,她突然抬起头来:"分手就分手,算什么东西,别觉得自己了不起!"那些泪水流得更快了。

青霉素注射液、生理盐水、输液器。菌子将它们递给窗口外那张肥胖的脸,转过身子,于燕还在哭。她飞快地移动着手指,发出一条短信。手机链上那两只白玉的猪呆头呆脑地摇晃着,显得亲密无间。

"他还不回短信,这个混蛋,没良心的!"

菌子继续她的安慰,那些都是被使用过上千次上万次的老话儿。不知为何,菌子突然有些妒忌,它在胸间聚集起来,用力按也按不住——菌子不得不背过身去。外面的阳光很好,有一股特别的味道。

"没良心的!没良心的!"于燕甩着她的手机,两只袖珍的小猪发生着碰撞。她没注意到,菌子的目光有些冷。

有人来拿药。外面有些喧嚣。一个满身鲜血的男人被抬进了医院,众多的人、众多的声音跟随其后。菌子盯着外面,那些人的经过留下点点滴滴的痕迹。

这时于燕的手机响了。"爱一个人能够爱多久——"

于燕那张脸晴了,有了阳光和露水,晴天后的于燕透着几分的秀气,那些小小的雀斑也应当包含在她的秀气里面。看着晴朗起来的于燕,身体变轻的于燕,菌子心里泛起了一股莫名其妙的酸。这可不是一种好的心态,菌子提醒自己。她匆匆忙忙地摆弄着大大小小的药瓶,虽然她现在可以空闲,虽然那个小窗口没有任何一张脸出现。

"他来电话了。他跟我道歉了。"于燕追着菌子的屁股,"他说这两天一直在反省自己。他说,我的眼里只有你,我宁肯失去世界也不能失去你。"用眼角的余光,菌子看了看于燕那张夸张的自我陶醉的脸:"男人的花言巧语你还是要小心些。"

"我知道是花言巧语,"于燕的脸略略暗了一下,"要是没有花言巧语,我可怎么活啊。"她的手指又飞快地移动起来,"我要问问他,他说的是不是全是花言巧语。"

阳光很好,有些热烈。一个中年女人哭着匆匆走进了医院,然而走到门口,她又不知道往何处去了。菌子看着她手足无措,看着她泪流满面时难看的样子,忽而有些厌恶。那女人哭着,毫不掩饰地张着嘴,毫不掩饰嘴里参差不齐的黄牙,毫不掩饰一条鼻涕和着泪水悬挂在嘴角。阳光很好,很好的阳光同样打在这个女人身上。她站在门口,木然地转动身体,不朝任何方向。

"他说他所说的都是真心话。哼,我更不信了。"于燕沉醉于自己的世界。

从楼上下来三个男人。其中两个架起木然的女人朝医院楼上走去,还嗡嗡地说着什么。第三个男人在门口停了一下,掏出手机,朝灿烂的阳光里走去。他大腹便便的样子很像有钱人。

门开了,办公室的肖副主任在药房里转了一圈,说了几句话,然后离开了。"他倒是越来越把自己当盘菜了。"菡子说,她把高高低低的药瓶摆整齐,"小同志要注意啊,要好好工作啊,别迟到早退啊。"于燕拿着声调,她虽然对肖副主任的话略有篡改,但显得更具效果,菡子也忍不住跟着笑起来。

阳光真的很好,有一种特别的温暖,菡子让自己的后背和头发对着阳光,让阳光的温度从后面从她发梢里一点点渗进来。不知为何,眩晕的感觉忽然再次强烈起来,她似乎变得透明,似乎处在一个自己完全陌生的地方,处在空气里。是的,是那种梦中的感觉,在这个梦中,她被塞在药瓶里。

于燕盯着手机,短信密密麻麻地发着,她完全是一种沉浸。从来都是当局者迷,从菡子的心里涌出这样的一句话,费了些力气才没有让这句话真正地说出来。于燕根本就旁若无人。

菡子的腿在走,它们带着菡子在药架间缓缓走动。菡子拿起一瓶药,放下,再拿起一瓶。这动作有些机械,菡子没有在意自己拿起的是什么,只是拿起。她的手,终于碰到了氯丙嗪。氯丙嗪,这个药名很灿烂地亮了亮,里面似乎有着电流,将她的手电到了——

那瓶药掉在地上。声音肯定有些响亮,它竟然吸引到了于燕的注意。于燕有点过分关切——"菡子姐,你怎么啦?不舒服吗?"

于燕率先拿起药盒,药瓶已被摔碎,她将碎裂的玻璃丢进了垃圾桶。"这药可不是闹着玩的,吃多了要死人的。"于燕脸上的雀斑跳了起来,她做了个吞咽药片的动作,那些乳白色的药片在她的手上显得狰狞。

"我把药买下吧。"菌子的声音有点冷,刚才于燕的关切让她感到距离,甚至厌恶。粗心的于燕也感到了冷,她的表情有些僵,一时找不到合适的台阶——

"我知道药性。"大约是为了缓和,菌子说,"年轻的时候,我母亲有过一次未遂的自杀,吃的就是这类药,只是当时不叫这个名字。"

说完菌子马上就后悔了。其实在说到一多半的时候她就后悔了。

*

菌子一直不愿别人提及她的父亲,颅外科专家,这所医院建立初期时的副院长。之所以不愿提及是因为她的母亲,那次未遂的自杀一时间闹得沸沸扬扬,使菌子、菌子的父母成为这所医院的焦点。在报考志愿的时候,菌子只有两个坚定的想法:一是绝不学医,二是离开这座城市——然而……

"我听说过你母亲的事。她们都说她长得挺漂亮,人也非常安静。"

菌子的手抖了三下,她喉咙里突然生了点什么,它有尖刺,有黏液。于燕的话触到她的旧疤痕。

"她们说,你母亲很少说话,见人总是带着笑容,很古典的样子。"于燕依然不舍。没有意识到她揭开了菌子的旧疤痕,并且向里面撒了少量的盐。她没有意识到,这点菌子看得出来。

"别人看到的都是表面的那些,"菌子旋转着手上的药盒,她没有注意上面的字,"事实是怎样?可能差着十万八千里。"菌子放下药盒,略略加重了语气,"所以我从不依据别人的传言判断是非。"

交谈停止了。于燕的手指又开始她的忙碌,手机链上两只白玉小猪相互亲昵地撞击着,没有声响。"我也不是依据别人的话判断对错什么的。"于燕又拾回这个话题,显然,她根本就没有将它丢下,"我只是听到一些议论。因为和你有关,所以留了点心。"

"我也没有别的意思。"菌子说,她盯着面前的药盒,"其实我母亲——怎么说呢?在家里,她时常有些歇斯底里,一生气就喘不上气来,咬牙切齿,用力摔椅子、摔枕头,一把把揪自己的头发。"菌子的目光碰了于燕一下,"没想到吧?所有人都说我母亲脾气好,她在外人面前也确实是这样。我和父亲都小心翼翼地让着她,但……唉。"菌子对于燕说,"我性格里母亲的成分多一些。小时候,看着她的歇斯底里一发作,我就朝角落里躲,心里还暗暗地想,我可不能像她,我可不能像她。"菌子笑了起来。她觉得自己的声音有些可怕。

"菌子姐,你的脾气这么好——"

于燕的手机又响了,炫铃插入到她们的谈话中:"爱一个人能够爱多久,拥抱到天明算不算久……"

*

母亲的自杀成为疤痕,是慢慢被养起来的,事件发生时它对于菌子来说并不具备疤痕的性质,甚至还有点解脱感……当然,那时的菌子还小。那时,菌子还在上小学。

尽管事隔多年,菌子依然清晰记得那日的发生,它清晰得就像昨天、前天。那天也有很好的阳光,好得温暖,好得让人发懒。放学回家的菌子刚走到院口,就感觉到有什么发生。她犹豫徘徊,然后在混乱的阳光中朝家跑去。邻居胖周阿姨出来叫住了她。多年之后,菌子认定胖周阿姨根本是有意。她一定在门边埋伏着,等待自己的出现。

她是那么说的,她拉着菌子的手:"你母亲自杀了,正在抢救。"胖周阿姨眼红红的,似乎还有点肿,"可怜的孩子。"

菌子没有感觉自己可怜。她当时的想法只是怎样将自己的手从周阿姨黏黏的胖手中解脱出来,她很不习惯手被那样握着。

"我要去看我妈妈。"菌子说,菌子觉得自己应当说这样一句话。

"你爸爸早去了。孩子,你去了也进不去啊。"胖周阿姨的眼睛更红了,仿佛含着泪水,她的胖手更用了些力气,"先到我家吧,在我家等。我家……家里有葡萄。"周阿姨将她搂进怀里。菌子感觉,她身上有一股油和葱花的气味,还有淡淡的汗味。

菌子一再坚持,她才回到自己的家。很好的阳光也投进房间,空气里飘荡着淡淡的灰尘,它们小而轻。菌子放下书包,给自己倒了一杯凉水,用力咽下。她在各个房间走了一圈,然后坐在茶几前,打开书包。

那日的情景清晰可辨,真的就像昨天、前天。菌子记得自己将一只鞋子脱下来,用脚将它甩向远处,而另一只鞋却好好地待在脚上。她打开书包,拿出铅笔盒——她忽然对自己的冷静和冷漠感到惊讶。我应当失魂落魄(那时她刚刚学会这个词)才对,我应当痛哭流涕(这应当是个旧词,作为一个在医院里长大的孩子,她早在认识汉字之前就知道这个词了,甚至有些见怪不怪)才对,我应当哭喊着去找妈妈才对。菌子转着手上的铅笔,她问自己,我是不是有什么问题?我的血是冷的吗?她放下铅笔,用小刀在手上划出一道小伤口,疼。

穿着一只鞋,菌子走到水杯的前面,再给自己倒上水。她就要死了,从此我就再见不到她了,她会变成一个死人,一具尸体,然后是一座坟——菌子还是痛苦不起来。她不觉得这值得伤心,也不觉得死有多可怕。

就像睡觉一样。菌子在屋子里走动,她看了看床上母亲所在的那个位置,她想从心底呼唤出点悲凉,可悲凉以及其他的情绪都被阻挡住了,被封在橡皮塞的那边,她什么也没有唤出来。只是,光着的那只脚感到了凉。

她找到了药瓶,褐色药瓶。菌子晃动着它,有一小块封蜡残留在空药瓶里,发出细细的响声。菌子将它丢在地上,想了想,又将它放回了原处。

那日的情景可以说是历历在目,就像发生在昨天,最多是前天。现在菌子回忆起,她依然能叫上那瓶药的名称、基本成分、形状、功能主治、用法用量、禁忌、注意事项和规格。就从那日开始,第一次,她感觉药有喧哗的声音,有着伸出的手。(这些,她从未和秋子提及。)

第二日凌晨,她的父母才先后回来,菌子急忙掩盖起她的辗转反侧,安静得像一只睡熟的猫。她听见母亲关门的声音,父亲似乎没有跟进去,他被关在了外面。是的,父亲被关在门外,他一动不动地在某个暗处待了很久,然后,他顺着菌子支起的耳朵,一步一步,轻轻走进菌子的房间。"睡熟"的菌子感觉,父亲在她背后躺下来,出着长长的气,吹得菌子的发根有些痒。父亲的手搭在她的肩上,他的手有很重的药味儿,缓缓弥散着,菌子觉得死亡的气息也大概如此。她一动不动。背后的父亲,压抑地抽泣了起来。

*

带着经久不散的眩晕,菌子回到家里,阳光正在慢慢散去,窗帘上的余晖红得像血。它不是一个好比喻,菌子想,也许会有更恰当的比喻,她对血缺少感觉,可窗帘上的余晖却让她心颤。

那种红,像什么呢?

秋子不在。他应当早下班了。菌子拿起手机,接通之前又飞快地挂掉,秋子手机上也许已显示了她的呼叫。将手机丢在床上,将一只鞋甩到一边,穿着另一只鞋一高一低地来到沙发前,躺下,电视从一换到四十,然后又是一、二、三、四……

"你别总是这么心不在焉好不好?"电视里有个男人在吼叫,盯着面前的女人。

女人没有抬头。她呈现了更多的疲惫。

"我是在跟你说话,听到没有!……"男人的表演过于激烈,有些傻。"我就像是跟一块木头一起生活!"他挥动手臂,将脸侧向镜头。

"你要我怎样?我还能怎样?"女人终于说话了,她的表演有着同样的假,同样的傻。

换台。心不在焉根本不是这个样子,不是。心不在焉没有这样激烈,它更柔软,却也更坚固。十三频道,新拍的《封神榜》,陷入孤家寡人的纣王正在和女娲探讨命运和道德,女娲伸出手去,她想擦掉纣王眼角的血,还是泪痕?纣王闪开了。继续换台。

天黑下来,窗外昏暗一片。房间里电视的荧光在来回闪动。菌子踩在地上,有些凉意从没穿鞋的那只脚缓缓上移。她想起,那瓶氯丙嗪还在她包里,那些药"经过伪装",被她装在一个空药瓶里——复方丹参片。

药片伸出手,它们用此起彼伏的声音召唤着。菌子用力甩甩头,声音小了,它们有些失意也有些不甘。

幻听还是幻视?菌子盯着桌前的药瓶,故意不再控制。小手有了,仔细看过去它并不存在,还是原来药瓶的样子;声音有了,支起耳朵它们也并不存在,药瓶里面没有任何响动。在精神病患者中,我应该算是较轻的类型,要自我控制,菌子想。她想,明天上班去安大夫那里问一下,自己算是哪一类型,准确的病名叫什么。她想,如果她向安大夫透露她是精神疾病患者,并在上小学时就曾有过,肯定会把安大夫吓坏,医院里很快就沸沸扬扬。菌子悄悄乐了一下,安大夫其实也属于有心理疾病的人,他总爱把芝麻大小的事情看成西瓜那么大。

在黑暗中,在闪烁的荧光前面,菌子将药瓶放倒,在桌子上转来转去,转来转去。

*

一连几天,长雀斑的于燕心神不宁,她的心被挂在了别处,上班的是一个空白的人,丢失了心和魂魄的人。

她木然地忙乱着。上午九点,一个护士前来取药,于燕将一瓶硝酸甘油当作白蛋白递了过去,叽叽喳喳的护士看也没看。九点三十分,副院长、内科王主任和护士长一起出现在药房,他们的脸全部阴得发青,阴得可怕。好在没有酿成医疗事故。

于燕被叫去院长办公室,回来时她泪水涟涟,大滴小滴地落着,菌子看得都有些心疼。她将于燕推到一个角落里:"你休息会吧。看开些,什么事都会过去的。"于燕的泪水更加汹涌,后面的泪水很快追上前面的泪水,它们连成了片。

肖副主任推开门,那时菌子正在拿药,她留给肖副主任的是一个忙碌的背影,而于燕,她在角落里,双手紧紧捂着脸上的雀斑。

他站着,在菌子背后跟了两步,然后朝于燕的方向走去。菌子视而不见地忙碌着,她用余光看见,肖副主任在距离于燕半米左右的地方停下来,他盯着于燕蜷起的身体和染成红褐色的头发。

菌子侧身从肖的身边走过,拿了一盒阿莫西林快速绕过他和她。肖回回头,似乎想找个话题,可菌子没给他机会。肖副主任那里的空气肯定稀少,他多少有些坐立不安——菌子心底泛起了一股莫名的快意。

时间在缓缓过着,于燕始终没有将头抬起,她的肩膀一动一动,终于,肖挪动他的步子,朝门口走去。

"你刚才说什么?"菌子侧过耳朵。

"我、我没说什么啊。"肖副主任的表情古怪,脸偷偷地红了,"我就是……我没说什么。"他关上门,像是在逃亡。

"菌子姐,你晚上有空吗?"于燕终于抬起她的脸,"我想,和你说说话。"她的眼泪又涌出来了。

菌子毫不犹豫:"好,有空。"

*

家里似乎没人。菌子翻出钥匙、打开门,却发现秋子静静地躺在沙发上,手里握着电视遥控器。

换鞋。挂好外衣。去卫生间洗手。从卫生间出来,路过客厅时秋子叫住了她。"怎么回来这么晚?"

"有点事儿。"

"什么事儿?"秋子的语调有点逼人,包含着沙子,"你不会给我打个电话、发条短信?"

"电话你可以打啊,短信你可以发啊。"菌子使用同样逼人的语调,她径自走回了卧室。

"你是说昨晚吧。"秋子跟进来,遥控器还握在手里,"昨晚来了个客户,喝酒喝到挺晚,他还吵着闹着要打牌,吹嘘自己是牌林高手。客户提出的条件只能尽量满足啊,我和乔主任、司机小刘就陪他打牌了。散的时候已经凌晨三点,我们三个就都没回家,跟客户在宾馆睡的。"

"我没问你昨天的事儿,你不用急着解释。"菌子躺下来,头枕在自己手臂上。

秋子也在一侧躺下来,他的手放在菌子腰上。"我以为你晚饭会回来吃,就熬了一大锅粥。现在应当还热。"

菌子的鼻孔哼了一声。她没动,任凭秋子的手在那里放着。

"你在想什么?"过了几分钟,秋子问,他的手开始移动,探向菌子的乳房。

"没想什么。"

秋子听出菌子的冷。他的手停住动作,有些僵。菌子能清晰听见秋子的喘息。过了一会儿,僵着的手在缓缓复苏,一根手指,一根手指,一根手指。复苏的手指对菌子来说是陌生的,当然,躺着的菌子也是陌生的,她并不在场。

她想着的是,于燕的事儿。今天晚上,那个心直口快的泪人儿。某个间隙,她还想了一下昨晚带回的那瓶药,伪装的,复方丹参片。她想,我将它藏在哪了?

……

*

菌子拿过手机,那时,天刚刚有点泛白,厚窗帘遮住外面,外面显得非常静寂,只是一只蛐蛐的叫声时隐时现,它孤单,无精打采。短信是于燕发过来的。

"菌子姐,你醒了没有?想和你说说话。"

"我醒了。说吧。"

"我一夜没睡,睡不着,越想睡却越清醒。我知道什么是地狱了。"

"傻孩子。"菌子对着手机笑了笑,这个于燕,真善于夸张,"地狱肯定不是你想象的样子,你也永远进不了地狱。别想这些,忘掉它吧。"菌子先选择的"忘掉他吧",后来,在将信息发出之前,她将"他"改成了"它"。

"咱们的药房里怎么没有叫人遗忘的药?我想要。"

秋子的身体翻过来,他醒了。"这么早给谁发信息?"他用一只手支起身体,他的身体宽厚健壮,挡住一些微微的光线。

"是于燕。"菌子将她的信息发出去。

"于燕?"秋子朝菌子的怀里探出了头,他似乎有些狐疑,"哪个于燕?"

"我的同事,来过咱们家。"菌子挪开手机,继续看她的回复,"你能不认识她?"

于燕的短信又来了。"菌子姐,我被压得呼吸艰难。我没有能力应付它。我感到绝望。"

秋子的手搭在菌子的胸上,有力气的手。可他的眼睛却悄悄盯着菌子的手机,因为光线昏暗,秋子的眼睛看上去有点灰。

"于燕,我又开始妒忌了,因为你还有机会说绝望。其实这只是一个阶段,它只说明你年轻,有这个资本。真正的绝望其实是,"菡子停下来,想了想,把手机屏幕挪到秋子能看清的位置,"真正的绝望其实是,你想不出希望也想不出绝望,它们都没有,只剩下日子,日子。周而复始。"她写完,用自己的眼睛去寻找秋子的眼。发现她在看他,秋子将眼睛垂下来,他的头靠近了菡子的胸。

餐桌上,菡子向秋子提及了于燕,她说的是于燕心不在焉而造成的事故,一贯严厉的院长肯定狠狠训斥了于燕,当班的护士甚至护士长肯定都受到牵连。"她也太粗心了,医疗事故可不是闹着玩的。"秋子喝下一口粥,"不过就因为这个,哼哼,这个于燕心也太小了,拿不起也放不下。"

短信又来了。"我抵御不了自己的崩溃。我脑子里全是他,全是怨恨。"

秋子用筷子点着餐桌:"什么人都允许犯错误,唯独对医生来说,不能犯。你拿错药了,开错药了,就可能造成一个人没了,死了。这个错还纠正不了。"看得出秋子为自己的话感到得意,他一定觉得自己特深刻,"你说是不是这样?"

"是人就会犯错误。"菡子将短信发出,"好在于燕的错误没酿成事故。病人和家属都没意识到出问题。要是让他们知道了,还不把于燕吃了。医院也会因此损失几十万。那是个癌症患者,知道了肯定不依不饶。"

"你是站在医院的立场看问题的,要是站在患者角度——"秋子的电话响了,响得急切而热烈,它打断了秋子的话。秋子拿起电话,铃声却停止了,手机在他手上仿佛一块有点烫手的铁。秋子站起来。他若无其事,朝卧室的方向走去。

电话又响了。"快使用双截棍哼哼哈嘿。"这个彩铃和秋子很不相称,也不知他什么时候换的。"嗯嗯,我在吃饭,在家里。"秋子将声音压低,他朝菡子的方向瞄了几眼,"回头到我公司去谈。好的好的。嗯嗯,一定。"

挂断电话,秋子仔细地按动手机上的键,然后回到餐桌前。"一个客户。"秋子将煎鸡蛋塞进自己嘴里。

"她姓蒋还是姓汪?"

"你说什么?"秋子用力咽下,"你说什么?我听不明白。"他的声音含混。

"我也不明白。"菡子将面前的煎蛋分成四块,她的动作缓慢、优雅,"你那么急匆匆地删除号码干什么?我没兴趣。"

*

菡子接到父亲打来的电话,说她表哥来了,如果她不忙,最好回趟家。"我正在上班呢,离不开。"菡子奔忙于药瓶与药瓶之间,她将药单上的药一一取下来,"哪个表哥?哪来的表哥?"

父亲在那端吞吞吐吐,随即声音换了,看来是那个自称表哥的人接过了电话:"我是你姨家表哥啊。忘了吗?哈,姨夫不好意思说,我告诉你吧,我是那个有神经病的表哥,记起来没?我的眼前总出现小人儿、小狗、猫啊什么的。"

菡子早记起来了,只是她不知道说什么好,对这个表哥。"你来……住几天吧。"菡子的话音半吞半吐,她说得有些勉强。住几天,得给父亲找多少麻烦啊,父亲料理自己的生活就够困难了。她很怕这个表哥说,我要住,还真得住几天。

表哥在那端没说住与不住的问题,他只是反复强调,想找表妹买几支杜冷丁。"你姨早不行了,一会儿不用药就喊,可这药人家医生不给多开,说什么也不行。表妹你在医院里,应当有门路。我又不是吸毒。"那端停了停,电话里传过一声尖锐的声响,就像刀子划过玻璃,"表妹别为难,不行就算了。"

窗口处,一张黝黑而丑陋的脸伸过来,他用那只带着黄金戒指的手敲着玻璃:"你有完没完?快点快点!让我等多长时间了!"

菌子说,表哥中午再说,我回家陪你吃饭,现在我太忙,便匆匆挂掉电话。她将手中的药丢在窗口前,丑陋的黑脸伸出手将药收拢,骂骂咧咧地走了。"真是,什么人都有。"菌子说。可在她左侧的于燕没有附和,于燕正在专心致志地发着信息。菌子发现,手机上小玉猪的手机链没有了,代之的是奥运福娃。它能说明什么?菌子看着于燕消瘦的脸,她的眼睛倒是变大了。

一个间歇,于燕坐下来,眼睛死死盯着窗外,那里,两株美人蕉紧紧依偎,只是它们的花已经开败,低下头来,仿若一堆彩色的泥。"菌子姐,你说咱们这样周而复始,天天如此,有意思吗?"于燕的口气里透着几分幽怨,这个缺心少肺的孩子长大了。菌子忽而有些心疼。

"都是这样过的,谁不在周而复始?"菌子倒了杯水递到于燕手上,"我建议你歇班时找几个朋友出去散散心、爬爬山,回来就好了。"

"要是像你就好了,工作稳定,家庭稳定,什么事也不用多想,看你多幸福。"于燕拉着菌子的手,轻轻握了握。"我有什么幸福的,"菌子抽出她的手,"谁的经都难念。至少,你还可以重新选择,可以把话说出来。"菌子盯着于燕的眼,"别把自己打扮得像一个怨妇似的,没什么大不了的。哼,那天看你哭,我都有些嫉妒,像我这个年龄当着别人的面哭的权利早没有了！苦也没处说！"

于燕笑了,她搂住菡子的脖子："你真是个好姐姐。"

短信。是秋子发的,他说有应酬,一个上海浦东的客户,中午不回家吃饭。交代完这些,秋子加了一句："爱你,老婆。"菡子的鼻孔哼了一声,她发过去："正好,表哥来了,我也不回家。"短信在发出的过程中菡子就合上了手机。

"又卿卿我我了吧?"

"唉,此地无银三百两。"菡子将药单上的药递出窗口,"我姨家表哥来了,找我买几支杜冷丁。"菡子很想说话,"他是那种精神病患者,好在不伤人。上学时我这个表哥就表现怪异,有时上着上着课,他突然莫名其妙地笑起来,老师问他笑什么? 他说他看见一只猫和狗打架,猫抓破狗的鼻子,狗用一只前爪捂着鼻子,用另一只前爪继续和猫打。可别人谁也没看到猫和狗! 我这个表哥经常闹笑话!"

"他买杜冷丁干什么? 是不是,又是幻听幻视啊?"

菡子低下头,她的手机上有两条秋子的短信。"哪个表哥?""哪个表哥?"同样的短信他发出两遍。菡子回复:姨家的,你没见过。是的,菡子从未向秋子提及过这个表哥,一次也没有。

发完短信,菡子恍然察觉她还没回答于燕,"谁知道呢,中午吃饭时再说,看他是不是还有幻听幻视的症状。"菡子望着窗外,有几个男人提着花花绿绿的礼品盒走进医院,他们有说有笑,其中一个人还朝药房的方向看了两眼。"他也怪可怜的,人挺老实,却因为这个病一直没娶到老婆。我姨急得,她说话从来没有别的事儿,就是给表哥找对象,主题倒是集中。"

"也许,嫁这样的男人挺好的,"于燕笑得略显夸张,"至少挺好玩的,能和他一起看小猫小狗。"

短信。"晚餐咱们请表哥,时间地点你定。"

"要是哪一天,你表哥出现幻视,将面前的人看成是排骨,拿刀剁了下锅——那可就惨了,就不好玩了。"于燕吐了吐舌头。她倒是晴得也快。

"中午,我把安大夫叫去,理论总得和实践相结合嘛。"菌子的脸上也阳光灿烂起来。

*

晚饭之后,菌子坐在沙发那里刚看了两眼电视,秋子的手机便响起来。他压低了声音。菌子调大音量,从十到四十,频道被她换来换去,秋子从卧室里出来的时候,她还在飞快地换台。

"祥子叫我去打牌。"秋子说。他直直地站在那里。

菌子没有任何表示,她专心致志地盯着一则皮炎的广告,然后是皇帝脚下一片大臣,张国立所扮演的皇帝正在发火。

秋子直了一会儿,然后转身,换下鞋:"三缺一,不去也不合适。"

"我说不让你去了吗?"菌子说,她的手用力按了一下电视遥控,电视上,此时播放的是选秀节目,"哇哇"一片,菌子再次换到另一个台。秋子出去了。

天色暗下来,电视里闪动的荧光有些寒意。菌子打开客厅的灯,几秒钟后,她关掉了电视和刚刚打开的灯。她在床上躺下,四周的黑暗迅速聚拢,她猜测,此刻,卧室里她的眼睛,睁着的眼睛一定也发着类似电视屏幕发出的荧光。"像一个鬼魂。"她悄悄地笑了。

睡不着,当然睡不着,她也没想那么早就睡,眼睛睁着,看着头顶上的黑暗。黑暗有了越来越多的丰富,容下她太多的胡思乱想,那些胡思乱想里带着强烈的酸、甜、苦、辣。她的眼球也连接着味蕾。

不知过去了多少时间。时间有时是黏滞的,让你在里面左冲右突也走不上几个格,而有时又迅速得像骑在顺风中的单车。菌子想,我现在的时间大约属于黏滞的那种,总有那么多那么多,她坐起来,打开灯。

书柜里只有稀稀落落的几本书,它们也相应显得溃败、无精打采。菌子随手拿起一本《菜根谭》,看了两眼便将它放回去。菌子记得买这本书时她正上大学,一个男生向她反复推荐这本书如何如何,她便去书店买了,买了就买了,一直都没看。这本书,也许一辈子都不会看完。将书放回时菌子看见书的扉页上有一块莫名的污渍,它是什么时候出现的怎么出现的菌子竟然了无印象。《医药学》《医药与临床》《海蒂性学报告》,还有秋子的书,《实用化工》《化工辞典》《厚黑学》《商用三十六计》《财富的秘密》……一本金庸的《倚天屠龙记》,只是下册,还有一本被撕掉书皮的书,菌子拿起它。

"因此我省下鸡蛋,昨天烤了些蛋糕,蛋糕烤得还蛮像样呢。我们养的鸡真帮忙。它们是生蛋的好手,虽然在闹老鼠和别的灾害之后我们已经所剩不多了。还闹蛇呢,夏天就闹。蛇糟践起鸡窝来比什么都快。因此,在养鸡的成本大大超过了塔尔先生的设想之后,在我向他担保鸡蛋的产量肯定会把费用弥补回来之后,我就得格外上心了,因为这是我做了最后保证之后我们才决定养的……"

菌子合上书。突然,有一些碎片从这本被撕掉书皮的书中掉下来。菌子将它们捡起,拿在手上,它们是干萎的玫瑰花瓣。是的,没错,它们是玫瑰。菌子将它们又一片一片地放回到书页中去,她对自己的冷漠感到惊讶。"我的血管里,流动的曾经是冰"——这是谁的诗句?是洛夫、北岛、席慕蓉,还是大学时,那个脸上长满痘痘的男生?菌子将她的右手搭在左臂上,她感觉着脉搏的跳动。她想摸出,其中隐藏的冰凌。

  *

  那一夜菌子重新做起她被封在药瓶里的梦。她依然被丢在某个闹市,那里人们步履匆匆,人来人往。蜷在药瓶里的菌子像一个未出生的婴儿,她赤裸着,用身体来遮挡另一部分的身体。人群在她的周围形成涡流,她在涡流里起伏、摇摆,如同被丢弃的不倒翁。突然一个人的脚踢到了她的腰。她知道她和那只脚之间隔着玻璃,但这不影响她那么感觉——那个人的脚硬硬地踢在她的腰上。

  本来,她那么麻木,可这只脚的出现却点燃了她的怒火,那股怒火如同落在了汽油瓶上——在梦中,菌子的愤怒立刻塞满了药瓶,让她呼吸变得极为不畅,让她眼前的一切都在模糊……被封闭的菌子大叫起来,她用尽全身的力气。在梦中,菌子能清晰看见自己那张扭曲的脸……

  "你怎么啦?"秋子推醒了她。不知他什么时候回来的。恍惚中,菌子感觉秋子的手臂就像电影《异形》中某只怪兽的腿。这条腿,陌生、丑陋、多毛,带着气味的腿又向她伸过来。"去,一边去!"菌子猛地推开秋子,"你给我躲开!"

  "你到底怎么啦?"秋子打开床头的灯。他一脸疑惑。

  "我叫你离我远一点!"怒火还在燃烧,被叫醒的菌子仍然在其中沉浸,她的胸口堵着一块巨大的石头,让她无比委屈。委屈,委屈来得似乎没有来由,却来了,并且无边无沿。

  "是做噩梦了吧?"秋子关掉床头灯。他的话语有些冷。

此刻,菌子最受不得这个。火焰将她胸口的石头烧红了,那块石头压不住火。你凭什么这样对我?你凭什么这样对我?凭什么?有个声音越来越显得强烈,它几乎要变成轰鸣,几乎让菌子的身体也跟着颤抖起来:"我叫你离我远点!听见没有?!"

"你这是干吗?谁惹你啦?有病啊!"秋子坐起来,他的话语不仅仅是冷了,"不睡觉折腾什么?"

菌子的脚重重地伸过去。她有一肚子的苦水,它们被积攒下来,被隐藏着,被她盖上盖子。但此刻,那个瓶子碎了。

*

菌子敲开安大夫的门,他和一个年龄不大的女孩坐着,两个人的距离很近。见到菌子进来,那个女孩欠了欠身子,她略显得有些羞涩、不安。

"有病人啊?"菌子将"病人"咬得很重,那个女孩的羞涩又增加了几分。

"是菌子啊,有事吗?"安大夫拿出了热情,"我给你倒杯水。"

菌子挥挥手:"我是来找秦大夫的,给我父亲拿点药。我以为他在你这儿。"菌子撒了个小谎。

"他没来,一上午都没来。今天没他的班吧?"

……

楼道昏暗,而窗口阳光却灿烂得一塌糊涂,它让菌子感觉自己似乎是置身于某部香港影片里面。那是一部鬼片,幽灵会突然地附身于某个病人或者护士的身上。医院的楼道和影片里面一样寂静,接着,脚步纷乱,一群人急匆匆地从拐角处出现了。

那群人神情凝重。他们推着一架平车,平车上躺着一个中年男人,他的脸上和身上没有伤痕,而脸色蜡黄,眼窝里则充盈着深深的灰。和那群人擦肩而过,菌子对自己说,那个男人已经死了,他现在只是碳水化合物,或者说是一堆聚在一起的器官。她又想起那部香港电影,在电影里,平车上的男人将会被送到太平间,晚上他会突然复活,并长出两根尖利的獠牙。问题是,这个男人会不会？他看上去应当不是一个坏人。

　　那群人走得匆匆,其中一个穿深蓝格衬衣的男人肩膀还碰到了她的乳房。菌子回头,那个男人已经走过去,她见的只是背影。在后边,有两个女人远远跟着,她们窃窃私语,并不显得悲痛,却分别长出了悲凄的脸。她们也许只会有这样的命运,菌子想。她用力甩甩头,我怎么这么恶毒。

　　经过向下的楼梯,晕眩如影相随,菌子有点恍惚,她似乎真的走进了那部鬼片里面,虽然没有丝毫的害怕。她只是想知道故事会如何继续下去,现在她介入了,成了其中的人物,那故事的发展只得改变,它有了另一种可能。

　　菌子真的很想知道,在她介入之后,电影中发生于医院内的鬼故事该如何来继续。说实话,她不怕死亡,一点都不怕,从小就不怕。在医院里长大的孩子,实在见惯了各种各样的死亡,它不用比喻,就是死,就是那个样子。

　　走下最后一级台阶,手机响了,是信息提示音。她打开手机,它显示有四条短信:于燕的,刘副院长的,但没有秋子的。怒气又开始充满,将她当成是一个氢气球,她的眼前出现了噼噼啪啪的火花。此刻,必须要躲开能将气球扎破的针,必须！菌子唱起歌来。她劝慰着自己:我没有生气的理由,真的,我怎么啦,必须克制情绪。没什么大不了的,我可以充当自己的医生,进行心理调节。这些年不就是这么过来的嘛。可是、可是,我积攒下太多的委屈怨恨,他总以为我一无所知,我每天都在过那种自欺欺人的生活,凭什么啊,凭什么啊,我还只是指桑骂槐,凭什么啊……

"你怎么才回来?"肖副主任将她堵在门口,他挂着一张行政脸,"你应当知道自己工作的重要性,你晚来他晚来,咱们医院还能办下去吗?菌子姐我可是为你好……"

菌子的眼在抖动,鼻子在抖动,她想我不能发作我不能发作可我忍不住了,凭什么啊,凭什么啊,难道是只狗都能咬我两口?凭什么啊凭什么啊……

  *

冷战进行时。

锅锅盆盆,噼噼啪啪,还有相互的冷脸。他们相互不看对方,忽视对方的存在,仿佛床的那边是空气,椅子那边是空气,碗的那边是空气——尽管如此,空气也没多出来,反而显得更少了。菌子不得不粗粗地喘气,秋子支着他的两只脚,装作什么也没听见。

于燕的短信少了,她两天没来上班,病假。菌子发过短信去,直到下午才有一条简短的信息,谢谢菌子姐,我没事。看着短信,菌子突然生出许多的空落。

冷战进行中,她不止一次地想到死。死去。去死。这样的念头变得越来越强烈,她无法挣脱,在她身体里,有横横竖竖的十几条橡皮筋连着这个念头,它几乎就是如影随形。

对此，菌子没有恐惧，她就像一个完完全全的旁观者，没有痛感，什么也没有。她觉得，死亡和她有一种特别的亲和力，就像她在上小学和初中的那些年。

那些年，她会呆呆地坐着突然想到死，想象自己吞下比母亲多得多的药片，被人发现时她已经四肢冰凉。她想象自己被平车推进太平间，门在背后重重地关上，将她关在黑暗里。她能听见关门声，这让她觉得奇怪。那时她常对自己说命该如此，命该如此。这是她母亲常说的话，说完这些，黯然的母亲要么痛哭一场，要么歇斯底里地发作。她不害怕死去，但一直害怕自己的母亲。后来她才理解，母亲有太多的不甘，她属于那种心比天高却命比纸薄的人。

那些年，她时常会有灵魂出壳的感觉，灵魂悬在一个并不算高的高处，向下看着她自己，看着她的一举一动，完全是种旁观。因为灵魂不在身体里，那个她便是一副痴痴呆呆的样子，父亲可没少叹气，而母亲的处理办法则是用鞋、毛巾或者能随手拿到的东西打她，一边打一边骂，自己怎么生了这样一个孩子，一点都不像自己。

事实上，她和母亲很像很像，就连她厌恶的那些都像。

那些年，她收藏了许许多多奇怪的药片，有些药的药性她熟悉，而一些根本叫不上名字。它们大大小小地排着，散发出诱人的气息。大约每个星期天菌子都会偷偷"检阅"一下自己的收藏，为它们的增加而兴奋。在"检阅"中，药片们变得不安分起来，它们伸着小手，诱惑着菌子。偶尔，菌子真的会拿起某个药片用舌头舔一下，或者慢慢将它咽下。菌子的心急促地跳起来，她以为慢慢会有怎样的反应，她可能会因此死去，可结果却是什么也没发生。她还是她，还待在医院后面的那个家里，跟踪父亲行踪的母亲也应当快回来了。

停止收藏药片时她升入了高中,离家住校,父母将她的房子重新改造了一下,两木箱药片不知去向。菌子对药片的迷恋也终止了,她遏制住自己,不再去想药片、药片的小手、死亡。上高中时菌子悄悄地喜欢上一个人,她和于燕还提起过,那时她要尽力表现正常些,必须不带半点的病态。她对于燕提及那场无疾而终的爱情,就算是爱情吧,现在想起来觉得很傻。味道已经全无。

后来是这个秋子。和她进行着冷战的秋子,他堵在眼睛里,让菌子感觉不适,不止一次,菌子用余光瞧着秋子木木的表情,想象用一把刀如何刺穿他的喉管,或者将他丢在一口大锅里煮熟。这样想并没有效果,有股气还在她胸口积压着,并一点点压紧,让她喘不过气来。她决定,去父亲家里住几天。"如果不能永久逃避,那么暂时也好／我就要求这片刻／把积在鞋子里的沙砾倒掉"——这是谁的诗?管他是谁的呢,已经十几年不再看诗了,诗什么诗啊。

路上,菌子收到于燕的一个短信:"我以为自己找到了天堂,当大门关起,却是在地狱里。"菌子笑了笑,合上手机。她没有回复于燕的短信。她悄悄按了按藏在衣兜里的药瓶。复方丹参片,不,不是,这属于假象,里面是什么药她自己知道。

*

于燕自杀了,刚刚得到消息时菌子认定它是个玩笑,不可能,绝不可能。于燕,怎么会?向她传递消息的人被她的表情吓住了,变得不自信起来。"应当……没错。于燕,不就是和你同在药房的那个……我倒是没见到她死。应当没弄错吧,好多人都这么说……"

菌子给安大夫打过电话,给办公室的刘姐打过电话。于燕,真的自杀了。她有了两个月的身孕。

她怎么会自杀呢？菌子耳朵里满是于燕的声音，它被渐渐放大，菌子的耳朵盛不下了，于燕的声音涌出来，在墙壁和药瓶之间来回碰撞。

她怎么会自杀呢？

"失恋啊，你不知道？她让一个男人给搞大了肚子。掩盖不了了，又想不出别的法，就自杀了呗。"办公室的刘姐一脸不屑，"你没看出她的反常？我可听说，她有好长一段时间都……心神不宁。那个男人被抓起来了，据说还骗了小于不少的钱。"刘姐挺了挺她的肚子，"现在的男人，哼，没有一个好东西。"

菌子没有搭话。她走神了，走出了很远。刘姐用手指捅一下菌子的腰，压低声音："你真的什么都不知道？哼，我对桌的那个傻种还在打这个于燕的主意呢，要不他怎么跑你们这里那么勤。"

"有吗？"菌子说。刘姐说："我真的想不到于燕会自杀。她们这些孩子，来得快去得也快，可懂得疼自己呢。"顿了顿，菌子幽幽地说："她倒是表达过死的念头，可我没在意。我想她只是说说，就是我自杀了她也不会，可是。"

"你可别这么说，"刘姐环顾一下四周，"她父母来了，天天来医院闹。你这样说，让他们知道了肯定说你见死不救，那你的麻烦就大了。唉，最怕遇见这样的人。我天天给他们做工作，嘴皮子都磨薄了。你别说，还真的是薄了！"

……

一个药盒，毫无缘由地从药架上翻滚下来，摔在地上，发出玻璃那样的脆响。它里面的药瓶也许碎了。

"怎么回事？"刘姐的脸色略显苍白，"不是没人动它么？怎么回事?"菌子看看刘姐紧张的胖脸:"没事,也许是我碰到了药架。"她朝着药盒的方向走过去,药瓶的确碎了。

刘姐还在不安:"我就觉得你们药房有点不对劲,刚来的时候就觉得脖子后面发冷。"她再次压低声音,"人家说自杀的鬼魂阎王不收,她没处去啊。"

"她要是在这儿,"菌子环顾一下四周,阳光强烈地透入窗子,给人一种发黏的感觉,"她要是在这儿,我待闷了和她说说话倒也不错。"

菌子扫过刘姐的脸,刘姐的面色变得更为苍白,眼睛里透出一些惊惧来。"所谓鬼魂,都是人用来吓人的。"菌子说。

*

秋子没在家,房间里依然保留着冷战后的气息,床头的烟灰缸里塞满歪歪斜斜的烟头,卧室里却没有多少烟味儿。菌子瞧着烟缸,端起来,又放回原处。

黄昏的余晖在一点点地散着,它们像松鼠尾巴上的毛,被夕阳抽走。窗棂的颜色缓缓变淡、变暗。秋子还没有回来,房间里却有着残存的冷。那股冷中,带有淡淡的香水气息。

是的,香水的气息!它没有躲过菌子的鼻子。

菌子猛地坐起来,用力,香水的味道似乎没了,它们似乎并不存在。可菌子一定要找到。她俯下身子,一点一点嗅着床上的枕巾、被子、床单……

秋子回来得很晚。打开灯,直直躺在床上的菌子让他吓了一跳,看得出,他对菌子的归来有些意外。他为什么意外?

秋子晃来晃去,看得出,他有意在等菌子的表示,在等冷战的结束——可菌子偏不。她的眼睛向上,圆圆地睁着,却目中无人,根本不理会秋子的晃来晃去。

"你们单位的,于燕死了。自杀。"秋子脱掉一只拖鞋,他将屁股和一只脚放在床上,床垫陷下一些,菌子感觉到。"你不问我是怎么知道这个消息的?"秋子继续这个话题,他卖了一个关子,"你们办公室的一个胖女人,领着于燕的父母找过我,说是了解情况,问你在家不。我说大概要过几天才回来。于燕的母亲可能是个厉害角色,她一直在不停地说,说。"

菌子依然木木的,她还是那副表情。

秋子脱掉另一只鞋。整个屁股乃至身体的全部力量都压在床上,床垫陷得更深了。"听说,于燕还怀着个孩子,她不是还没结婚吗? 两条人命啊。"

"以后你不许将她带回家来。"菌子终于说话了,她的语气里包含着碎冰、沙子和灰尘。她给秋子一个后背。

"你说什么?"

"……"

"你说什么?"见菌子没有回应,秋子只得又追问了一句。

"我说什么你自己清楚。把话说明白了还有意思吗?"还是那样冷,那样充满了沙子、灰尘和碎冰。或者是更冷,更多的冰和沙子。

"你这话什么意思?"秋子的屁股颤了颤,"你还是把话说明白吧。你是说,我外面有女人?"

"你觉得我是这个意思? 当然你做的事自己最清楚。"

"我清楚什么? 我清楚……你和你母亲一样疑神疑鬼。你说,你说明白了。刚进家,我本来……你一天天就没个好脸色,大家都堵心你就会高兴？有意思吗？"

菌子转过身,和秋子坐得一样高,她盯着秋子的眼睛,"我添堵,是吗？没意思是吗？我天天都被堵着天天都觉得没意思,我才堵你几天呢？秋子,别和我说谎,你的心思一动我就知道,你想做什么、你做了什么。"

沉默。秋子用力咽下一口唾液:"你、你的瞎猜疑没有道理。我承认有时撒点小谎,那都是些小事儿,为的是不让你生气。算是……怎么说呢？善意的谎言吧。"

"那我,还得谢谢你的善意了？"

……

*

大街上。三三两两擦肩而过的人。菌子感觉,大脑的某处是一个空空的容器,现在它装下了喧闹和晕眩。她那么外在于这条街道,这些人,这一切,就像一个幽灵。于燕,假如真有什么灵魂存在的话,大概就是这个样子。她能看见这个世界里一切一切的发生,却是被隔开的,任何的事件都不再参与。菌子想象着于燕死去时的样子。两年前,她曾经见过一个服用氯丙嗪自杀的中年女人,脸色白得阴冷,眼眶则是青灰色的,鼻孔里粘着一些硬硬的血迹。于燕的死也许就是这样,当然也可能不是,她不光服用了氯丙嗪还服下大量的舒乐安定。药房工作,给她的自杀带来便利。她竟然真的死了。

河边,菌子向下看了几眼,黑黑的河水流动得缓慢,上面被一层雾气和酸酸的气味笼罩着。向下看时,菌子大脑里那个容器出现倾斜,似乎有液体洒出来了。菌子的胃翻江倒海,却在喉咙处被卡住了。在菌子大脑的另一个区域,浮现的是一具被水淹死的男尸,送达医院时已经死亡。这是前几天刚刚发生的,菌子能记得那个男人的脸,包括他妻子的脸。菌子想如果被淹死,也应当算是一种不错的死法,只是要有个鼓胀的肚子。

天黑了,人少了,几个满身灰尘的人说说笑笑地走过去,其中一个大约四十多岁的男人还回过头来,狠狠打量了她几眼,眼神有些异样。他甚至停顿了一下自己的脚步。菌子的速度没有放慢,她朝前走着。那个男人追上他脏兮兮的队伍,压低声音说着什么,那些人发出哄笑,歪歪斜斜地走上另一条路。

"我到哪儿了?"菌子有些惊讶,自己怎么会在这个地方出现,周围已经异常陌生,需要仔细辨认,"我怎么走到这里来了呢?"

*

菌子见到了于燕的父母,他们找到了她。于燕的母亲重重坐在椅子上,而于燕的父亲,则将椅子向角落处挪了挪,他掏出烟来,又颤抖着手放回去。

"你应当知道我来找你的原因,你说吧。"于燕的母亲带着一股凌人盛气,菌子感觉这其中包含太多的伪装,她的盛气是伪装出来的,一捅便会破碎,她大约属于那种没见过世面的女人。

菌子倒了一杯水。她缓慢地喝着,然后,她又倒了一杯,将盛满水的纸杯递到于燕父亲的手上:"喝吧。这些天你们也累了。"

那就说吧。菌子从和于燕在同一办公室讲起,讲药房里的接触,讲于燕的男友(她母亲扭过半边身子,昂着脸,用鼻孔重重地哼哼)。讲于燕和男友分手(于燕母亲站起来插话。她的样子在菌子看来很像自己母亲歇斯底里时的样子,但母亲没有她那么多的判断,没有那么多的唾沫。相较而言,菡子觉得自己的母亲还是优雅些的,即使在歇斯底里的状态下),讲于燕手机链的更换(这时于燕母亲回过身去,问身边的那个男人,你没忘了手机吧?收起来了?卡里还有没有钱?没试试能不能打出去?)讲于燕和自己两次长长的聊天。谈到这些时,菡子有意无意做了一些夸张,她把自己渲染成于燕最要好的朋友,两人无话不谈。

"如果不是我去父亲那里,如果不是我感冒了心情不好,我肯定会和于燕再好好谈谈的,她也许就不会……"

似乎是为了证明自己和于燕真的无话不谈,菡子谈起自己小时候对药片的迷恋、对死亡的迷恋,她说自己的这些事只有于燕知道,自己的父母、丈夫、同学,包括同事,都不曾听她提起过,"我那属于一种较轻微的精神病症,在上高中时我就给自己当医生,为自己调节。要不是调节得好,现在我要么在精神病院里,要么早就自杀了。你们家于燕,就缺少这种调节能力。"

于燕母亲的呼吸越来越粗重:"你跟她说这个干吗?你跟她说死啊活的干吗?"她的脸上垂下一条伸缩着的鼻涕,"我女儿是被你害死的,你引她走上绝路……你赔、你赔我女儿!"

菡子没有挣扎。她只是觉得自己大脑里有个小容器晃动起来,一前一后,一仰一合,发出咣咣当当的声响。"我为什么跟她说这些?"菡子无比懊悔,自己到底是怎么啦?

一直沉默的男人走过来,举起手,也许是手里的什么物体,在菡子的头上重重一击。菡子啊了一声,她的眼泪很不争气地涌出来……

*

三天后,菌子刚进药房不久便接到办公室刘姐的电话,电话那端,刘姐显出了热情和关切,在菌子听来,那热情和关切的里面分明包藏着幸灾乐祸。"我一会去药房,跟你说说话。"

菌子将药从窗口递出去:"不行啊,我现在忙死了,拿药的人跟赶庙会一样。下午吧。"菌子挂掉电话。脑维路通、阿司匹林、复方丹参片、皮炎平软膏、诺氟沙星胶囊、莲蒲双清片,当药单上出现"复方丹参片"时,菌子的身体震了一下,她想起被自己藏匿的那瓶药,鬼使神差,她的手没有伸向复方丹参片,而是将一瓶氯丙嗪递了出去。好在,拿药的女孩是一个细心的人,而且她父亲住院的时间不短,她早已经熟悉那些药了。菌子被自己吓出了冷汗。

人没有菌子在电话里形容得那么多,很快便稀疏下来,空旷下来。阳光和时间都那样凝滞着,菌子坐在窗口,看在医院里进进出出形形色色的人,就像看一场电影。对菌子来说,这是一场周而复始、永不散场、有些乏味的泡沫剧,她不想再看。

氨氯地平、西洛地唑、普瑞巴林、河豚毒素、六甲密铵片,注射用盐酸柔红霉素、博莱霉素、注射用盐酸多柔比星、头孢曲松钠、百癣夏塔热胶囊、恩博克……

她在药架之间缓缓走动,她身上药的气息越来越重,她是一瓶能够行走的药。似乎是这样。菌子的手指划过那些药品的包装盒,就如同滑过——突然,她听见于燕的叹息,随后,是于燕很具特色的笑,哧哧哧哧……

菌子的身体凉了一下,一股阴冷的风钻入她的体内,她飞快转身,而身后只有药架、药品、空气、阳光和微尘,并没有于燕。于燕的笑声是错觉,这个错觉潜藏在她身体内部,被她偶然释放出来。

她怎么会死呢? 菌子想,这个孩子,她其实可以好好活的。可是,什么算是好好活呢? 像自己这样吗……

下午两点,刘姐准时地来到药房,她将自己的肚腩放在椅子上,向菌子的方向欠了欠身:"怎么样,好点了吧? 不是我说你,你怎么什么话也和别人说呢? ……"她压低声音并四下张望了几眼:"以后千万要说话小心。也就是你刘姐,现在医院正在改组你又不是不知道,上午还有人反映说你有精神病史如何如何……你说你是真的有吗? 平时不是好好的吗? 你不说谁知道? ……"刘姐嘴角挂着唾液的泡沫,她眼中有一种特别的光。

菌子盯着窗外,楼道里那样寂静,光都死死地不动,没有人来也没有人走。她做出一副认真听着的样子,然而她的心在别处,她走进一片浑浊之中,走得很远很远。

她在想那天的发生。她在想她和于燕的两次推心置腹,两个人似乎是什么都摊开了、说出了,可是于燕却从未跟她提及自己已经怀孕,而菌子,也有许多没有真正和于燕说出的。两个人的推心置腹都是有回避的,她以为了解于燕的全部,其实不是,不是。女人的心,也许永远都不会处在完全敞开的状态,总有太多的不能诉说。

"你怎么啦?"刘姐显出惊讶的神色,"你、你可别吓我,你不会真的、真的是……"

菌子笑了笑,她用力擦去脸上的泪水:"没事,你放心,我只是觉得,有点委屈。"

"我说你是受了委屈是不是? 对了,你要提防那个肖,他可是一个总想踩着别人往上爬的主儿,要是别人再问你什么精神病史的事,可千万别承认!""你就说是有人造谣!就说有人想将你从药房挤走,好安排他的亲戚!你知道不?那个肖,他有个什么表妹从卫校毕业了,狗屁不会,找不到工作,他正在求院长呢!可别让他得手!这个活太监,什么好处都是他的……"

菌子笑着。她盯着刘姐的脸,泪水还是止不住,又流下来。

*

氯丙嗪:

[别名]冬眠灵、氯普马嗪、可乐静

[性状]为白色或乳白色结晶性粉末;有微臭,味极苦;有引湿性,遇光渐变色;水溶液呈酸性反应。

[作用与用途]本品为吩噻嗪类之代表药物,为中枢多巴胺受体的阻断剂,具有多种药理活性。

(1)抗精神病作用

(2)镇吐作用

(3)降温作用

(4)增强催眠、麻醉、镇静药的作用

[用法和用量]

(1)口服

(2)肌肉或静脉注射

(3)治疗心力衰竭

……

盐酸氯丙嗪

[别名]盐酸冬眠灵、氯硫二苯胺、盐酸氯普马嗪

[性状]白色或乳白色结晶性粉末;有微臭,味极苦。

[作用与用途]为强安定药,用于治疗精神分裂症,躁狂症,顽固性呃逆,呕吐,人工冬眠,低温麻醉等。

[副作用和毒性]……

甲氨蝶呤片

[治疗分类]化学治疗

[主要成分]本品主要成分为甲氨蝶呤

[适应症](1)各型急性白血病

(2)头颈部癌、肺癌、各种软组织肉瘤、银屑病

(3)乳腺癌、卵巢癌、宫颈癌、恶性葡萄胎、绒毛膜上皮癌……

*

三个月后的某个晚上,菌子夜班。她当然听到了那份吵闹和混乱,从窗户的拿药孔里,她看见几个衣衫不整的男人抬着两个满身血污的男人走进医院,急匆匆向里走去。也许是车祸,菌子想,这个时间的车祸多数和饮酒有关。

吵闹远了之后,菌子趴在桌子前面,她懒懒地动了动自己的手指。手指的前面什么也没有,没有笔、纸、药瓶或其他,菌子甚至有了些困倦和疲惫,她的思绪开始上飘,像一层浮云。

有人在敲玻璃。"快,拿药!"那人的脸上带着泥斑和血迹,但这些并没有掩盖住他的焦急,反而使焦急更加加重。"快、快、大夫!求你快点!"

生理盐水、甘露醇、注射用诺氟沙星,菌子的目光注视在药单的最

后,氯丙嗪。这几个字带着呼啸而来,它们显得陌生,让她晕眩。

"快点,快点!他要不行了!"窗口外面的人敲击着玻璃。

菌子的大脑有些发木。她木偶一般朝氯丙嗪放置的地方跑去。没有。那个位置被阿莫西林填充着,而在阿莫西林的位置,多了几盒维脑络通。维脑络通的位置是,它们,整整齐齐的维脑络通,它们安分地待在自己的位置上。

"求求你啊,你可是快点啊!"窗外的那个人竟然哭出声来,有两个男人匆匆地从楼上下来了,站在他的背后。他们在说着什么。

菌子感到巨大的眩晕笼罩着她,她想到的是,某个相当遥远的下午,母亲带她去游泳,不到十分钟母亲便自己游远了,她在后面跟着,水越来越深而她的力气却一点点丧失。那时的眩晕和此刻的一模一样,她想叫喊但发不出任何声音,水没过了她的鼻孔和嘴巴。那一年,她七岁。

……

护士下来了,值班医生过来了,副院长也来了。他们看见,菌子像一只丢了头的苍蝇在混乱的药盒间寻找,她已经汗流浃背,她已经泪流满面。

"怎么回事?"副院长的声音淹没在那些人的恼怒和喧闹里,但菌子还是从细微中将它抓住了。她没抬头,仍在那堆混乱的药品之间:"找不到了,氯丙嗪找不到了。"

"是没有了吗?"副院长用力探着他的头,"药房没药?"

"不是,"菌子的泪水流得更厉害了,"不是没有了,是我,将它们藏了起来,现在找不到藏在什么地方了。"菌子有些自暴自弃地坐在地上,她停住动作,自言自语地说着什么。

……

在路上

"你——"我向座位上坐下去的时候她的脸上挂出了惊恐,紧紧捂住自己的包。"这是我的座位。"我向她展示了一下我的车票,5号,仿佛她是检票员,然而这并没使她的惊恐有所减少。她朝里面挪了挪,将自己蜷缩在角落里,充当着一只受伤的小兽,虽然这和她的高大并不相称。

那时车里空荡荡的,后面还有许多的空位。车外下起了小雨,雨不大,但天阴得昏暗,在上车之前我的心就被昏暗给充满了。"我上后面去坐吧,应当人不会太多。"我晃着自己的车票向后面走去,尽量让自己和颜悦色,尽量不让自己带出小小的厌恶。而且,那时,我还有另外的心情,我的心早就被昏暗充满了。

该怎么说呢?我不知道为什么要写下它。

在路上。它是没有意义的隐喻,不具备深刻,却有种撕裂感。

我坐在后面的座位上,一个人,望着窗外的雨。玻璃把我和窗外隔开了,把雨也隔开了。同时隔开的,还有——

车上人越来越多。不知道怎么会出现那么多蘑菇一样的人。那个时刻,我和他们没有关系。甚至,我和我自己也没有关系,我被充满着,一种无法说清的滋味。它形成了涡流。

车上人越来越多,看得出,他们多数也相互陌生。我坐下的座位是别人的,那个阴郁的男人冲我晃着手里的票,一言不发。我站起来,挪向最后一排。其他地方,已经被人占满了,真不知道怎么会有那么多人,这样的天。

手机的铃声响了,它让我突然一颤。我打开,是一个什么中奖的信息,我的手机意外获得了三万元和一台笔记本电脑。不是她的,不是。我将它删除,用了手上的全部力气。

我发了一条信息,让它尽量平静。我告诉她,我离开了,这座城市。在后面,我加入了些什么词,但在发出去之前删除了它。窗外下着雨,我努力让自己平静,努力让自己像……若无其事的样子。

一个刚上车的男人叫我。我飞快地换出另一副面孔,和他搭话,然而却叫不出他的名字。我想我换出的面孔有些尴尬,他也同样。他应当是认错人了,我猜测。我们终止了交谈,借放行李的机会,他把头偏向别处,我也朝向另一个方向,但我们之间的尴尬还在,他应当是认错人了。虽然我们都不曾承认。

雨下得猛烈些了,大片大片的雨点打在车窗上,像扑向火焰的飞蛾,把自己摔得粉碎,碎成下落的水流。我将自己关闭起来,不,是我被关闭了起来,心里涌动的情绪使我无法从中拔出,我落在它的涡流里,一直下沉,下沉。

"这是我的座。"一个女声。她说了两遍。我看了看她,她的脖颈上有一道难以掩饰的伤痕。我站起来,擦着她身上淡淡的香走出去,她冲着我的背影说了声谢谢。我张张嘴,但并没说什么。

车里,已经没有了空位。

车里已经没有空位,包括应当属于我的。这是现实,这样的现实让我惊讶。

我走到我的座位旁边,座上已经有了个胖胖的男人,他目中无人地打着电话,用争吵一样的语调。是的,他在生气,是一单怎么样的生意,而对方在推诿,他必须依靠语气和对方看不到的表情来表达自己的不满和愤慨。我不知道应当怎么打断他,而车马上就要开了。

邻座的女人还是那么软壳,她缩着,悄悄地瞧着我和她身侧的男人。我故意让自己硬一些,推推坐在我座位上的男人:"这个座是我的。你应当坐你自己的座位。"他依然旁若无人,径自打着自己的电话。我能看清他的愤怒,也许我刚才的行为更让他的愤怒有所增加。

可我还得继续,因为车上已经没有任何的空位,除了驾驶员的那个。那个位置肯定不会是我的。男人转过了他的脸,"我就是5号。"他有着特别的坚定。

不会吧。我说。我说,车上不可能卖两个5号,一定是我们其中的一个人搞错了。可我,的的确确是5号。邻座的女人突然搭话了,她说,刚才我是坐在这里的。

"你自己看。"他把自己的票甩给我。是的,是5号。那时我竟然有一种解脱,我觉得自己似乎还有理由继续再黏在这座城市,我没有理由和她离得更远,她没有把我推向更远。然而,一同看票的那个女人又说话了,她告诉那个男人,这是去A城的车,而他拿的是去B城的车票。

"是啊!"那个男人一阵惊慌,他一边继续和手机里面的声音叫喊,一边飞快地下车,竟然撞在了门上。这个男人的慌乱引起车里几声窃笑,"真没见过这么样的……"女人也笑了一下,她又退回到自己的软壳里去。

  该怎么说呢?我不知道为什么要写下它。
  在路上。它是没有意义的隐喻,不具备深刻,却有种撕裂感。
  现在,依然是。

  车上已没有一个空座,离开车站的时候驾驶员也冲着上车来清点人数的矮个子女人说,真想不到会有这么多人,又不是节日。是的,真想不到有这么多的人,还下着雨。他们为什么也如此急于离开?
  我决定不理我身边的那个女人,她已经不再像刚才那样蜷缩,而是闭着眼,用眼睛的余光在审视我。看上去她应该有四十多岁了,有一张大嘴,抹着并不适合的口红。是的,对她的观察我也是用余光完成的,我不愿碰到她的惊恐。何况,我有自己的心事,它已经将我填满了。当车开到高速路上去时,我再次陷入涡流中,努力地低着头。我不愿意被别人看见。
  售票员放映了一个香港的片子——《大内密探灵灵狗》。大约是这个名字,很夸张很喜剧,它和我当时的心境格格不入。我关闭了自己的耳朵,但留着一条小小的缝。我期待,手机铃声的响起。它或许能成为一根稻草。
  可她,一直关机。
  "我终于失去了你。"

她递过来一张面巾纸。

接过纸,我擦擦泪水,它流得让我尴尬,却不受控制。我用最细的声音说了声谢谢,声音是哑的。用掉了这张纸,我再次垂下头去,不受控制的泪水被她看见是我不愿的,因此,我不愿意和她再有任何交流。

可是不,她不。她说话了。她问我,兄弟,你去A城?是在A城上班,还是……?

离开挣扎的涡流,我点点头,朝着电视的方向。可她没有顾及我的情绪,而是径自说下去,她太需要有个人说话了。而我,恰好坐在她的身侧。

"你知道CC技术学校吗?"没等我答话,她接着说,"我去A城,是因为孩子。他在那所学校上学。"

我盯着电视,她说的内容和我距离遥远,我不准备再说什么。电视里,皇帝像小丑一样出现了,他的话引起一片没有内容的欢笑。我也跟着笑了笑,虽然我觉得并不可笑。

"他打架了,把人打伤了。"那个大嘴的母亲摇晃着自己的手机,"老师叫家长过去。打他的电话一直打不通。这孩子。"

该怎么说呢?我不知道为什么要写下它。这是事实。写到这里的时候我还不知道它最终会成为什么样子。它有一部分是写给我自己的,另外的那些,则描摹了现实,而现实往往并无确切的指向。它总是浮在表面,像一层油渍。

似乎我得顺着时间和故事的顺序先处理掉那层油渍。我谨慎而克制地向她表示了同情,这的确是一件让人心烦的事。需要耐心,需要……"我怕他被开除。在我送他去上学的时候人家就告诉我,别的都没什么,就是不要打架,一次也不行。"她又露出了那副紧张而惊恐的模样,尤其是她涂了口红的嘴。我想说,这样一次会见,她也许不应涂这么重的口红,这句话在我的口里冲了几下但还是被咽了回去。我说,孩子在这样的年纪,打架应当不算是一件特别的事儿,只要别把人打坏就行。

"老师说,120都去了。"沉默了一会儿,她的神色更有些加重,"我打了一晚上的电话,可他总是不接。真不知道情况会怎么样。"

"在家里上学的时候,他爱打架吧?"

那个女人想了想,坚定地说:"不。"只有一个不,她没为这个"不"做任何解释。

也许已经了然。

我不再说话,路还相当漫长。我盯了一会儿电视然后闭上双眼,窗外雨还在点点滴滴地摔在玻璃上,它模糊着我向外的视线。在间歇,我一次次偷看自己的手机,它那么安静,没有任何消息。期待一次次扑空使我有了更深的沉陷,真是一种撕裂的感觉,这里面没有惯用的夸张。这种撕裂也是突如其来,之前,我并没有意味到它会如此。

其实,本不应该期待。我早就知道,她不会再……不会了。

"爱上你,我的快乐与痛苦同时得到了叠加,而被你爱上,你让我感觉自己的罪恶是如此深重……"我将它编成信息,但在即将发出的一瞬间按下了删除。

邻座的女人用她的手捅了捅我。她大概始终注意着我的窘态,再次递给了我两张纸。"你、你怎么啦?"

我说出的是一句谎言:"家里,有病人。"这句谎言让我有了小小的轻松,我用力地擦去脸上的泪,它本来就难以掩盖。"你不用着急。孩子打架是经常的事儿,我小的时候,也经常如此。正是这个年龄。"——我不希望她对我追问,于是便抢过话题,而她也丝毫没有追问的意思。"他不想去,早就不想去。前两天打电话说肚子疼想回家,又说自己的衣服脏了。为他上这个学,我们可花了不少钱。"见我搭话,自然引发了她的滔滔不绝,她太需要有个人说说了。

可我不想听。实在没有那个心思。我对她说,你自己必须先要稳住。无论遇到什么事,都先要接受结果,然后再想如何处理,减轻结果造成的损害。既然事情出了,那你就得接受,不能自己先乱了。现在,你应当换一下脑子,不想这些了,譬如,看一下电视。我指了指正在播放的影片,这个片子很好看。

她看了两眼电视。然后冲我点点头:"我从昨天接到老师电话之后就没吃没睡。当母亲的,唉。"

手机铃声终于响了起来,我感觉自己的身子一颤。不是我的,虽然他所使用的铃声竟然和我的一模一样。是身后的那个男人,他有四十多岁的样子,带着一枚巨大的戒指。昨天不是给你发过信息么,我在B城,有一单生意,我必须⋯⋯不行。我当然想你啦,想得我都⋯⋯好了好了我回来就去看你,当然当然。你说的那事儿⋯⋯得给我些时间。我、我是有难度,好了好了⋯⋯

他在说谎,在这辆开往A城的车上。窗外的雨停了,但天却更加昏暗,仿佛我们要赶的是夜路。前面的车已经亮起了灯。邻座的女人朝他的方向看了两眼,然后对我说:"真不要脸。"她没有压低声音,也没有惊恐的神色——但我却感到了某种的惊恐。好在,那个男人继续着他甜蜜的谎言,不时抬起他黄金戒指的手。

"别人的事……"我低低地劝告,可她的声音依然没有压低:"我丈夫也是这种人。"

我偏过脸去。背对她的方向。

不想再说什么,一句也不想。

雨又来了,这次更大,更为猛烈而且昏暗。它让我产生错觉,仿佛这辆汽车并不开往 A 城,而是另一个陌生的地点,仿佛我们行驶在水上,它只是一艘汽车样子的小船,前面的风浪足以将它击碎。

涡流,从我的体内来到了外部。车窗的雨刷迅速不停,一截折断的树枝斜在路上,驾驶员不得不急打方向。是的,仿佛这辆车所驶向的不是 A 城而是另一个地点,就像在科幻片里看到的,我们正在被什么吞没。

车上的人全部心事重重,至少在我看来如此。我又发出了一条短信,让它没入大海或者是窗外的昏暗。不知是否是因为大雨的缘故,车前电视里放映的影片被卡住了,皇帝夸张的嘴巴下面是纷乱的马赛克。他仿佛想把这些马赛克吞到自己的嘴里去,但就要完成的那刻,时间停止了。

没有谁理会它的放映,包括售票员。她伸着脖子,注视着车窗外面。

"怎么卡住了?"倒是我的邻座,说了一句。

我的手机里,一下出现了两条短信。

一条陌生短信,它的意思是,只要我提供我妻子、情人或商业对手的电话号码,它就可以使我的电话成为监听器,他们的短信、电话我都可以轻松掌握。联系电话,××××××;另一条是妻子发来的,简短,没有色彩:妈妈病了,三天了。

刚刚的谎言似乎一语成谶。

低着头,我编好一条短信,删除。然后重新编好,再次删除。另一个涡流更加湍急,在涡流的中间,我挣扎、摆荡、麻木、放弃、完成欺人和自欺……车窗外,雨水连绵,所能见的整个世界都被雨水笼罩,而我身侧的那个女人,抬着头,张大嘴巴,已经完全被影片的滑稽所吸引,放下了刚才的惊恐和不安。

真是没心没肺。

那我呢?那我呢?……那一刻我的确想到了我。可更多的,我偷偷看到的是那个女人,她儿子的所做,也许和她不无关系。我想。

身后那个男人的手机又响了。表面上,我是盯着前面的电视。他说我在谈生意,现在不方便。他故意把声音压得很低很低,"真的不方便,回头我给你打。放心。"余光中,我瞧见,身侧的那个女人也一副若无其事的样子,她随着剧情露出木木的笑容,表情中有我的影子。

她看到我的余光,快速地把它抓住了:"你在 A 城工作很多年了吧?"

"没,我刚来不久。"

"那你知不知道 CC 技术学校?听说还挺有名的。可孩子一到,就抱怨这抱怨那的,不想来。他根本不知道我们为他费了多大的心思。"

我说,这个情况也不能光怨孩子。"是啊,我们当年……兄弟你没我大吧?"

接下来,我和她感叹了一番中国教育,感叹了一番"希望"和"未来",这都已是套话。我没有说话的欲望,可她有,她不想停。哪怕,我故意显现给她疲态和不耐烦。

抓住影片里一个并不非常好笑的桥段,我使劲地笑起来,并指给她看。她也笑了笑,但随后,依旧接续她的旧话题。

雨突然就停了,甚至乌云也变得很淡,它和刚才的昏暗几乎没有过渡,甚至还有了一缕缕的光。车里的喧杂也一下子变得多了起来,它和刚才的静默之间也没有过渡,我想不清楚它们原来在哪里埋伏。

突然多起来的喧杂就像一群纷乱的苍蝇。脖颈处有伤疤的女孩跑到了前面,她问售票员要了一杯水,并向她询问某某宾馆的具体位置,是否需要在中途下车。向后走的时候,她掏出手机,用另一种更为柔软的语调和一个叫"周老板"的人通话,说一路大雨,车慢了点儿,她会到,肯定。嗯,不见不散。

"是个小姐。"女人的语气有着固执的坚定。我想,那个从我身侧经过的女孩也听见了,但她没有任何表示。"我能看得出来。"女人接着说,她用出一种特别的表情。

我不想搭话。我对身侧的这个女人有些厌恶,这份厌恶还在叠加,可她,是那么愿意猜度和判断别人的生活,"你看她的打扮,看她的脖子。"她也注意到了女孩脖颈上的伤疤——我急忙制止住她,接过话题:"你给孩子选择学校的时候为什么没考虑他自己的感受?你强加给他,他如何会给你好好学?他肯定有种破罐破摔的想法,他很可能是摔给你看的,他要让你注意到他,特别是他的感受。"

"他的感受?他天天……他怎么不考虑我的感受?"这位母亲的话

在路上 / 271

题没有得到延续,车停下来,服务区到了。我在她准备继续之前离开座位,匆忙冲她点一点头,仿佛是急于寻找卫生间。

回到车上之前我拨出电话,依然是,您拨打的号码已关机。这是意料中的结果,可我,还是有着某种的幻想,虽然它已经一次次碎裂。之前,我以为我会为这个结果感到轻松,在三年的时间里它悄悄出现过多次,可是,当它到来……

"我终于失去了你。"

"用来想你的时间和用来遗忘的时间相等,至少大致如此。在用来想你的时间里,想你小鸟依人的样子和骄蛮的时间也大致相等——也就是说,如果将想你的时间看成是一个圆,你可爱的时间占有四份中的一份。"

"这并不奇怪。在用来想你的时间里,其中也包含着小小的厌倦。"

你知道,这是旧日的词句,而那时,在路上,我想到它们,它们有了另外的意味,包括我谈到的娇蛮和厌倦。我终于失去了你,它让我百感交集,陷入自己的涡流。

那个女人也没有再和我说话,她上车,从我身侧坐回自己的座位,她的动作使我们恢复到最初的陌生里去。我也乐得如此,那时候,我沉浸在自己的氛围中,目中无人。

她冲着电视笑得开心,至少表面上如此。而在我看来,剧情荒诞无聊,根本不值得为它发笑。

半小时后,雨再次下了起来,它又一次追上了这辆开往 A 城的汽车。不过,这次是细雨,天色也没有最初的昏暗,我接到了妻子的第二条短信:"妈妈的情况不是太好。"她不问我在哪儿,和谁在一起,她不问我是不是回,她什么也没问。

背后座位上那个男人的电话又响过三次,他用着不同的语气,但全部是谎言,他坚持是去 B 城,坚持自己在谈一单重要的生意,坚持自己正在会场,不能多说。邻座的女人用她的眼神和口红表示着她的不屑与鄙夷,我猜测这是展示给我看的,但我装作没有看见。我的心在别处。

"你也不要太伤心了。"终于,她用胳膊碰了碰我,"我知道家里有病人是怎么样的感觉。我母亲,就在去年这个时候……"她的电话突然响起来了,她似乎被这个突然吓到了,而一直攥在手里的手机,在瞬间也变成了一块发红的铁。

"你接电话。"我说。

电话是她丈夫打来的,她小心、怯懦地向那边解释,孩子昨天和人家打架了,打你的电话一直不通。是是,我正在赶往学校。行,行行。我不知道,你是不是……好好我去我去。这也不能怪他,他也……

那个高大的女人是一只软壳的蜗牛,接过电话之后,就更是了。她甚至对我都有所躲避,她知道我听到了电话的内容,至少是她的那部分。

盯着窗外,我感觉自己在麻木着,不只是身体。我有些享受这份麻木,在两个涡流之间,这也不是第一次了。可它,也许是最后一次。

"我是二婚。"那个女人有些突兀地说。

该怎么说呢？我不知道为什么要写下它。

在路上。它是没有意义的隐喻，不具备深刻。

在女人说过"我是二婚"之后我们再没有交谈，直到汽车驶入 A 城车站。在车即将进入车站的时候，她突然递过来一张名片："姓名是真的，电话也是。"她用涂着过分口红的嘴，冲我笑了笑。一路上，她没问过我的情况，在给我名片的时候依然没问。我收起名片，客气地说声谢谢，客气的里面还有别的含义。这时，有短信到来的声音。我下了车，不再看她。

"我需要结束，过一种正常的生活。对不起。我承认，我还爱着你。"

我马上拨出那个已经刻在骨头里的号码。"您所拨打的号码已关机。"电话里，女声的提示柔和而温润，却带给我一片巨大的空荡和荒芜。

后记：先锋和我们的传统

1

需要承认，"先锋性"是我写作的一个显著标识，它甚至强大到对我文本的笼罩，似乎已经是种标签化的存在，似乎李浩的存在就意味着"先锋余韵的存留"；当然在这一"先锋标识"之下我的写作也屡受诟病，譬如现实性不足，譬如故事能力的问题，譬如缺乏"中国意味"对中国经验的漠视，譬如……我不否认某些指责的合理性，它让我思忖并不断调整，然而久之我也不断试图辩解：先锋性并不意味与传统的截然割裂，它的所有延续都是立足于人类旧有经验的综合上的前行，这个综合经验既有社会学的、哲学的也有文学自身的；地域性影响是一直在骨子里的，它或多或少会浸入到叙述与看问题的方法，它既然坚硬地存在着就没必要反复地强调，我愿意强调的是调和进来的"异质性"，它更稀缺所以更让我重视。至于故事能力……我希望我能通过自己的写作获得部分的证明，当然，单纯成为一个"讲故事的人"并不是我的目标，我愿意把我对人生、世界和自我的认知放置进里面，思考一个故事，并致力将它打造成可能的"智慧之书"。

于是,这本书,《变形魔术师》,我有意收录的多是我并不那么"先锋"的小说,它讲述的是"中国故事",部分地也涉及当下现实。其手法,也多是相对传统些的。说实话,这类的文字在我的写作中占有近一半儿的数量甚至更多,未收录本书的还有《闪亮的瓦片》《买一具尸骨和表弟葬在一起》《碎玻璃》《爷爷的"债务"》等等。然而在标签化之下……我将它们集中在这本书中,试图,展示自己写作的另一侧面。感谢安徽文艺出版社和我的责编姜婧婧让我的这一想法得以实现。

2

当然在这里我还是想要强调先锋性,我固执地认定先锋性是文学得以存在的首要理由之一——我所说的先锋性并不仅是写作技法,我更看中思考的前行,"对未有的补充",以及让沉默发出回声的能力。做出发现、提出问题是重要的,帮助我们获得艺术上的新知是重要的,即使采用的方式是最为传统的样式;而如果仅有固定化的"先锋技艺",不提供新质和发现,那它和先锋性就不存在必然的关联,我以为。

我们阅读任何一篇文字都希望是一场全新的探索之旅,没有谁愿意咀嚼被反复嚼过的口香糖,即使我们对经典进行重读也是因为它们埋藏的新知未曾被耗尽。而对作家而言,他当然不希望自己进入的是一场不冒险的旅程,不希望重复他者或重复自我,在这点上,先锋性就生出了它的细芽。所谓的先锋性,在我看来可有几个方向,但它必须是掘进的:一是在思考力上,它让我们沉思存在的意义和可能,让我们对习焉不察的日常有新发现,这发现显得稀薄却珍贵;另一则是在技艺上,在原有的言说方式上有了新拓展,给我们提供一种全新的叙述可能,让我们意识到,原来小说还可以这样写。如果能在思考和技艺上同时做出独特的提供,并调和得天衣无缝则是更佳的——事实上,艺术的技艺从来都是和思考方式相连的,新手法的产生往往是因为我们有了新思维。我相信这点。

我还要强调小说是作家的"创造之物"。他甚至可以建立一个让我们无法在其中立足的幻想世界。在这个世界里一切事物都需要重新被命名,至少让那些熟悉再次变得陌生。

事实上,没有任何的传统会是僵滞不变的,它应是一条有相对明确起点、能够容纳不同支流汇入、见不到终点的长河。容纳新质是它宽阔起来的活力所在。从传统中汲取、并最终让自己的写作汇入到传统之长河应是所有写作的共同目标,我也希望自己能够。之所以在之前的文字中我很少如此谈到,是感觉它本是自明的,何况,有许多我崇敬的前辈作家说得比我要好得多。

3

《变形魔术师》取自我故乡的一则传奇,传说中,兵败的太平天国将领张宗禹隐姓埋名流落到沧州,靠为人看病为生,最后葬于大洼。我将它作为最初的支点,然后让故事获得繁衍……它在我的写作中也是异数,我故意充当起说书人的角色,夸夸其谈,让幻想、历史、虚构、自然和非自然重新黏合在一起……那个能够变形的魔术师从旧故事中脱颖,变成了另外的样子。没错,仅仅讲述一个故事总不能让我满足,在这里,我让"密谋者"上前,让他们完成煽动——至于失败的后果当然得由这个异于我们当地人的魔术师承担——他们总有理由,也总能获得相信。跟随者跟随的是情绪而非真相,这,或许是某种具有永恒性的悲哀。真象,在《被噩梦追赶的人》中再一次消失,它有确切的目击者,但这个目击者永远也不会向我们全盘托出,因为它牵连着目击者(死者亲哥哥肖德宇)的巨大愧疚。在为《北京文学·中篇小说月报》所作的创作谈中我曾写道,"这篇小说,想要展示的是他(肖德宇)的救赎之路。'救赎',大约是一个舶来的词汇,我试着让它在我的小说中落地生根,看它在我们的国民性中会有怎样的特质和异质:首先,它来自于内力、外力的被迫而非宗教感的自愿,假如不是自己的内心难以安抚,噩梦连连,肖德宇未必会让自己走向什么救赎之路;其二,避重就轻、自我麻痹始终伴随着整个救赎的过程,他甚至会在救赎中产生崇高感;其三,个人的救赎并不是完全由个人承担的,其中的"代价"时常会转嫁与分摊,他有意无意中在减少自己应当的负责……在我所见的人与事中,这种转嫁型救赎相当普遍,他们和我有时会道貌岸然、义正词严地将个人的救赎代价转嫁出去,做得相当心安……"

《驱赶说书人》《村长的自行车》和《哥哥的赛跑》同样是故事的,它们有我预设的故事波澜,我试图一波未平一波又起,试图让波澜越来越强,直到产生某种溢出感……同样,简单讲述一个故事不是我的目标所在,我更愿意透过故事完成我的追问。《驱赶说书人》,我的朋友孙文强给我讲述了一个他所亲历的打井的故事,然而在小说中那口井变成了说书人。说书人是留下还是被驱逐与他自身无关,与他的文艺内容无关,他的存在与否完全取决于乡村政治的角力,"你是谁请来的"成为问题的核心,"能不能为我所用"成为了问题的核心。害怕失败进而掩盖失败,在可能出现的失败面前进退无矩大约是我们的普遍心理,至少在我身上存在,于是,我让"我的哥哥"在长跑中做了承担(《哥哥的赛跑》),将这一心理放置在显微镜下,让他承担起"全部后果"。怯懦者的报复——在《村长的自行车》中,弱者的施虐针对于更弱者和自己的亲人,而面对权力,他则变成……

我的写作多数时候"概念先行",我往往会选择我对生活和自我的发现作为支点。有了这个支点当然不够,它只是种子,我不知道它将长成一株怎样的树——从"概念"到小说,需要经历一系列复杂而深刻的变动,需要注入魔法让它鲜活丰盈,需要努力地仿生让它显得"像真的发生过一样"……在这个过程中,小说的生长甚至面目全非,甚至南辕北辙……这,恰也是小说写作的魅力所在。在这本书中,我那些概念先行的小说,最终长成了书的样子,有些,并不是我最初的设计。

4

有朋友谈到,李浩的乡土小说并不是严格意义上的乡土小说,它多少是种悬置的状态,"乡村"只是背景而已——我承认他是对的。我无意写下怎样的乡土小说,它从来不是我的目的所在,而我写下的那些有强烈变形感的、后现代意味的小说,或者像《等待莫根斯坦恩的遗产》《夸夸其谈的人》《告密者札记》之类的"欧洲小说",其背景都是"借来的",只是像放电影时使用的幕布——借助这一幕布,人生的、人性的、意识的和无意识的戏剧得以上演,我愿我写作的强光打在这些点上。我写下《驱赶说书人》,写下《被噩梦追赶的人》,写下《雨水连绵》……它们似乎都可归入"乡土"这一题材,它们允许放置在这样的壳中,不过我悄然换掉了其中的核。

《一把好刀》《变形魔术师》,它们在我眼里也非历史故事,我只是选择了更为合适呈现的幕布,并根据幕布的维度对讲述方式进行了些许调整。我试图通过这一幕布,呈现我所认知的、理解的世界和我自己。每一个故事中,都有我自身的影子,尽管我可能不是其中的某一个主人公。我思,故我在。对我小说的写作来说,是如此,确是如此。

我想我可以接受这样的指责,我的卡夫卡、博尔赫斯、卡尔维诺、米兰·昆德拉对我影响至深,他们甚至参与着我的审美塑造,至今还是;但我确实也从情感上无法接受说我的写作仅是种简单的移植——我觉得我始终在写我以为的"中国故事",譬如收录这部小说集中的篇什。我不承认《被噩梦追赶的人》中的"救赎心"是移植的,移植来的仅有"救赎"这个词。肖德宇的所有行为都具有中国化的特质,他的所作所为无一不具备这一民族的心理基因。他对真相的面对方式、对内心恐惧和挣扎的面对方式无一不是中国化的。《驱赶说书人》中的乡村政治也是完全中国化的,离开中国时下的乡村政治生态它一定会干萎掉,这种独特土壤的"异质性"(相对于我们以为的西方或拉美而言)让我肯于写下这样的小说。《哥哥的赛跑》一定也是中国化的,就我有限的阅读而言我还没有在西方文本中读到那么强烈的得失心和那么强烈的,甚至能够自我压垮的计较……我一直在写我的中国小说,只是,未必使用惯常的方式,未在表象之像上做更多的仿生处理而已。在摄影技术发明之后,表象之像已不再是小说得以存在的理由,它被迫,伸向人的"沉默的幽暗区域"。这里更有一片未经踩踏的广阔地带。

5

随类赋形,是我在学习绘画时学到的一个词,它要求你的技法应随着你要画下的对象而适度调整,画黄山之石与画太行山之石绝不能用同样的皴法,画雨后芭蕉和画晴时芭蕉也不能用同一套笔墨,因为它们不同。对我而言,写作方式的调整、语言调性的调整都是致力于和我要的言说服贴。对待不同的素材、题材和内容,言说方式也必然相应微调,在不失自我面目清晰的前提下。

《变形魔术师》的节奏略快,它得保持"说书人"夸夸其谈、口若悬河的那股劲儿,和这一速度相配,在语言上我尽量简洁明快,不做太多修饰;《藏匿的药瓶》则是沉缓的,它要有某种黏稠度,于是我在其中加入了些胶质的东西,让它的语感涩一些,流动慢些。有着类似黏稠感的还有《雨水连绵》和《被噩梦追赶的人》。它们可以在同一把大提琴上演奏,但在 1 = C 还是 1 = F 上,在四二拍、四三拍还是四四拍上,我做了些微调。《记忆的拓片》是另一种迅捷,不同于《变形魔术师》的迅捷,在写作它的时候我幻想的是暗黄色的画面,有一缕小小的追光追逐着故事的前行,它不断绕前,让故事时而跳跃一下以便跟上它。布莱希特希望自己的读者能够拿出"清醒的头脑和健全的知觉",纳博科夫则认定理想读者是用"敏感的脊椎骨"来阅读的,我都深以为然。在一切文学作品中,能被粹取的"文学性"都是极为稀薄的,可这极为稀薄的文学性却是文学最为可贵的魅力,至少是之一。

纳博科夫又说:"有必要记住的是,尽管每一个活着的人都有他或她的风格,但只有这个或那个独特的天才作家所特有的风格才值得讨论。"我为此忐忑、恐惧,因为我不觉得自己可以归入到天才作家的行列;之所以用如此的一段来指认"我也是有风格的",是想说明,我也在为建立自己的风格进行着努力和不断调整。我希望在谈论那些天才作家的风格的时候,有谁偶尔地会想一下我。

6

所有的自述往往都在自夸和自谦之间来回摆荡——我自夸的、暗含的自夸实在太多了,打住。

在最后,我想说的是,传统一向是流变不居的,它之所以成为传统恰因为它所具有的经典性、开阔性和生长性(当然,传统也并不是一个,它自身也有着并行的丰富和多样)。放弃或忽略传统的生长性会让传统枯竭,它会造成传统的内塌。对文学传统的认知中最应警惕的在我看来应是"传统原教旨主义"。而对于先锋——没有谁喜欢反复咀嚼早已咀嚼过的口香糖,这里的前提是,我们需要尽全部的才情和努力保证自己"发明"的口香糖是新的。我们需要保证,我们的发明不是"发明"之后的"再次发明"——将前人已经发明过的事与物重新发明一遍(且不说是否比之前的发明做得更好)是种无效的空转。抵抗这种无效就需要我们要有一个对传统的通了,需要我们能够深入这一传统,掌握这一传统,并拓展这一传统,甚至灾变性地突破这一传统……先锋要在传统中升出,而不是完全漠视,我以为。

我愿意付出尝试,包括一意孤行。